~ Nov 2010

Pour Laurence,

Bienvenue en terres
de Vorenos, avec
Thibault et
Solena,

Amicalement,

F. D'Antony

LES MESSAGERS DE GAÏA

TOME 5 : LA DERNIÈRE CRISTALOMANCIENNE

Les Messagers de Gaïa

Première Époque

Deuxième Époque

LES MESSAGERS DE GAÏA

TOME 5 : LA DERNIÈRE CRISTALOMANCIENNE

FREDRICK D'ANTERNY

ÉDITIONS
MICHEL
QUINTIN

Catalogage avant publication de Bibliothèque et Archives
nationales du Québec et Bibliothèque et Archives Canada

D'Anterny, Fredrick

   Les messagers de Gaïa

   Sommaire: t. 5. La dernière cristalomancienne.

   ISBN 978-2-89435-463-6 (v. 5)

   I. Titre. II. Titre: La dernière cristalomancienne.

PS8557.A576M47 2008   C843'.54   C2008-941262-1
PS9557.A576M47 2008

Révision linguistique : Guy Permingeat
Infographie : Marie-Ève Boisvert, Éd. Michel Quintin
Illustration de la couverture : Boris Stoilov
Illustration des cartes : William Hamiau

Le Conseil des Arts du Canada
The Canada Council for the Arts

SODEC
Québec

Patrimoine
canadien

Canadian
Heritage

La publication de cet ouvrage a été réalisée grâce au soutien
financier du Conseil des Arts du Canada et de la SODEC.

De plus, les Éditions Michel Quintin bénéficient de l'aide
financière du gouvernement du Canada par l'entremise du
Programme d'aide au développement de l'industrie de
l'édition (PADIÉ) pour leurs activités d'édition.

Gouvernement du Québec – Programme de crédit d'impôt
pour l'édition de livres – Gestion SODEC

ISBN 978-2-89435-463-6

Dépôt légal – Bibliothèque et Archives nationales du Québec, 2010
Dépôt légal – Bibliothèque et Archives Canada, 2010

Éditions Michel Quintin
C.P. 340, Waterloo (Québec)
Canada J0E 2N0
Tél.:   450 539-3774
Téléc.: 450 539-4905
editionsmichelquintin.ca

10 - G A - 1
Imprimé au Canada

Note de l'éditeur : Un index de tous les personnages ainsi
qu'un tableau indiquant le cheminement de leurs âmes au
fil des siècles se trouvent à la fin de ce volume.

Cryptorum

« De nombreux chemins conduisent à la vérité intérieure. Certaines âmes choisissent les écoles des hommes, d'autres, les écoles de la vie. Ces deux voies mènent à l'Être supérieur qui sait tout et peut révéler à l'initié que son monde n'est jamais que la continuité de celui dans lequel il vivait autrefois ; que les gens qui l'accompagnent sont les mêmes que ceux d'hier, partis comme eux, à la recherche des motivations secrètes qui les font avancer. »

Extrait des commentaires de Camulos de Grans, maître des Mystères du temple-école d'Éliandros.

SPHÈRE DE GAÏA

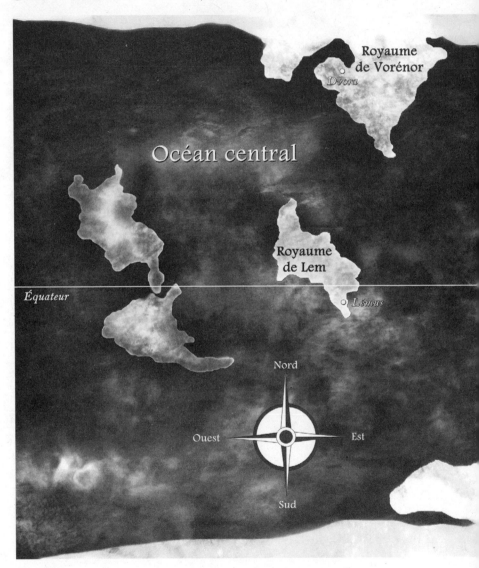

Royaume
de Vorénor

Divora

Océan central

Royaume
de Lem

Équateur

Lénus

Nord

Ouest   Est

Sud

Manteau de glace

Royaume de Reddrah

Reddrinor

Goromée

Algarancia

Mer de l'Est

Province
de Gorée

Véronia

Province
d'Élorim

Éloria

ovince
Milosia

Mer
d'Élorim

Nivène

Midon

Empire
de Gorée

Province
d'Atinox

Atinor

ilos

Province
d'Ormédon

Pélos

Province
d'Élissandre

Province
d'Orvilé

Midris

Lysandra

Ornia

Îles de
Midrika

zaruk

oyaume de glace
de Dvaronia

lanteau de glace

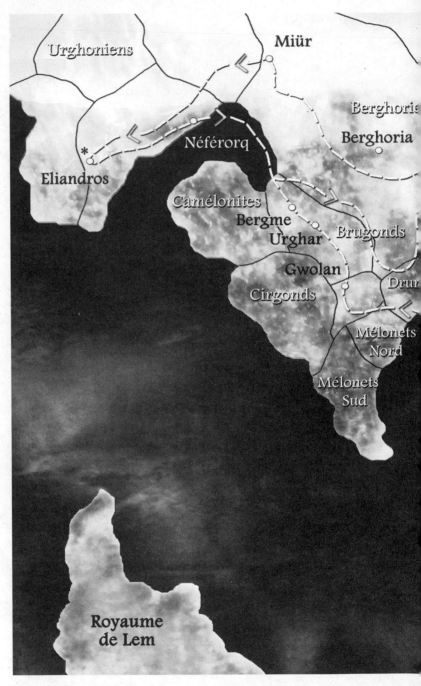

Le trajet en pointillé représente le parcours des messagers de Gaïa en Terres de Vorén

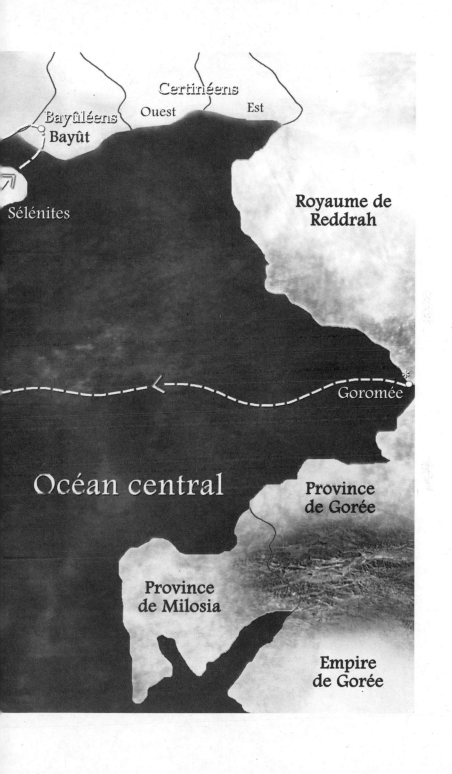

Résumé de la première époque

Shanandra et Torance, princesse et prince nés dans des pays différents, sont venus au monde pour transmettre aux peuples les *Préceptes de vie* issus de la sagesse de Gaïa, la déesse mère. Guidés par le Mage errant d'Évernia, ils subissent sept initiations destinées à réveiller leurs pouvoirs. Après bien des embûches et des persécutions, ils parviennent à Goromée pour affronter le clergé des anciens *lamanes*, les orgueilleux *cristalomanciens* et le Roi Sarcolem.

Sachant que les deux messagers sont porteurs du précieux *Secret d'Éternité*, le roi les fait mettre à mort. Mais si l'on peut vaincre les corps, les âmes demeurent, plus fortes et plus déterminées que jamais.

Enseignés par les disciples des deux messagers, les Préceptes de vie se répandent dans les royaumes et constituent bientôt une puissance qui fragilise le nouvel Empire de Gorée. Devenu immortel, Sarcolem combat cette menace en remplaçant ses lamanes et ses cristalomanciens par un nouveau clergé composé d'un *Premius* et de ses *légides*, successeurs du Prince Messager Torance.

Au fil des siècles naît le *Torancisme,* une religion basée sur la vie et l'œuvre du Prince Torance, héros transformé en dieu vivant par les mensonges et les roueries de prélats corrompus.

Cinq siècles s'écoulent. Après l'effondrement des règnes secrets et successifs de l'empereur Sarcolem, d'autres monarques suivent ses traces et utilisent le Torancisme pour accroître leur puissance.

Aujourd'hui, cinq cents ans après la mort du Prince Torance et de Shanandra, sa compagne, d'autres prophéties circulent. Et les puissants, avertis des temps à venir, tremblent autant pour leur trône que pour le salut de leur âme...

Prologue

Cité rupestre de Gwolan, capitale du peuple brugond, an 509 après Torance.

La jeune guerrière était à l'affût. Sa chevelure ocre brun flottait sur ses épaules tel un étendard de légende. L'air vif lui apportait enfin l'odeur toute proche de l'homme qu'elle recherchait depuis des siècles…

Elle l'avait pisté dans les montagnes, les vallées, dans les cités de plusieurs royaumes, et jusque dans les lieux les plus reculés de la Terre. Finalement, elle le retrouvait dans cette plaine inondée de lumière dont le sol, aussi doux qu'un tapis de mousse, menaçait pourtant à chaque instant de se dérober sous ses pas.

Elle se rappela alors qu'elle n'était ni une chasseresse envoyée par la déesse à la recherche d'un homme exceptionnel, ni une redoutable sorcière ou *Hurelle* du peuple *brugond* en mission. Mais une simple jeune fille de douze ans en voyage avec son père, très loin de chez elle.

Je suis en train de rêver, comprit Solena, à la fois émerveillée et épouvantée.

Cette prise de conscience subite lui fit perdre l'équilibre et elle s'enfonça dans le nuage sur lequel son âme était venue se poser.

Un bruit aigu de crécelles tintait dans ses oreilles. Elle se laissa choir. Pouvait-on mourir dans un rêve et ne pas se réveiller dans son corps ? Cette croyance fermement ancrée dans les traditions du peuple brugond auquel elle appartenait la fit défaillir de terreur.

Elle cria un nom : « Torance ! » et s'étonna de mettre dans sa voix autant de passion que de désespoir.

Une terre molle et froide accueillit sa chute. Elle se redressa et frémit. Une plaine lugubre s'étendait à perte de vue. De tous côtés montaient des gémissements de soldats à l'agonie.

Son premier réflexe fut de leur porter secours. Mais le prénom du Prince Messager Torance, mort depuis un demi-millénaire, résonnait trop fort dans sa tête.

— Je te cherche depuis si longtemps ! s'entendit-elle crier.

Une brume évanescente lui cachait le contour des corps et celui des visages.

Les rêves sont ainsi faits, se dit la jeune fille en se rappelant les paroles de Brôm le sage, son père ; ils déforment tout.

Au souvenir de cet homme courageux qu'elle admirait tant, le son des crécelles devint presque insupportable. Des effluves acides de *mangror*, ces racines utilisées pour purifier l'eau et les aliments, chatouillèrent ses narines.

Je dois me réveiller, car mon père a grand besoin de moi...

Et cependant, une autre partie d'elle voulait à tout prix demeurer sur ce champ de bataille onirique semé de cadavres pour y chercher le Prince Messager.

« Torance ! » s'écria-t-elle encore de cette voix qui lui était étrangère.

Un miroir en bronze poli tombé dans la boue lui renvoya le reflet d'un visage rond, de traits sensuels, d'yeux bruns au regard chaud et d'une longue chevelure sombre – un visage qui ne ressemblait pas du tout au sien !

Je n'ai pas les yeux bruns, mais bleus. Je n'ai pas dix-huit ans, mais douze. Mes cheveux blonds tirent sur le châtain et sont ondulés et plus courts que les siens…

Soudain, un jeune homme se dressa devant elle. De son torse et de ses bras coulait un sang noir à moitié coagulé. Il ne portait pas d'armure, mais une tunique déchirée qui laissait entrevoir sa peau nue.

Elle le reconnut pourtant et le serra dans ses bras. La joue ensanglantée du Prince Torance contre la sienne, elle ferma les yeux de bonheur.

— Oh ! Par la déesse ! Je te retrouve enfin !

Mais les rêves s'amusent de ceux qui les vivent. Et, bientôt, le prince se désagrégea entre ses mains.

Des larmes gonflèrent ses paupières. Des voix de femmes lui parvenaient de derrière le rideau de brume.

— Elle revient à elle. Soutenez sa tête ! C'est la fille du noble visiteur…

Ce dernier mot arracha Solena de son rêve. La plaine et la brume s'effacèrent. La jeune fille réintégra son corps à la vitesse d'une flèche décochée en pleine bataille.

Les figures sales et rougeaudes de plusieurs femmes *gwolanes* la contemplaient, à la fois inquiètes et suspicieuses.

— Pourquoi dort-elle au lieu d'être aux côtés de son père, comme il l'a demandé !

La jeune fille repoussa les mains qui se tendaient vers elle. Elle tâtonna pour retrouver le *kaïbo* paternel, s'excusa auprès de ces villageoises empressées, les remercia nerveusement. Puis, elle se releva.

Un violent étourdissement faillit la renvoyer dans le monde des rêves.

— As-tu l'habitude de t'évanouir en plein jour? ironisa une vieille femme édentée en secouant ses crécelles.

En vérité, la longue marche pour atteindre *Gwolan* l'avait épuisée. Le souvenir de leur mission ressurgit dans sa mémoire. Son père avait besoin d'elle et, pour couronner le tout, elle était affreusement en retard!

Elle serra le kaïbo contre sa poitrine et courut entre les citadins. En découvrant l'énorme montagne transformée par l'homme en une cité de pierre, elle s'arrêta, le souffle coupé.

Il lui semblait contempler une termitière géante. À la pensée de devoir escalader les échelles de corde et emprunter les ponts suspendus, elle sentit revenir ses étourdissements.

En ce moment, Brôm prononçait un discours très important devant le *Koptec*, le haut conseil du peuple Brugond. Et il avait besoin du pouvoir du kaïbo magique pour affronter les chefs réunis.

Elle bouscula un homme qui parlait de la pluie et du beau temps à venir avec son voisin, s'excusa de son impolitesse.

Où se trouvait la grotte du haut conseil?

Elle s'informa auprès d'un soldat. Lui expliqua qui elle était. Impressionné par le désarroi de la jeune fille, il décida de l'escorter.

— Place! Place!

Solena crut perdre l'équilibre sur le pont de cordes, mais le garde la retint. À sa façon de la dévisager, il devait savoir qu'elle était bien la fille du noble visiteur.

— Vite! Je vous en prie!

Ils atteignirent une terrasse de granite au bout de laquelle se dressait une lourde porte gardée par des sentinelles.

— Voilà, jeune fille!

Solena le remercia d'un sourire désarmant de gentillesse. Peu après, les portes du Koptec s'ouvrirent et son père sortit, escorté par les quolibets et les rires de ceux qu'il était venu voir.

Son pas d'ordinaire majestueux était pesant. Sa mine, contrite et affectée.

Solena baissa la tête et lui tendit cette arme qu'il aimait brandir durant ses discours.

— Père, balbutia-t-elle, pardonnez-moi, je...

Malgré l'humiliation subie, l'envoyé des habitants du hameau d'*Urghar* gardait la tête haute.

— Père ! répéta Solena.

Brôm aperçut enfin sa fille. La mâchoire serrée, le nez frémissant de colère, il inspira longuement. Solena prit son bras sans broncher. Les sentinelles s'écartèrent avec respect.

— Alors, père ? demanda-t-elle, anxieuse.

— Ils ne m'ont pas entendu, répondit l'homme aux cheveux cuivrés. Ils ne s'aideront pas. Ils ne nous aideront pas non plus.

Une chape de plomb tomba sur les épaules de Solena.

Brôm posa sa grande main chaude sur la joue de sa fille.

— Malgré leurs cuirasses et leurs airs revêches, ces chefs ne sont que des enfants obstinés qui tremblent de peur.

— Ils ne nous aideront pas, dites-vous ?

— Tu t'es évanouie, n'est-ce pas ? s'enquit-il à voix basse.

Elle hocha la tête, repentante.

— Tu n'as rien à te reprocher, fille. As-tu rêvé de nouveau ?

— Oui.

— C'est bien.

Son père était un sage. Mais il y avait en lui de l'intelligence et de la philosophie à revendre. C'était en plus un *maître des Mystères* et des énigmes. Ainsi en allait-il de ces paroles qu'il prononçait d'une voix sentencieuse, de ces idées qu'il savait faire jaillir dans la tête des gens et de sa fille en particulier.

— As-tu revu ton prince ?

Solena hocha la tête.

— C'est une bonne chose.

Parfois, lorsqu'ils abordaient ce sujet, une hargne mauvaise montait en elle. Par respect pour son père, elle s'empressait de la lui cacher et de se la cacher à elle-même.

Brôm sentit cette colère sournoise et précisa non sans sourire bizarrement.

— Ces rêves signifient que ton bien-aimé est en route, mon enfant. De retour à Urghar, nous parlerons, toi et moi.

— Mais votre mission auprès des chefs de notre peuple, père ? L'invasion barbare qui guette nos côtes ?

— Rassure-toi. Tout cela fait partie d'un Grand Œuvre bien orchestré.

Solena soupira. Ainsi donc, son «bien-aimé» revenait. Mais d'où ? Pourquoi ? Et qui était-il vraiment ?

Première partie

Les chemins de Vorénor

An 509 après Torance

L'ÉVASION

Goromée, capitale de l'Empire de Gorée.

Les mains crispées sur le merlon de pierre, les pieds posés sur une étroite corniche, Abralh et son compagnon Solinor se trouvaient suspendus dans le vide à environ six mètres du sol.

— Dis, ce n'est pas en t'arrêtant toutes les deux minutes qu'on va sortir d'ici ! geignit Solinor.

Le jour allait bientôt se lever sur Goromée. Une journée ordinaire pour le citadin ordinaire : la dernière, peut-être, de la vie de souffrances vécue par les deux esclaves en fuite.

Les nuages mauves étaient allumés à l'est par de fugitives lueurs de rose et de safran. Les premiers bâtiments à sortir des ténèbres étaient ceux qui donnaient sur les canaux dits « maritimes » de la cité, en opposition à ceux appelés « océaniens », car ils faisaient face à l'océan. Les édifices du palais impérial composaient une masse indistincte, grise et oppressante sur leur gauche. Cependant, de l'endroit où ils se tenaient – soit près du mur d'enceinte le plus éloigné du centre du palais – les deux évadés pouvaient presque se croire sauvés.

La beauté du soleil émergeant du célèbre bras de mer était chantée partout dans les royaumes connus. Goromée, la cité aux mille larmes de lumière, était, de toutes les villes, la plus vivante, la plus affairée, la plus grouillante. Le centre financier et commercial, la destination de toutes les denrées imaginables, le trône le plus puissant, le siège officiel de la divine lumière de Gaïos, le dieu unique. La cité, aussi, de son fils Torance et celle du Premius, le Bon Père et le guide spirituel vénéré par des millions de Toranciens convaincus.

— Abralh, s'impatienta Solinor, que regardes-tu ?

L'esclave avait froid, faim et peur. Trois éléments qui, placés ensemble, peuvent faire jaillir de l'homme ce qu'il a de plus dangereux.

Il tenta de pousser son compagnon. En vain. Abralh restait immobile, et Solinor se disait qu'ils étaient aussi visibles, accrochés au flanc du vieux bâtiment, que deux crottes d'oiseau sur un mur de marbre.

— J'ai les jambes qui tremblent et le ventre qui gronde ! ajouta Solinor.

Le jeune homme sentait déjà l'abjecte pesanteur de l'anneau de métal que les gardes allaient bientôt lui repasser autour du cou. Il anticipait la brûlure du fer rouge qu'ils plongeraient dans ses chairs. Il imaginait le signe infamant de l'esclave rebelle – le serpent à la queue tranchée – qui le désignerait à vie comme un paria.

Un éclat de soleil accrocha un angle de la très Haute Terrasse : cet endroit où l'empereur Dravor, deuxième du nom, se rendait chaque matin pour admirer son vaste empire. Le lieu, également, où se trouvait l'*arbre vénérable des Sarcolem*.

Abralh saisit son compagnon par une manche :

— Cela fait des années que tu me parles de cet endroit d'où l'empereur contemple son empire. Des années que tu me fatigues avec cet arbre que tu n'as pourtant jamais vu. Eh bien, regarde-le…

Solinor écarquilla les yeux.

— Nous risquons de nous faire prendre, et toi tu me montres… un arbre!

Des bruits dans les fourrés alentour firent pâlir le rouquin.

— Les gardes-chiourmes!

Un cri aigu déchira les anciens jardins.

— Par Gaïos, gémit Solinor, ils ont des *solimandres* avec eux!

Moitié sauriens, moitié mammifères, les solimandres étaient issues d'un hypothétique croisement entre un iguane géant et une espèce particulièrement féroce de tigre. Elles étaient spécialement dressées pour traquer les esclaves en fuite.

La première bête jaillit brusquement des taillis. Sa mâchoire claqua à quelques centimètres de la cheville droite de Solinor qui perdit l'équilibre.

— Je te tiens! s'écria Abralh en retenant son ami d'une main.

Une deuxième créature bondit.

L'attaque, fulgurante, fit vibrer le mur.

Abralh réussit à détacher de la paroi deux éclats de mortier. Il visa avec soin. Les projectiles atteignirent les hommes en plein front.

— Quatre moins deux égales deux! clama joyeusement Abralh. Tu es prêt?

Le jeune esclave se laissa choir sur la première solimandre. Le rouquin sauta à son tour, mais dans un arbuste.

Les deux esclaves s'emparèrent des glaives abandonnés par les sentinelles et se mirent aussitôt en garde.

— Tu ne m'as jamais dit où tu avais appris à manier une épée! s'exclama Solinor en voyant son compagnon en user avec élégance.

Abralh esquiva plusieurs attaques et trancha finalement la gorge de la bête.

— Toi non plus! rétorqua-t-il avec malice.

Le rouquin Solinor avait beau se plaindre continuellement, il planta sa lame dans le torse de la seconde créature.

— Maintenant, fit Abralh, montre-moi ces passages secrets que tu dis connaître sans les avoir jamais vus.

Il n'y avait pas plus dissemblables amis que ces deux jeunes esclaves. Animé d'une noblesse intérieure qui suscitait la jalousie de ses maîtres, Abralh était aussi fougueux et orgueilleux qu'un prince étranger tombé en disgrâce. Ce qu'il n'était pas puisque natif de Goromée. Il était mulâtre d'une mère esclave blanche *vorénienne* et d'un père baïban originaire de la province d'*Élorîm*. Grand, les yeux vert sombre et le corps musclé par les rudes tâches domestiques, Abralh était aussi un rebelle et un entêté. Attitude qui lui avait déjà causé bien du tort. Mais la ruse et l'esprit frondeur faisaient également partie du semi-baïban au même titre que la grâce innée de ses gestes et la fluidité de son élocution. Avec des bouts de bois et de la ficelle, le jeune mulâtre avait appris, en cachette, à écrire et à compter. Apprendre et savoir étaient pour lui de véritables obsessions.

Solinor portait, quant à lui, un nom ordinairement donné à des fils de riches marchands goroméens. Il était roux, plutôt ingrat de visage et de corps, et foncièrement méfiant de nature. À cause des cicatrices qui déformaient sa joue et son œil gauche, reliquat d'une blessure d'enfance, le jeune esclave suscitait chez les autres plus l'horreur ou la pitié que l'admiration – réactions qui augmentaient sa rage et son désespoir secrets.

Les deux jeunes se connaissaient depuis dix-neuf ans, soit depuis qu'ils avaient ouvert les yeux sur ce monde composé de trois catégories d'individus : les maîtres, les citoyens ordinaires, et ceux qui étaient encore moins que rien, mais qui servaient à toutes les tâches : les esclaves.

Après avoir échappé aux gardes et aux solimandres, les deux fugueurs se faufilèrent dans un étroit corridor qui s'ouvrait au bout des jardins.

Ils pénétrèrent dans un entrelacs d'anciens couloirs abandonnés.

— Vois ces plaques de bronze, lui dit Abralh. Elles sont disposées de loin en loin. Dix-huit coudées, exactement, les séparent. Cette mesure semblait importante aux yeux des architectes d'autrefois.

— Ce segment de corridor en comprend plus de trente, prétendit Solinor.

Abralh considéra son ami en souriant.

— Avoue, tu es déjà venu ici !

— Jamais ! lui assura son ami. Ma parole !

Des bruits de pas résonnèrent.

Ils se turent et se postèrent devant une des plaques réfléchissantes. Derrière ce miroir, ils découvrirent un couloir parallèle au leur.

Trois soldats escortaient un vieil homme à la mine sombre.

— Je connais ce vieillard, laissa tomber Abralh. C'est Estimène de Vorénor. Cet hôte de l'empereur est arrivé au palais avant-hier en grand apparat.

Les deux jeunes s'entreregardèrent, surpris qu'un hôte de marque puisse être somptueusement accueilli, puis aussitôt arrêté et emmené dans un endroit aussi lugubre.

— Je veux en avoir le cœur net, décida Abralh.

— Holà! s'indigna Solinor. Des vêtements, de faux passeports et de l'argent nous attendent ailleurs. Sois sérieux pour une fois!

Solinor avait soigneusement – et après combien de douloureuses hésitations à l'idée de quitter son «cher» palais – organisé leur évasion. Il serra les poings de rage. Abralh était imprévisible. Mais, il devait également se l'avouer, indispensable s'ils voulaient reconquérir leur liberté.

— Ils descendent dans un goulot, indiqua le jeune mulâtre.

— Cet autre corridor donne sur une pièce souterraine, répondit Solinor. On peut l'atteindre par là…

Le rouquin guida son ami jusqu'à une salle ovale aux murs de pierre nus qui sentaient la moisissure. Les machines et les instruments de torture posés sur une table de bois leur donnèrent la chair de poule. Un garde accrocha sa torche à un anneau de cuivre. Un maître questionneur, spécialiste dans l'art d'extraire les aveux des condamnés, s'avança. Le vieillard fut brutalement déshabillé; ses membres fixés par des fers à une planche basse.

— Qu'osent-ils lui faire? s'offusqua Abralh.

— Tu as vu! Maintenant, partons! ronchonna Solinor.

La forêt de Welwand

Province brugonde, Terres de Vorénor.

Les forêts brugondes étaient considérées par leurs habitants comme des entités vivantes. Certains des plus vieux et des plus grands arbres, surnommés les « Sentinelles » étaient des gardiens. Ils possédaient le pouvoir de lire dans l'âme des gens, mais aussi celui de les guérir si ceux-ci leur montraient du respect.

S'aventurer dans les sentes obscures et murmurantes de ces forêts était sinon un sacrilège, du moins un acte de courage ou de folie. Ne disait-on pas, d'ailleurs, que les simples d'esprits avaient seuls la possibilité d'entrer sous les frondaisons de la forêt de *Welwand* et d'en ressortir… peut-être !

La plupart des animaux bénéficiaient d'un libre passage pour autant, affirmaient les Hurelles, qu'ils suivent le code de vie des arbres. Ces sorcières brugondes s'y connaissaient en superstitions, car elles les colportaient depuis des siècles de village en village et de peuple en peuple.

Cette vaste région communément appelée « la Welwand » occupait le Centre-Sud de la pointe des Terres de Vorénor et comprenait les vallées et les plateaux sur lesquels les hommes s'étaient autrefois installés. Depuis, divisés dans leur cœur et dans leur âme par la rapacité des seigneurs, ces hommes s'étaient constitués en peuplades diverses. Il y avait les Brugonds, bien sûr, mais aussi les *Camélonites*, les *Cirgonds*, les *Drumides* et les *Mélonets* du sud et du nord.

Fort heureusement, ces peuples étaient tous unis dans leur inconscient collectif par les mêmes craintes viscérales et par une croyance implantée dans les Terres cinq siècles plus tôt par un Vorénien nommé Erminophène. Un ancien esclave qui avait connu, en Gorée, le maître Torance en personne !

C'est sous le couvert de cette grande forêt sauvage que Brôm, ayant quitté Gwolan quelques heures plus tôt, décida de couper afin de gagner deux jours de marche sur l'itinéraire du retour jusqu'au hameau d'Urghar.

Solena ne discutait jamais les décisions de son père. Elle se contentait d'étudier ses paroles et les trouvait toujours justes ou logiques. Bien souvent, les deux en même temps, d'ailleurs ! Elle ressentait alors une bouffée d'admiration mêlée, elle ne savait pourquoi, d'une rage indéfinissable qui lui serrait parfois le cœur.

Brôm s'arrêta dans une clairière et tendit l'oreille.

— Nous bivouaquerons ici cette nuit.

Il posa son paquetage, déplia sa chaude couverture en peau d'*évrok*, sortit sa longue pipe en roseau.

Solena s'assit. Ses pieds étaient douloureux. Elle extirpa avec soulagement les cailloux qui s'étaient logés dans ses bottes de chevreau.

Ils ramassèrent du bois mort, non à l'aveuglette comme ils l'auraient fait dans n'importe quelle autre forêt, mais avec discernement, en demandant mentalement aux Sentinelles si ce bois pouvait être utilisé pour se chauffer et pour faire cuire de la nourriture.

Solena choisit quelques plantes et récita les prières traditionnelles. Implorant les arbres séculaires avec humilité pour qu'ils donnent aux simples cueillis un peu de leur sagesse et de leur magie.

Son père se pencha au ras du sol, inspira profondément.

— Sens-tu l'énergie de la Terre ?

Sans attendre sa réponse, il déclara qu'elle la sentait, bien sûr, et que c'était même normal, car elle était sa fille et plus encore.

Solena ressentait un bien-être immense. Non parce qu'elle « sentait » vivre Gaïa, la mère éternelle. Mais parce qu'elle n'avait jamais craint les farouches Sentinelles qui effrayaient la plupart des enfants brugonds. Elle savait en effet que la terre, le ciel, les arbres, les animaux et les hommes faisaient tous partie d'une matrice commune. Ils venaient du même sein et tendaient vers la même lumière céleste ; par delà le temps, les époques et les croyances qui naissaient, puis mouraient au rythme d'un cycle grandiose dont elle ne percevait que vaguement l'existence.

— Ma fille, dit Brôm, mangeons. Après, je devrai partir, car très loin au sud-est, dans une grande cité, trois amis ont besoin de moi.

Solena ne cilla pas. Son père partirait, oui, ce qui ne l'empêcherait pas de rester auprès d'elle aussi sûrement que le lichen reste accroché au tronc de l'arbre.

Ils allumèrent un feu qui troua bientôt les ténèbres d'une lueur tirant sur le violet. L'air était de plus en plus froid. La nature se recroquevillait dans une immobilité autoprotectrice. La neige n'était pas loin. Ils la sentaient venir sur leur peau et dans leurs os avant même que les nuages se forment dans le ciel.

Brôm attisa les flammes. Une étincelle accrocha le pendentif de cuivre et de fer qu'il portait au cou. Solena connaissait le motif incrusté dans le métal : le *Wellön*, le scorpion de la forêt brugonde avec son double dard, symbole du secret, protégeant la plume de la vérité spirituelle.

Le sage surprit le regard de sa fille et sourit. Au loin hurla un loup.

— Tu veilleras bien sur le feu durant mon absence, fille, dit-il. Mais ne crains pas les « laineux gris et noirs ». Ces loups sont les compagnons des mystiques comme toi et moi.

Solena n'avait pas l'impression d'être une « mystique » au sens où l'entendait son père. Elle se contentait de vivre dans son ombre et de vouloir se lover contre son flanc chaud.

Tout en préparant la soupe, elle songeait aux visions de son père qui prophétisait une nouvelle invasion sanglante de leurs territoires à ces chefs fourbes, orgueilleux et lâches.

Ils n'avaient pas beaucoup parlé de l'échec de leur mission, mais elle ne le regretterait pas. Avec Brôm, les explications venaient toujours en temps et lieu.

— Penses-tu encore à ce prince qui te fuit et dont tu dois sauver l'âme égarée, fille ? demanda Brôm en tirant sur sa pipe.

Solena rougit légèrement. Brôm reprit :

— Ces plantes que je fume prédisposent au voyage de l'âme. As-tu hâte de voir ?

La jeune fille approuva, car « voir » l'invisible était une expérience à laquelle elle aimait s'adonner et qui lui venait tout naturellement.

— Notre lignée d'âme est pure et belle, ajouta le sage Brugond. N'oublie jamais que les plus grands pouvoirs dorment en toi.

Solena songea que les Hurelles de leur peuple, si craintes et respectées, jalousaient quiconque pouvait les dépasser en sagesse et en puissance.

— Les forts ont toujours été à la fois adulés et haïs, fille, approuva Brôm en lisant dans les pensées de l'adolescente.

Il s'étira, fit quelques mouvements lents afin de rassembler les énergies subtiles autour de son corps. Puis il s'assit en tailleur, le dos droit, les épaules basses et détendues, les bras ballants, les mains ouvertes.

Le voyage… songea Solena en frissonnant.

Ce n'était pas pour elle un événement extraordinaire ou effrayant. Pour la plupart des gens, il n'évoquait que l'acte de se déplacer physiquement dans l'espace. Il en allait tout autrement pour Solena et son père, et c'était là un des éléments qui les différenciaient des Brugonds ordinaires.

Brôm ferma les yeux et répéta que des amis l'attendaient. Qu'ensemble, ils avaient des choses à mettre au point avant que ne s'abattent le fer et la foudre sur les Terres de Vorénor.

En un regard pénétrant aussi rapide que l'éclair, il plongea son âme dans celle de sa fille. Le feu roulant d'images qu'il y vit le rassura et l'épouvanta. L'avenir de Solena était intimement lié aux prophéties qu'il avait écrites. L'enchaînement des événements dépendrait, par contre, de rouages fragiles. Mais le jeu, comme d'habitude, en valait la peine, et le périple de l'humanité, des ténèbres vers la lumière, était un défi à sa hauteur.

Inconsciente des pensées qui agitaient son père, Solena oubliait le froid et la présence des Sentinelles qu'elle sentait intrigués, sinon inquiets. Et elle tâchait aussi de se détendre.

Poser les yeux sur l'invisible était pour elle une seconde nature. Sans bouger, son père entama son voyage. Solena vit son corps de lumière se dissocier de son enveloppe de chair. Elle éprouvait à ce spectacle la même joie pure et enfantine que lorsqu'elle contemplait un ruisseau étincelant, un gros rocher dressé, un arbre majestueux.

Avant de disparaître dans une brume évanescente, Brôm salua sa fille. Solena se demanda où il allait, ainsi libéré des entraves de son corps. Puis elle replongea dans ses propres mondes intérieurs où, avec le visage d'une autre, elle remontait la piste de son prince bien-aimé dont il lui semblait avoir été séparée depuis bien trop longtemps…

Le supplicié

À Goromée, les gongs de bronze sonnaient la sixième heure du jour. Leur vibration faisait tressaillir les murs des maisons et recouvrait, pendant quelques instants, le bruit continuel des chutes d'eau qui berçait quotidiennement des milliers de citadins.

Recroquevillés dans le couloir secret attenant à la salle de torture, Abralh et Solinor étaient anxieux. Le vieil homme arrêté par les soldats haletait péniblement. Pieds et poings liés à des crochets vissés sur une table de bois, il était prêt. Qu'avait-il bien pu faire, dire ou ne pas dire pour s'attirer si brutalement les foudres de l'empereur ?

Le vieillard était dénudé jusqu'à la taille. Abralh remarqua que le bourreau avait déjà eu le temps de lui enfermer les genoux dans des mâchoires en bois équipées de vis dont il pouvait à tout moment actionner le mécanisme.

Petit, maigre et voûté, celui-ci préparait ses instruments. Ses gestes étaient calmes. Et quand il prenait une pince ou une lame finement recourbée, il en étudiait le tranchant avant de faire son choix. Les gardes, sans doute dégoûtés par les horreurs à venir, restaient dans l'ombre.

Solinor était angoissé. Le brigand qui lui avait promis de leur remettre de faux passeports serait-il encore au lieu du rendez-vous si jamais ils arrivaient en retard?

— Il est temps! souffla-t-il. Partons!

Les yeux vert sombre d'Abralh, étirés sur ses tempes, donnaient à son visage, par ailleurs assez rude, une sorte de beauté intérieure que Solinor associait à de la malice ou à une intelligence supérieure – bien que ce mot l'agaçât secrètement.

Soudain, un homme drapé dans une cape pourpre entra en penchant la tête. Les gardes s'agenouillèrent aussitôt.

L'empereur Dravor II avait lancé la mode des perruques somptueuses, des fards et des bijoux – particulièrement des bagues. Aussi, malgré son âge avancé, paraissait-il toujours bien, que ce soit dans une galerie illuminée au milieu de ses courtisans ou dans une salle obscure.

— Procédez, dit-il simplement en s'approchant de la table. Je veux savoir…

Le bourreau planta sa lame dans la chair de la gorge et suivit le tracé de la clavicule gauche.

Le vieillard grimaça à peine.

— Noble Estimène, fit Dravor II, j'ai besoin de vos lumières pour compléter mes préparatifs de campagne. Le temps de la diplomatie et des demi-vérités est révolu. Vos serviteurs et les membres de votre escorte sont tous morts. N'attendez ici ni aide ni réconfort.

— Je t'en prie, allons-nous-en! insista Solinor en tirant Abralh par le bras.

Le jeune mulâtre ne pouvait détacher son regard du vieux sage. Il se souvenait que la veille, alors qu'il déchargeait ses nombreux bagages, Estimène l'avait fixé intensément.

Le sang gicla. L'empereur demanda au bourreau de ne pas entailler la chair trop près du cœur, car il fallait que le mystique « parle » avant de mourir.

En attendant, c'était plutôt le souverain qui discourait.

— Les Terres de Vorénor représentent une menace directe pour mon empire. Vos seigneurs barbares, me direz-vous, sont incapables de constituer une armée d'envergure. Mais certaines de vos prophéties m'inquiètent. Que savez-vous exactement de ces légendes? Les seigneurs de Vorénor et votre haut souverain lui-même attendent-ils vraiment, pour se rebeller contre moi, la « dernière cristalomancienne » annoncée?

Le vieux Estimène ne bronchait pas. L'empereur pour-suivit:

— Mais la menace qui intéresse notre Premius est plutôt, vous vous en doutez bien, d'ordre spirituel. Vos *Fervents du Feu bleu* font de l'ombre au Torancisme officiel. Il n'est pas bon, voyez-vous, que des peuples aussi voisins que les nôtres aient des croyances différentes. Cela nuit à la bonne intelligence, au commerce et à la compréhension ordinaire des choses et des événements.

Les deux esclaves en fuite avaient déjà entendu parler des Fervents du Feu bleu. Ces mystiques faisaient école en Terre de Vorénor et prétendaient posséder, contrairement au clergé officiel, les véritables Préceptes de vie autrefois donnés aux peuples par le Messager Torance. Ces propos étaient d'ailleurs jugés hérétiques par Angus Siponne, le Premius de Goromée.

L'empereur posa ses mains baguées sur le bois noirci de la table. Des lames avaient été plantées dans la poitrine du vieillard. Parsemée de touffes de poils gris et de petites veines bleues, sa peau était tendue à se rompre.

— Mais il est un sujet qui me préoccupe encore davantage, avoua l'empereur…

— Partons ! Partons ! s'impatienta encore Solinor comme s'il était lui-même au supplice.

— Vous possédez les trésors anciens autrefois conservés dans la Géode sacrée, poursuivit Dravor II. Et il se trouve que je veux ces trésors.

Ce dernier mot sonna dans la tête de Solinor comme un gong.

Estimène hurla. Le bourreau serrait les mâchoires qui emprisonnaient ses genoux. Dans l'air empesé et la demi-obscurité oppressante, ils entendirent craquer les os.

La main d'Abralh se crispa sur le manche du glaive volé au garde-chiourme.

Solinor comprit ce que son ami avait en tête.

— Tu es fou ! glapit-il.

Le jeune esclave brisa la plaque de bronze et jaillit du passage secret.

Il éventra le bourreau, repoussa l'empereur. Saisissant deux des lames plantées dans le thorax du vieillard, il les projeta sur les gardes stupéfaits qui reculèrent.

Abralh s'empara ensuite d'une torche et la lança sur le manteau de l'empereur. Le souverain s'enfuit en direction de la porte, suivi par les gardes.

L'esclave s'affaira ensuite autour du vieillard. Solinor s'approcha à son tour et l'aida à le libérer.

— Tu es fier de toi ! s'écria-t-il, fielleux. Et maintenant ?

Abralh força Estimène à se lever.

— Tu m'as prouvé que tu connaissais ces souterrains, rétorqua Abralh. Alors, mène-nous loin d'ici !

Il jucha le vieil homme sur son dos et suivit Solinor qui répétait qu'ils étaient fous d'avoir agi de la sorte.

Des gongs retentissaient dans la cité.

Ils parvinrent à un embranchement.

— Par le corridor de gauche, nous gagnons l'endroit où nous attend le brigand avec nos passeports, dit Solinor.

Estimène murmura quelques mots dans les cheveux d'Abralh.

— Prenons à droite, décida celui-ci.

— Pas question ! répliqua le rouquin.

— Alors, adieu !

Et Abralh choisit le goulot de droite.

— Tu vas vers le port ! Qu'espères-tu trouver, là-bas ?

Solinor voulut ajouter que c'est dans cette direction que les chercheraient les soldats de l'empereur.

— Attendez-moi ! s'écria-t-il au bout de quelques secondes.

Il dépassa ses compagnons et ajouta que les solimandres étaient déjà sur leurs talons.

— Je les entends.

Ils s'arrêtèrent, tendirent l'oreille…

— Tu te trompes, fit Abralh. Ce que l'on entend, c'est un écoulement d'eau. Les canaux doivent passer tout près.

Des bruits de *galvas* métalliques résonnèrent. Les soldats se rapprochaient à vive allure. Solinor devina qu'ils ne se trouvaient qu'à une centaine de mètres.

Estimène bredouilla que le salut les attendait au bout de ce tunnel.

Le dos endolori par le poids du vieil homme, Abralh repéra des espèces de roues scellées aux parois.

— Vois ! dit-il à son ami.

Solinor contempla ces « roues » en métal enduites d'une épaisse couche de rouille. Il posa ses mains sur une d'elles et força à gauche. Le mot « ouvrir » s'imposa à son esprit. Son cœur cognait dans sa poitrine.

Un grondement sourd fit frémir la roue entre ses mains. Des cales de bois enfoncées depuis des siècles dans les parois sautèrent d'elles-mêmes. Pris d'un sombre pressentiment, il détala aussi vite qu'il put.

Quelques instants plus tard, les souterrains étaient inondés par de puissantes trombes d'eau.

Abralh souleva une trappe d'égouts de la cité et se retrouva sur le port au milieu d'une foule de marins et de badauds, mais aussi de marchands et de prostituées. Un amoncellement de voiles, de coques et d'étraves alignées le long du quai principal leur explosa en plein visage. Si certains citadins s'étonnèrent de leur présence, la plupart vaquaient simplement à leurs affaires.

Solinor réalisa que jamais il n'avait vraiment cru que la liberté était aussi proche. Abralh étudiait les possibilités de fuite quand le vieil Estimène murmura de nouveau près de son oreille.

— Cherche une embarcation modeste déjà équipée d'une voile et de solides rames.

— Des soldats! s'écria Solinor en repérant une troupe d'hommes en armes.

La populace s'écarta devant les solimandres et les lances dressées des archers. Abralh eut le réflexe de se cacher derrière un empilement de tonneaux de vin en provenance de la riche province d'Élissandre.

— Il faut embarquer au plus vite! souffla-t-il.

Solinor considéra les vagues grondantes qui inondaient le quai. La houle venait de l'ouest. Le ciel, s'il avait été allumé par le soleil, était à présent gris et atone.

— Tu comptes vraiment naviguer! Par ce temps, nous serons vite rejetés sur le quai.

Une volée de flèches se planta dans les tonneaux. Abralh remarqua les regards éplorés des marchands de vin. Les soldats avançaient, leurs lances près du corps.

— Il y a une embarcation pour nous, là derrière, dit Estimène.

— Ce fou va causer notre perte! geignit Solinor.

Abralh n'avait pas l'intention de se rendre. Depuis qu'il avait aperçu le vieillard dans les souterrains, une volonté invisible le poussait à agir. Elle apaisait ses craintes, renforçait sa conviction qu'il était capable d'accomplir de grands prodiges. Et, étonnamment, Abralh ne pouvait s'empêcher de faire confiance à cette voix intérieure…

Le mulâtre fit glisser Estimène de son dos et demanda à son ami de le charger sur le sien.

— Que comptes-tu faire? bredouilla celui-ci.

Abralh s'arcbouta contre les tonneaux. Un craquement épouvantable s'ensuivit. Un flot de liquide magenta se mélangea aux vagues écumantes sous les cris de désespoir des marchands. Le jeune homme sauta ensuite dans l'embarcation que lui avait désignée le mystique.

— Je te préviens, vieillard, lança-t-il, je ne sais pas naviguer.

Estimène répondit en grimaçant de douleur qu'il n'en croyait pas un mot.

— La houle! La houle! s'écria avec horreur Solinor.

Le vent les empêchait en effet de s'écarter du quai. Ravis, les soldats impériaux se préparaient à les cueillir.

Estimène se dressa sur ses genoux mutilés et tendit ses bras maigres vers le ciel. Impressionnés par le geste du vieillard, mais plus encore par les vents qui changeaient de direction, Abralh et Solinor étaient immobiles comme des statues de sel. Une vague immense renversa les soldats. Une autre saisit leur embarcation et la poussa vers le large. Les flèches décochées par les archers furent tout aussi mystérieusement détournées de leur cible.

Quelques minutes plus tard, le port et la cité de Goromée n'étaient plus qu'un point sur la ligne d'horizon.

Alors seulement le vieil Estimène accusa la fatigue et se recroquevilla contre Abralh.

Solinor s'était assis au gouvernail sans trop y croire.

— Il faut déployer la voile, à présent! dit Estimène, épuisé.

Il tapota la main du jeune mulâtre.

— Crois ce que je te dis. Tu découvriras bientôt à quel point on est, toutes et tous, bien plus forts qu'on pense.

Abralh gardait les yeux obstinément fixés sur l'horizon. Ils avaient conçu le projet de fuir et la vie, qui possédait une intelligence cachée et subtile, les avait exaucés.

Estimène n'était pas mécontent de son sort. Il était venu à Goromée sur l'insistance du Mage errant. Celui-ci lui avait prédit qu'il reviendrait en Terre de Vorénor accompagné de deux grandes et belles âmes dont le destin était de s'imbriquer étroitement aux prophéties; prophéties qui annonçaient la venue de la dernière cristalomancienne.

Comment? Quand? Pourquoi? Ces questions devaient être laissées au génie de l'immortel Mérinock qui veillait à présent sur lui et sur les deux jeunes esclaves en fuite...

Le précipice

Les motifs de couleurs peints sur la grande toile recouvrant le *Koptec* où se réunissait le conseil des chefs l'avaient toujours fasciné Solena. Étaient-ce de grands oiseaux aux ailes d'or et aux becs de sauriens ? Ou bien les longues branches stylisées des Sentinelles de la forêt ?

Accroupie dans les hautes herbes, la jeune fille hésitait à soulever le pan de toile. À l'intérieur se trouvaient les chefs de tous les hameaux brugonds accompagnés de leurs Hurelles qui faisaient office de conseillères spirituelles ; soit, une trentaine de personnes en tout.

Sis au centre du hameau, la tente du Koptec rivalisait de majesté avec les impressionnants Sentinelles plantés dans la clairière. Les huttes se pelotonnaient en grappes tout autour.

Solena regrettait qu'elle et son père n'habitassent pas au sein du village, mais plutôt dans une hutte construite dans une clairière distante d'environ trois jets de pierre des feux et des enclos où paissaient les animaux. Un trille d'oiseau s'éleva dans les frondaisons. Il annonçait une journée chaude et sèche. Sans plus de crainte, Solena s'introduisit dans le Koptec et se fit aussi petite et discrète que possible…

Ce qu'elle ressentit prit comme d'habitude le dessus sur ce qu'elle voyait ou entendait. La froideur qui émanait du groupe des chefs et de celui des Hurelles, assis de part et d'autre d'une souche monumentale, la fit se recroqueviller derrière un empilement de bûches. La jeune fille inspira l'odeur âcre des herbes que fumaient les chefs dans de longues palmes de *kénoab* noir roulées au bout de leurs doigts.

Malgré le printemps à leurs portes, les chefs étaient vêtus de lourds *kaftangs* en peaux et ils s'agitaient sur leur siège. Bien bâtis – ils excellaient chacun dans l'art du combat –, ils étaient aussi réputés pour leur sagesse et leur bonté. Ils portaient leurs cheveux longs et droits dans le dos. Certains tressaient leurs mèches alors que d'autres les laissaient libres de vagabonder sur leur front plissé et sur leur peau tannée par l'ardent soleil d'hiver.

Les Hurelles noircissaient leur peau et le contour de leurs yeux avec de la poudre extraite des palmes de kénoab noir. Elles demeuraient silencieuses. Pourtant, Solena les devinait dans l'expectative. Lorsque les chefs parlaient, elles faisaient sonner leurs bracelets d'argent en les cognant les uns contre les autres, pour approuver leurs dires ou pour protester.

Le ton sec des voix faisait tressaillir la jeune fille. Son père avait eu tort d'aller jusque dans la cité de Gwolan sans la permission des chefs. Il s'était passé de leur autorisation et se tenait, seul et droit, au milieu de ses accusateurs.

— Tu oublies qui tu es et d'où tu viens, Brôm! Tu oublies que tu ne fais plus partie des chefs! clama un des anciens.

— Prétendre que notre peuple est en péril est dangereux! Cherches-tu à semer le trouble dans les esprits? Ne sais-tu pas que la peur appelle la peur, et que la méfiance engendre la haine?

Solena voyait très bien les bouffées de colère, de mépris et d'indignation s'élever en panaches au-dessus des chefs, puis se répandre dans le Koptec telle une haleine fétide. Elle savait que ces énergies subtiles et de basses vibrations allaient s'interpénétrer l'une l'autre, s'influencer et grossir en force et en fureur. Elles se répandraient ensuite dans le hameau, voire plus loin encore. Ceux qui avaient déjà peur deviendraient plus craintifs. Ceux qui nourrissaient des doutes se mettraient à parler de batailles et de massacres.

Une Hurelle rompit la tradition qui interdisait aux sorcières de couper la parole à un chef, et se leva. Son costume en peau de chamois cousu avec des perles rares sur son corps rachitique bondit avec elle. Sa lourde chevelure enduite d'huile paraissait aussi vivante que ses yeux flamboyants.

— Brôm a parlé pour les chefs sans leur permission. Il s'est permis de demander l'aide des clans voisins. Il a menacé notre peuple de destruction! Il a jeté le déshonneur sur le clan. Pour cela, il mérite la mort.

Les autres Hurelles firent tinter leurs bracelets et se mirent à hululer.

Solena se boucha les oreilles, mais garda les yeux grands ouverts, car son père, toujours aussi calme et silencieux, ne pouvait pas se laisser accuser ainsi sans répondre.

Le doyen des chefs – un poste autrefois occupé par Brôm – imposa le silence aux Hurelles.

— Tu oublies que tu as été banni, Brôm, dit-il, et que tu ne dois ton retour parmi nous qu'à notre clémence. Comment as-tu osé?

La vie de son père avait toujours intrigué Solena. Avant d'épouser la fille d'un doyen et d'être devenu un fin politicien, il avait été « banni » comme venait de le dire l'ancien. Jamais elle n'avait osé interroger son père à ce sujet. L'occasion était-elle venue de savoir?

Brôm brandit son kaïbo. Son visage était de marbre, ses yeux aussi perçants que ceux d'un aigle.

— J'ai vu en songe ce que j'ai dit. Et mes songes, chacun ici le sait, sont des vérités en devenir.

Défenderesses des anciennes croyances, les Hurelles accusèrent Brôm de vouloir entraîner le peuple brugond dans la guerre. Brôm assura le conseil qu'il ne trouvait ses visions ni dans les herbes folles fumées par les Hurelles ni dans l'alcool de kénoab, comme certaines d'entre elles qui se livraient ensuite à des rituels soi-disant magiques, dans leurs cavernes, en compagnie de jeunes et vigoureux Brugonds.

Ses propos soulevèrent un tollé de protestations et des claquements de bracelets.

Hué, poussé, récrié, Brôm fut obligé de sortir du Koptec tandis que se rassemblaient les chefs et les Hurelles qui entendaient décider de son sort. Comme il l'avait fait pour les autres seigneurs brugonds dans la cité de Gwolan, Brôm les mit en garde :

— Si vous ne vous unissez pas, tout ce que vous connaissez disparaîtra bientôt ! Vos conquérants viendront par la mer et par la terre, et votre mode de vie et vos croyances disparaîtront. Les Sentinelles mêmes brûleront !

Le hululement des Hurelles couvrit ses paroles et Brôm se retrouva seul sur le seuil de l'immense tente. Les Brugonds, hébétés et craintifs, osaient à peine sortir la tête de leurs huttes et gardaient la nuque basse.

Brôm brandit son kaïbo, non pour les effrayer, mais pour tenter de les réveiller. Hélas, les villageois rabattirent leurs toiles et se terrèrent.

Solena n'avait pu, là encore, aider son père. Elle le suivit tristement des yeux et s'en fut de son côté.

Peu après, alors que le soleil était déjà haut dans les arbres, elle cueillit quelques *rosoncées bleues* dans un champ.

Les bras chargés de corolles éclatantes, elle se rendit ensuite dans la forêt pour y chercher ces racines dont son père avait besoin, parfois, pour oublier qu'il était devenu un « homme de chair qui devait se soumettre aux exigences d'une vie de mortel ». Elle fouilla dans les herbes, laissa passer l'heure de la mi-journée, mangea quelques tubercules qu'elle lava dans l'eau glacée d'un ruisseau. Jugeant que ses poches étaient suffisamment pleines, elle courut jusqu'au « bois des anciens » ; vaste périmètre de kénoabs noirs sacrés planté par l'homme et qui s'étendait à quelque distance du hameau. Chaque village brugond possédait le sien. Ceinturé par une clôture faite de monolithes dressés, ce bois abritait les âmes des morts.

Ayant au nombre de leurs tâches la nécessité de fournir une sépulture naturelle aux Brugonds défunts, les Hurelles prenaient leurs cendres et les mélangeaient à des semences de kénoab. Un arbrisseau jaillissait du sol dès le printemps suivant la mise en terre, et les familles pouvaient venir déposer des offrandes à ses pieds : des fleurs, des graines ou d'autres cadeaux similaires qui faisaient grandir l'arbre dans lequel vivait l'âme d'un fils, père, mère, femme ou mari défunt.

Ce cérémonial faisait partie intégrante de la vie des Brugonds et était pour eux aussi naturel que respirer ou manger. Solena s'y pliait de bon cœur, à la fois pour satisfaire les exigences des villageois, mais aussi, secrètement, parce que l'idée que sa mère décédée puisse faire partie de l'arbre qui avait poussé grâce à ses cendres la séduisait et la rassurait.

Elle s'agenouilla et pria.

Puisses-tu vivre dans l'éternelle lumière de la déesse, ô ma mère !

Elle n'osait utiliser les paroles exactes employées d'ordinaire par les Brugonds qui croyaient fermement que leurs morts «vivaient» bel et bien dans les arbres, car une intuition lui murmurait que si les cendres issues du corps pouvaient aider à la croissance de l'arbre, l'âme du défunt était, elle, partie vivre au-delà de ce monde. Un concept véhiculé par les Fervents du Feu bleu qui faisaient école en Terre de Vorénor depuis des siècles, mais dont les dogmes voisinaient trop, aux dires des Hurelles, avec ceux du Torancisme prêché à outrance par les légides dans les grandes cités.

Solena déposa avec soin les petites corolles bleues au pied du jeune kénoab. Oda, sa mère, était morte de la peste trois années plus tôt. La jeune fille aimait se rappeler son visage grave, ses gestes lents, cette joie profonde qu'elle mettait dans chaque moment de sa vie. Elle se remémorait sa voix chaude et la «tendre complexité de sa simplicité» – expression employée par son père lorsqu'il évoquait sa femme avec laquelle il avait de longues et riches conversations sur la politique et la spiritualité des peuples.

La boue des sentiers avait séché durant la nuit. Les pierres élevées çà et là dans le bois entourant le hameau étaient chaudes. La terre avait gobé toute la neige fondue et les ruisseaux bondissaient dans les crevasses et sur le flanc des collines. La lumière allait au fil des jours se faire moins vive entre les troncs. De nouveau, les feuilles concevraient ces magnifiques chapelles de verdure qui faisaient le charme de la grande forêt de Welwand. Les oisillons allaient bientôt réclamer de la nourriture à cor et à cri, les premiers insectes bourdonneraient en essaims près des étangs. La déesse Gaïa, disait Brôm, ouvre les yeux au printemps et commence à sortir de sa langueur.

Toutes ces sensations plongeaient la jeune fille dans un état proche de l'extase. Elle sentait en ces occasions le lien qui unissait chaque être vivant à la Terre, et la Terre à chaque arbre, chaque animal, chaque homme. Coupée de la réalité, Solena profitait de ces moments d'intime communion avec «l'arbre-âme» de sa mère pour s'aventurer toujours un peu plus loin dans les plis subtils qui séparaient la réalité des hommes de celle, bien plus vaste et magnifique, de ces mondes de lumière qu'elle avait parfois l'impression de toucher du bout des doigts.

Cet état proche de la transe l'empêcha d'entendre les pas qui se rapprochaient d'elle. Lorsqu'elle vit les jeunes derrière elle, son cœur bondit dans sa poitrine.

Elle se redressa, et aussi vive qu'une biche, leur glissa entre les mains. Une pierre, puis deux, puis une volée de cailloux ricochèrent sur des troncs voisins. L'un d'entre eux l'atteignit entre les omoplates, mais Solena se perdait déjà dans le bois.

Les sentant sur ses talons, elle ne put prendre le sentier de gauche qui menait directement à sa hutte. Elle escalada alors le raidillon de la colline en faisant attention de ne pas se tordre les chevilles dans les racines.

Les enfants dérangèrent un hibou ensommeillé, des grives qui nichaient tout près et même une renarde effrayée par leurs cris.

Solena atteignit le sommet, en nage et toute décoiffée. Des épines prises dans ses cheveux ondulés, les joues griffées par les branches, elle ressemblait non pas à la chasseresse de ses rêves, mais à une fugitive. Au détour d'un fouillis d'arbrisseaux, elle s'arrêta net devant un précipice. Elle évalua la distance qui la séparait du bord opposé et décida sagement de rebrousser chemin.

Mais, en faisant demi-tour, elle tomba nez à nez avec ses poursuivants.

Ils étaient une demi-douzaine, garçons et filles, vêtus comme elle de tuniques en peau et de bottes fourrées. Ils portaient sur les joues les traditionnelles *fiskas*, sorte de tresses de cheveux noués de cordons jaunes pour les filles et rouges pour les garçons.

Un adolescent s'approcha.

— Mon père dit que ton père est un sorcier doublé d'un traître, et que les traîtres et leurs familles doivent mourir.

Une fille dégingandée ajouta méchamment que les traîtres n'avaient pas le droit de renaître sous la forme de végétaux. Qu'ils devaient disparaître.

— Voyons si une fille de sorcier peut voler ! proposa un autre.

Solena recula jusqu'au bord du ravin. Le premier garçon jeta une pierre dans le précipice et tendit l'oreille.

— Vole ! s'écria la fille.

L'adolescent attrapa Solena par le col de sa tunique et la poussa.

À cet instant, la terre trembla sous leurs pieds. Des craquements retentirent tout près. Effrayés, les enfants cherchèrent des yeux un animal : peut-être même un évrok solitaire. Ces mastodontes ressemblaient à des collines en mouvement et possédaient trois défenses en ivoire et une cuirasse en laine grise ou brune.

Mais nul évrok ne se trouvait à proximité. Solena échappa à la poigne de son adversaire. Elle longea le précipice et se jeta tête baissée dans les épineux. Son front heurta un tronc. En tombant, elle vit tout à la fois le ravin et les enfants terrorisés qui reculaient.

En un bref, mais intense voyage de l'âme, elle se revit devant un gouffre semblable.

C'est l'hiver. Il fait froid. Plusieurs jeunes m'entourent et je marche sur des rubans de lumière en équilibre entre les deux bords du précipice. Un garçon tend sa main vers moi. Nous sommes pourchassés, mais rien d'autre n'a d'importance que ce jeune homme aux cheveux noirs et bleus qui marche à mes côtés au-dessus du vide…

Puis la neige, le froid intense, le vent et la merveilleuse sensation de n'être plus seul s'évanouirent et Solena reprit connaissance. Le Sentinelle planté au bord du ravin semblait lui sourire. Ses poursuivants avaient disparu. La jeune fille comprit que l'arbre était intervenu. Elle posa sa paume sur le tronc graveleux et le remercia.

Enfin, comme le jour déclinait, encore tremblante de peur elle regagna sa hutte.

Le visage de Brôm, avec ses longues rides, ses traits forts, ses paupières lourdes et sa peau déjà parcheminée par l'âge l'avaient toujours fascinée.

La figure, pensait-elle, est un paysage sur lequel s'inscrivent les joies et les peines, les victoires et les défaites ainsi que la moindre émotion qui dépasse le niveau de tolérance de l'individu.

D'où tenait-elle ces ressentis? Brôm lui enseignait qu'une personne était composée de plusieurs personnalités emboîtées les unes dans les autres. Chacune d'elle possédait un vécu ainsi que des expériences et des connaissances qui lui étaient propres. La personnalité dominante était celle de l'âme présente, teintée de l'ego – ou masque – qui recouvrait son visage.

Ces propos étaient toujours parsemés de mots compliqués qui cachaient à Solena ce que, finalement avait-elle compris, elle devrait au long de sa vie découvrir par elle-même.

Leur hutte n'était composée que de quatre pièces. Une pour dormir, une pour manger, une pour se laver. La dernière, tenue froide et sèche, servait à conserver les légumes récoltés durant l'automne, les tubercules cueillis pendant l'hiver, les huiles nécessaires aux lampes lorsque l'on ne pouvait couper du bois, et les viandes de cerf ou de sangliers conservées avec du sel à l'intérieur de cruches que l'on fabriquait avec l'argile tirée des flancs crayeux de la colline.

Allongé sur sa couche rembourrée de feuilles et de brindilles soigneusement écrasées, Brôm tirait sur sa pipe. Il était revenu d'une profonde transe quelques minutes plus tôt, et Solena pouvait lire dans ses prunelles le souvenir d'un long et mystérieux voyage.

Dans la demi-pénombre et l'odeur acide des racines, père et fille étaient unis par leur état de proscrits, mais aussi par les puissants liens de l'amour filial.

— La situation, ma fille, est complexe et périlleuse, dit soudain Brôm.

Solena ouvrit sa conscience et inspira doucement par le nez. La voix de son père, basse et hypnotique, possédait l'art de donner la vie aux mots, et mettait de la lumière dans chacune de ses intonations.

Avide de comprendre l'origine des ressentiments éprouvés à leur égard par la population du hameau, mais aussi intriguée par ces «sauvages venus du sud et de l'est» qui voulaient les conquérir, la jeune fille écouta.

Lorsque son père évoqua les trois personnages qu'il guidait jusqu'en Terre de Vorénor durant ses transes répétées, elle ne put se retenir:

— Ainsi, vous êtes un sorcier!

Il rit.

— Plutôt un mage vénérable qui arpente cette terre et guide les âmes depuis de longs siècles.

Il la fixa au fond des yeux.

— Toi-même, tu n'es pas seulement Solena d'Urghar, fille de Brôm, mais bien une de mes plus précieuses messagères.

Il avoua ensuite qu'ils n'étaient pas vraiment des Brugonds.

— Nous nous cachons parmi eux en attendant le grand moment, ma fille. Les Hurelles le sentent confusément. Elles nous craignent et nous jalousent pour cela.

Il considéra la jeune fille avec beaucoup de tendresse.

— Nous nous connaissons depuis bien plus longtemps que tu ne le crois. Et tes dons, qui sont nombreux et que tu vas bientôt redécouvrir, ont été acquis au long de plusieurs vies passées.

Solena voulait orienter la conversation sur les trois personnes qui venaient. Qui étaient-elles? Devaient-elles les rejoindre? Dans quel but? Et, surtout, y avait-il parmi eux le jeune prince qu'elle recherchait dans ses rêves?

Brôm lui prit les mains.

— Prépare-toi à voir tout ce qui nous entoure détruit. Mais, rassure-toi, rien n'est jamais une fin. La vie, vois-tu, est une succession de vagues sur le rivage éternel de nos âmes.

La jeune fille voulut argumenter, partager avec son père les idées et les inquiétudes qui l'habitaient. Mais Brôm fermait les yeux et se retranchait derrière les fenêtres de son esprit. Il tirait silencieusement sur sa pipe pour en savourer l'âcreté, et se perdait de nouveau dans les fumerolles de l'avenir en formation. L'air se chargeait d'arômes.

Des larmes montèrent aux yeux de Solena sans qu'elle sache si elles lui venaient des racines qui brûlaient dans le creuset de plomb ou bien des images de destruction et de sang qui tourbillonnaient dans sa tête.

L'ODEUR DE LA TERRE
ET DU SABLE

Longtemps, ils avaient navigué au plus près des côtes. Mais la nuit tombante avait grossi les risques de s'échouer sur des récifs. Roulé en boule sous le frêle assemblage de bois et de toile qui leur tenait lieu d'abri, Solinor gémissait et se tenait le ventre. Ils avaient rentré la voile dès que les vents avaient forci. Un temps, le vieil Estimène avait tenu le gouvernail, mais ses blessures lui arrachaient des gémissements qu'il réprimait avec courage.

Parfois, il récitait des prières dans une langue inconnue. Souvent, aussi, il restait silencieux, absent de lui-même, les yeux fixés sur un point précis. Et il hochait la tête comme s'il répondait à quelques directives venues de l'invisible.

Après deux jours passés à remonter les côtes de l'*Empire de Gorée* vers le nord, ils longèrent les rivages diaphanes du royaume de Reddrah. Le troisième jour, Estimène eut un regain d'énergie et insista pour mettre le cap plein ouest.

L'ouest, cela signifiait la pointe des Terres de Vorénor ou à tout le moins sa côte orientale. Estimène leur parla du peuple des Drumides. Un nom que ni Abralh ni Solinor n'avaient jamais entendu prononcer au palais impérial. Le vieil homme leur remit deux bâtonnets séparés par une cordelette.

— Voici notre compas.

À la première nuit calme et sans brume, le vieux mystique avait mesuré des distances et calculé la route à suivre en positionnant le bâtonnet du haut devant ses yeux vis-à-vis d'*Oustand*, l'étoile de l'ouest. Puisque l'art de la navigation était inconnu des deux esclaves en fuite, ils devaient s'en remettre à ce vieillard à barbe blanche dont l'œil, acéré et gris, les contemplait parfois, malgré ses douleurs, avec une ironie peu commune.

Alors que leur esquif essuyait une puissante vague qui arrivait sur eux par le travers, Abralh ressentit soudain une douleur au creux de l'estomac. L'instant d'après, il eut vaguement l'impression de se tortiller et de gémir, une bile gluante au bord des lèvres, tandis qu'Estimène tenait fermement le gouvernail.

Le jeune mulâtre revécut alors des scènes de sa vie d'esclave. Chargé de nettoyer des dortoirs puants, il était la cible constante de ses maîtres. Son caractère ombrageux n'aidait en rien sa condition et il était souvent puni, mis à genoux et fouetté. On l'attachait et il subissait quolibets et humiliations en serrant les dents.

Puis Abralh rêva qu'il se tenait debout sur le plat bord de l'embarcation qui tanguait sous la houle. Bras tendus, le visage mouillé d'embruns, il se sentait pénétrer par une énergie sauvage qu'il savait pouvoir manipuler à sa guise.

Il avait l'impression, même, de ne plus toucher le plat bord de l'esquif que de la pointe des pieds. Suspendu au milieu de la tempête, il croyait vivre un état d'extase incroyable. Avait-il déjà ressenti en lui une telle force? Une telle sérénité?

Il était persuadé que oui.

Une main chaude se posa soudain sur son plexus solaire. Abralh se réveilla en sursaut et saisit l'effronté à la gorge.

— Holà ! lui cria Solinor en le forçant à relâcher sa prise. N'étrangle pas notre sauveur !

Abralh réalisa avec effroi qu'il serrait la gorge du vieil Estimène venu s'enquérir de son état. Solinor le considérait avec un mélange de tendresse et de soulagement.

— Tu dormais, tu n'as rien vu. Estimène est incroyable ! Il se tenait debout, un pied de chaque côté du plat bord et il commandait aux vagues !

Le visage du jeune roux était extatique. Abralh cligna des yeux. L'eau salée avait desséché sa peau et de fines zébrures ensanglantées striaient ses joues.

— Tu n'as vraiment pas le pied marin ! plaisanta Solinor.

Après quelques secondes de frustration, Abralh finit par rire, lui aussi.

— Regarde, dit son compagnon, c'est magique…

Devant eux s'étiraient des bancs de brumes arrosés par une légère bruine. L'eau battait doucement le flanc de leur embarcation.

Une côte irrégulière se dessinait sous la ligne d'horizon. Assis près du gouvernail, Estimène tenait le cap. Solinor ne put s'empêcher de murmurer à l'oreille de son ami que le vieux avait passé les dernières heures à parler tout seul.

— On aurait dit qu'il dialoguait avec un fantôme.

Abralh tapota l'épaule de son compagnon. Ils atteignaient enfin un rivage, et rien d'autre n'avait d'importance. Durant cette traversée, ils n'avaient pas eu beaucoup de temps pour discuter, mais les quelques paroles qu'ils avaient échangées étaient sans équivoque. Une vie nouvelle s'offrait à eux. Et, grâce à ce vieillard un peu fou qui détenait un trésor dont rêvait l'empereur de Gorée lui-même, ils ne manquaient pas de projets !

Une violente secousse les força à se retenir au plat bord. La quille de l'esquif racla un haut-fond. Peu à peu, la brume se déchira et céda la place à un rivage blanc-gris découpé de hautes falaises couronnées par une forêt de sapins.

Abralh et Solinor sautèrent dans l'eau et poussèrent l'embarcation sur la plage. Le jeune esclave se laissa tomber à genoux dans le sable, en prit deux poignées dans ses mains, les porta à son visage.

— Liberté, grandeur, mystère... amour? récita Abralh, surpris par ces mots qui jaillissaient de sa gorge.

Solinor remarqua le sourire qui arquait la bouche du vieillard.

— Vous riez?

— J'ai déjà assisté autrefois à pareil enthousiasme, répondit Estimène en se laissant glisser au sol.

Le sel, la houle et l'épuisement n'avaient pas aidé à son état. Ses blessures étaient à vif et il ne sentait plus ses extrémités.

Abralh demeurait sous le choc de ce rivage immaculé sorti de nulle part. Solinor lui donna à son tour une claque amicale dans le dos. D'un mouvement de tête, il désigna Estimène qui s'était adossé à l'esquif.

— Nous devons manger, et lui aussi!

Le ton du jeune esclave goroméen était sans aménité, mais suffisamment éloquent pour que Abralh secoue sa torpeur.

Il rejoignit Estimène et songea avec compassion que ce haut dignitaire religieux venu en grande pompe de Vorénor sur l'invitation de l'empereur Dravor II en était désormais réduit à l'état de naufragé, sans bagages ni escorte, excepté celle de deux esclaves en fuite.

— Nous allons trouver de quoi manger, lui promit-il. Vous serez vite remis sur pied et nous pourrons retrouver les vôtres.

Cela dit, il prit la mesure de ce rivage inconnu.

Mais les deux compagnons durent vite se rendre à l'évidence : ayant grandi dans un palais et mangé chaque jour à leur faim, l'idée même de débusquer quelque nourriture sur cette grève déserte leur semblait impossible, voire saugrenue.

— Le vieux ! Lâcha soudain Solinor d'une voix blanche.

Abralh s'agenouilla près du mystique, lui tapota les joues.

— Réveillez-vous ! Hé ! Revenez à vous !

Le même sourire, mi-tendre mi moqueur, ornait les lèvres d'Estimène.

— Il y a un premier et un dernier jour pour toute chose dans la vie, haleta-t-il.

Abralh le souleva dans ses bras, le forçant à se lever.

— Marchez, cela vous fera du bien.

Mais au bout de quelques pas, il dut renoncer à traîner le vieillard.

Solinor s'écria, dépité :

— Il est bien capable de mourir avant de nous avoir révélé la cachette de son trésor, le vieux !

Estimène hoqueta. Du sang coula de sa bouche.

Le mulâtre réalisa enfin le comique de leur épopée. Un territoire, si vaste soit-il, reste une prison pour qui ne sait pas survivre par lui-même ! songea-t-il avec philosophie. Et, doucement, il caressa le front du vieillard qui avait fermé les yeux.

Solinor ne put contenir plus longtemps sa hargne. Il frappa du pied leur embarcation, gémit de douleur, frappa de nouveau, ce qui fit rire son compagnon.

— Je ne vois pas ce qu'il y a de drôle ! brailla Solinor.

La main d'Estimène saisit celle d'Abralh.

— Le trésor existe, murmura-t-il. Une innocente fleur bleue et un désert de glace t'y mèneront. Je serai à tes côtés pour te guider...

Le mulâtre se pencha pour en entendre davantage. Hélas, Estimène se tut et ferma les yeux pour de bon.

L'esclave resta un long moment immobile, le regard perdu sur le moutonnement des vagues, tout entier concentré sur le frémissement qu'il ressentait dans son corps lorsque le ressac venait lécher ses pieds nus.

Il déclara ensuite qu'il fallait enterrer le vieillard. Frustré, Solinor refusa de bouger.

Lorsque Abralh eut enseveli le pontife des Fervents du Feu bleu dans l'unique couverture qu'ils possédaient, le soleil déchira enfin les nuages. Un martèlement régulier suivi par des ahans d'hommes l'attira au sommet d'un empilement de rochers. Solinor le rejoignit et les deux jeunes hommes restèrent bouche bée.

À perte de vue s'étendaient des galères remplies de soldats, mais aussi de machines de guerre et de chevaux harnachés. Des esclaves halaient des tours d'assaut sur des rondins de bois à la force de leurs bras. Le cliquetis des galvas militaires, celui des boucliers et des glaives battant les hanches des soldats composaient une musique sinistre et inquiétante.

En reconnaissant les emblèmes de la Gorée et de Reddrah réunis, Solinor crut défaillir. Critique politique malgré sa condition d'esclave, il avait étudié quelques manuels d'histoire. Et, selon lui, une alliance entre la Gorée et le royaume de Reddrah était si contre nature qu'elle n'augurait rien de bon pour les peuples de Vorénor.

Devaient-ils rembarquer à bord de leur esquif ou bien s'enfoncer dans la forêt de sapins?

— Tu vas me croire fou, dit Abralh, mais je viens d'avoir une idée…

Ni l'un ni l'autre ne savait qu'ils étaient observés par deux hommes, debout sur la grève, invisibles, impalpables, mais bien vivants même s'ils évoluaient au-delà des chairs subtiles de la Terre.

Sorti de son corps, Estimène ne se tenait plus de joie. Son maître, qu'il appelait le Mage errant, était venu le chercher ! Il avait senti sa présence à ses côtés durant toute la durée du voyage. Et, maintenant, ils se saluaient l'un l'autre.

— Tu as bien agi en les amenant ici, l'encouragea Mérinock en riant sous le tissu moiré qui recouvrait son visage.

— L'idée que vous venez d'insuffler à Abralh, répondit Estimène, me semble excellente.

— Nous allons donc poursuivre notre œuvre…

Les deux esclaves descendirent le piton rocheux et suivirent, sans le savoir, la voie qu'avait tracée pour eux le Vénérable d'*Evernia*.

L'AUTEL DES ANCIENS DIEUX

Bien que la neige ne fût pas loin en montagne, le temps était clément et la nature renaissait dans chaque taillis. Une herbe courte, mais déjà vigoureuse croissait dans les clairières. En après-midi montaient des fourrés les trilles d'oiseaux et les stridulations des premiers insectes.

De retour chez elle après des heures passées à chasser la mante noire dans les ornières de vase, Solena était satisfaite. Elle tenait dans sa besace des racines de mangror pour assaisonner leurs restes de viandes séchées, mais aussi, prisonnières à l'intérieur d'une boîte faite d'écorces et de corde, deux mantes femelles ainsi qu'un grand mâle. Réputée mortelle, la piqûre de ces insectes était utilisée pour traiter certains empoisonnements, et ils avaient besoin de venin pour renouveler leurs provisions d'antidotes.

Les environs du hameau d'Urghar étaient silencieux. La jeune fille n'avait plus croisé le chemin de ces jeunes qu'elle connaissait pourtant depuis toujours et qui l'avaient tourmentée, dernièrement. La fin de l'hiver avait parfois d'étranges effets, autant sur les bêtes que sur les hommes.

Ses cheveux soigneusement noués en tresses attachées sur sa tête pour plus de commodité, elle s'amusa à donner des coups de bottines sur les cailloux du chemin. L'heure était douce. La lumière du jour déjà pleine et vibrante. Les champs n'ayant pas encore été sarclés, les hommes devaient préparer leurs outils et soigner les animaux de trait.

Malgré le printemps précoce, l'adolescente n'avait pas encore troqué sa vareuse doublée d'une peau de chamois pour sa tunique d'été. Elle souleva le rideau d'étoffe et se glissa dans l'interstice pratiqué dans le mur de la hutte.

Une violente bouffée d'herbes macérées lui sauta au visage. Elle ouvrait la bouche pour dire : « Père, je ramène les mantes dont nous tirerons plusieurs philtres ! », mais elle se raidit aussitôt.

— Ne dis rien, fille…

Son père était tendu comme un homme aux abois. Vêtu non pas de sa tunique de paysan, mais d'une mantille de velours, de jambières en cuir, de galvas nouées sur les mollets, de gants et d'un casque en fer qui le rendait méconnaissable, il ressemblait à un inconnu.

— Le jour même de ta naissance, il y a douze ans, dit-il, j'ai dû me battre. Notre hameau était aux prises avec un raid de nos voisins *Cirgonds*. Mais, bien sûr, ces paysans illettrés étaient manipulés par Farouk Durbeen, le grand légide de *Bayût*.

Solena répondit machinalement : « Bien sûr ! », sans savoir de quoi pouvait bien parler son père. Lorsqu'il saisit son kaïbo, elle s'effraya davantage.

Le Koptec avait-il déclaré Brôm hors-la-loi ? Son père allait-il être arrêté et jugé pour avoir osé quémander l'aide des chefs brugonds ?

Il lui remit un cylindre en bois.

— Ceci est un *sécralum* très ancien. Son contenu est des plus précieux. Je te le confie.

La jeune fille ouvrit la bouche pour protester, mais Brôm ajouta :

— Tu te rappelles mes avertissements ?

Solena hocha la tête.

— Alors, prépare-toi à tout quitter.

Peu après, ils entendirent les premiers cris de terreur. L'odeur de paille brûlée vint quelques minutes plus tard. Brôm fit encore quelques recommandations à sa fille, puis il sortit, armé de son kaïbo.

— Mets-toi à l'abri !

La forêt bruissait comme si elle se préparait à combattre un ennemi invisible. Au-dessus du village, le ciel virait à l'orangé.

Solena prit la direction opposée et escalada les bancs de rochers qui délimitaient l'accès à la plus haute des collines surplombant le hameau. Son cœur battait à tout rompre. Aiguillonnée par le désir de savoir ce qui se passait, elle se retourna et étouffa un cri. Des soldats abattaient leurs glaives sur les femmes et les enfants, et brûlaient tout sur leur passage.

La jeune fille vit les paysans se rassembler derrière son père et tenter de les repousser. Mais leurs pics en bois étaient sans effet contre les lances et les destriers. De nombreux paysans rompaient déjà le rang imposé par Brôm. Deux chefs furent éventrés. Solena vit trois Hurelles rattrapées et décapitées par des soldats. Son père faisait tournoyer son kaïbo et frappait les envahisseurs à la volée. Bientôt, alors que les toits des huttes crépitaient et que des femmes hurlaient, un cercle de soldats se forma autour de Brôm.

Un mouvement sur sa gauche détourna l'attention de la jeune fille. Cinq figures hirsutes apparurent entre les rochers.

Solena reconnut les jeunes villageois qui l'avaient agressée quelques jours plus tôt. Se rappelant les ordres de son père, elle passa devant eux.

— Si vous voulez vivre, suivez-moi!

Elle prit l'unique sente praticable qui menait au sommet de la colline. En se rendant compte que Solena les entraînait vers ce qu'ils appelaient avec révérence le *dork*, les jeunes se serrèrent les uns contre les autres.

Solena les considéra avec mépris. Ainsi, ces adolescents qui ne craignaient pas de brutaliser la fille de Brôm le sage étaient terrifiés par un vulgaire assemblage de pierres dressées!

Elle entama l'ascension du flanc rocailleux. Pendant quelques instants, ils se retrouveraient à découvert, mais le risque en valait la peine.

Parmi les jeunes, certains pleuraient. Qu'avaient-ils vu du massacre? Leurs parents avaient-ils été assassinés? La fille dégingandée qui avait voulu la pousser dans le vide tenait un bébé dans ses bras. Solena se rappela avec une certaine émotion que ce nourrisson n'était pas son petit frère, mais son fils.

Un des garçons s'arrêta:

— Les Sentinelles brûlent! s'exclama-t-il, incrédule.

Solena le tira en avant et encouragea les autres:

— Montez! Montez!

La fumée les faisait tousser. Le pan rocheux enduit de glaise écorchait leurs genoux. La fille qui tenait le nourrisson glissa le long de la paroi inclinée. Solena se pencha en avant, mais ne put la retenir.

La fille hurla une première fois en tombant et une seconde en se relevant, quelques mètres plus bas.

En tendant le cou, Solena aperçut les soldats qui entouraient la fille et le nouveau-né.

Ils allaient transpercer la jeune mère de leurs glaives quand un des leurs fit reculer ses compagnons à la pointe de son arme. Un autre homme prit son parti et, à eux deux, ils repoussèrent les autres soldats.

Solena attendit quelques instants encore tandis que ses amis couraient vers le dork.

En contrebas se déroulait un drame.

— Arrière ! ordonna le premier soldat en menaçant ses camarades.

Une escarmouche s'ensuivit durant laquelle la fille réussit à s'échapper avec son bébé. Le soldat héroïque reçut un coup de glaive sur son casque. Le choc fut si violent que la sangle de cuir se rompit, et le jeune guerrier se retrouva nu-tête.

Solena retint un cri d'effroi : c'était la première fois qu'elle voyait un homme à la peau aussi foncée !

— Je me demande pourquoi je t'ai suivi ! geignit Solinor.

Abralh ne répondit pas, mais il fixa la jeune fille perchée au sommet du rocher. Il évita ensuite un redoutable coup de lame et plongea son glaive dans la gorge de son adversaire.

— C'est malin, ce que tu viens de faire ! se plaignit encore Solinor.

Abralh releva la tête et grimaça.

— Elle a disparu.

— Bien sûr ! Croyais-tu qu'elle allait te lancer une corde ?

Le mulâtre essuya le sang qui maculait sa lame.

— Nous faire soldats a été à ce jour ta plus mauvaise idée, conclut Solinor.

— Au contraire, mon ami!

Abralh ramassa un objet tombé dans l'herbe depuis le sommet du rocher où se tenait la fille inconnue. Puis il poussa le rouquin dans le dos.

— Grimpons! décida-t-il.

Solena atteignit le sommet de la colline deux minutes plus tard. Immobiles devant ce que Brôm appelait «la porte des dieux du ciel», les jeunes dévisageaient leur compagne qui posait courageusement son front contre la pierre blanche.

Une crainte superstitieuse avait toujours interdit aux habitants du hameau de s'approcher trop près du dork, constitué de quelques pierres dressées en rond et d'une toiture faite d'un assemblage de cailloux plus petits empilés sur une structure de rondins. Les Hurelles elles-mêmes n'y mettaient jamais les pieds.

Solena était venue à maintes reprises en ce lieu. D'abord accompagnée de son père, puis toute seule. Elle avait toujours senti que de ces pierres émanait une énergie à la fois douce et mystérieuse qui répondait à la sienne propre. Elle se rappelait encore la première fois qu'elle avait caressé la pierre, et l'émotion qui l'avait saisie au creux du ventre.

«Ne crois-tu pas qu'une présence invisible habite ces pierres, ma fille?» lui avait autrefois demandé Brôm.

Il m'a amenée sous la voûte du dork, se rappela Solena. Il a posé ses mains sur mes épaules, a murmuré des mots inconnus dans mes cheveux.

La vision qu'elle avait eue ensuite provoqua un étourdissement et une faiblesse dans ses jambes.

J'ai vu... ma mère! Elle flottait, impalpable et invisible pour tous, sauf pour moi...

Le front toujours posé contre la pierre, Solena réfléchissait à une solution. Brôm espérait-il qu'ils puissent échapper à leurs poursuivants en se réfugiant dans le cercle de pierre? Elle songeait à y faire venir ses compagnons quand l'un d'eux hurla.

Des soldats jaillissaient des fourrés. Solena se plaça d'instinct entre eux et les jeunes.

Les adolescents s'entreregardèrent comme s'ils hésitaient sur la conduite à tenir.

— Mais enfin, dit le rouquin au mulâtre, si tu m'expliquais au lieu de toujours agir sur un coup de tête!

Abralh ouvrit la bouche pour parler quand Brôm surgit à son tour. Repoussant les deux soldats de la pointe de son kaïbo, il ordonna aux enfants d'entrer sous le dork.

— Fille, dit-il à Solena en gardant sa longue lame tendue, ouvre la sacoche suspendue à ma ceinture…

Elle en tira une poignée de sable translucide qu'elle lui tendit.

D'autres piétinements dans les fourrés annonçaient l'arrivée des soldats.

Puisque les jeunes villageois refusaient de bouger, Brôm poussa sa fille entre les pierres dressées.

Abralh se demandait ce qu'espérait ce vieux fou. Car de l'autre côté du théâtre de pierre, il n'y avait qu'un précipice. Et que voulait-il faire de ce sable qu'il tenait dans son poing?

L'homme au kaïbo et sa fille disparurent dans le dork. Obéissant à une «impulsion incontrôlée» comme aurait dit Solinor, Abralh s'élança.

Une vive lumière émana du cercle. Le rouquin comprit enfin qu'il se passait quelque chose d'extraordinaire, et sauta à son tour.

Six soldats se précipitèrent en bandant des arcs. Leurs flèches jaillirent. Un cri retentit.

Lorsque les archets pénétrèrent sous la voûte, ils ne trouvèrent ni traîtres, ni fille, ni vieil homme. Heureusement, ils leur restaient les adolescents effarouchés qu'ils pourraient livrer à leurs supérieurs.

LA GROTTE

Solena entendait encore la voix de son père lui répéter : « Serre-toi contre moi ! » Il l'avait protégée des soldats et de leurs flèches meurtrières. Une lumière intense avait jailli de ses mains. Plusieurs personnes s'étaient introduites sous le dork. Après était venue l'épouvantable sensation d'arrachement et de déplacement.

La jeune fille cligna des paupières et constata qu'ils avaient effectivement changé d'endroit.

— Père, souffla-t-elle.

Un petit nuage de buée sortit de sa bouche et elle se mit à grelotter.

Elle se trouvait dans une grotte tout près d'une anfractuosité béante qui laissait entrer suffisamment de jour pour qu'elle puisse apercevoir les parois rugueuses, et assez d'ombre pour qu'elle se sente en sécurité. De fins ruissellements d'eau cascadaient le long des parois.

Allongé près d'elle sur le ventre, Brôm demeurait immobile.

— Père, que s'est-il passé ?

Elle le secoua.

En voyant le sang sur sa main, elle écarquilla les yeux. Trois flèches hérissaient les omoplates du vieil homme. Le front maculé de glaise humide, le sage Brugond restait sans réaction.

Solena lâcha un cri de stupeur et sortit de la grotte en titubant.

La lumière blafarde du jour l'éblouit. Les contours d'une forêt blanche se dessinaient au-delà du cours sinueux de ce qui ressemblait à une rivière à moitié prise sous les glaces.

Hébétée, elle ne pouvait croire que son père, si vivant l'instant précédent, puisse à présent être aussi froid et inerte que ce paysage nordique.

Au bout d'un certain temps, elle retourna près de Brôm et s'assit à côté de lui.

— Père, répéta-t-elle comme si ce mot avait le pouvoir d'effacer la terrible réalité.

Elle toucha la joue blafarde, hurla de nouveau. Les yeux pouvaient mentir, mais pas les doigts.

Roulée en boule, elle pleura tandis que les flocons de neige qui tombaient dru à quelques pas et les écoulements réguliers donnaient seuls à ce décor une impression de vie.

Combien de temps resta-t-elle ainsi prostrée?

Il lui sembla soudain qu'une intense lueur baignait l'intérieur de la grotte.

— Solena!

Une main effleura ses cheveux.

— Fille…

Brôm se tenait debout devant elle, si grand qu'il repoussait les ténèbres, le froid et la peur.

— Tu ne rêves pas, lui assura le sage Brugond. Tu me vois avec les yeux de ton âme toute puissante.

La jeune fille, pourtant, avait conscience de ses joues mouillées de larmes, de ses cils à moitié collés.

Était-ce l'effet de son imagination ou bien son père portait-il sur la figure un étrange voile aux reflets moirés? Pourtant, c'était bien sa voix! Un autre homme, plus vieux et malingre, les observait en silence.

— Relève-toi, lui intima Brôm. Ton voyage n'est pas terminé.

Il montra, à proximité de son cadavre, le long kaïbo doré et l'étrange cylindre de bois peint qu'il lui avait remis peu avant l'attaque du hameau.

— Maintenant, écoute-moi bien…

Les traits de la jeune fille se crispèrent. Elle se mordit les lèvres.

— Non, père, ne me demandez pas de faire ça!

Elle geignit, puis, obéissante, elle retourna le cadavre, dégagea sa poitrine, détacha le pendentif qu'il portait autour du cou. En songeant à ce qu'elle devrait faire ensuite, elle serra les dents. Ensuite, prise d'étourdissements, elle s'évanouit.

— Je ne vois rien avec toute cette neige! Par les anciens dieux de Goromée, mais que fait-elle? glapit Solinor.

Allongé à plat ventre sur une roche située à quelques distances de la grotte, Abralh restait silencieux.

— C'était une erreur de nous engager comme volontaires dans cette armée, continua le rouquin. Ça en a été une autre de tuer nos compagnons et de déserter.

Il ne savait pas pourquoi, mais cette idée même le révoltait. Pour l'esclave goroméen, ce mot était synonyme de trahison, de faute grave, de déshonneur.

— Tais-toi et arrête de bouger, rétorqua Abralh. Elle risque de nous voir.

La fille et son père se trouvaient toujours à l'entrée de la grotte. Quelques minutes plus tôt, ils avaient aperçu des lueurs se réverbérer sur les rochers alentour.

— Que s'est-il passé, à ton avis ? demanda Abralh.

L'esclave roux leva les bras au ciel. Son ami lui demandait enfin son opinion ! En vérité, le film des dernières heures écoulées était confus dans son esprit. Il y avait eu le dork et leur hâte à s'y introduire. Et puis la lumière, les soldats, sa peur d'être atteint par les flèches.

— Je me suis réveillé derrière ces rochers, répondit Solinor. Et, depuis, nous observons la fille et son père. Voilà tout ce que je sais !

Son humeur était aussi maussade que cette neige muette. De plus, il avait faim. Et cet état n'incitait ni une réflexion profonde ni un élan de compassion pour cette fille qu'ils avaient suivie et à cause de laquelle ils avaient été propulsés par magie *morphique* – Solinor insistait sur ce terme – beaucoup plus au nord de leur précédente position.

— Oh ! s'exclama Abralh.

Il força son compagnon à s'aplatir sur la roche.

À trente pas, la fille sortait de la grotte.

— C'est son père qu'elle tire, commenta Solinor.

La jeune fille était arcboutée sur la dépouille de Brôm. Moitié traînant, moitié portant le cadavre de son père, elle se rapprochait du bord de la rivière.

— Que cherche-t-elle à faire ? ajouta l'esclave roux, intrigué.

Abralh vit Solena coucher l'homme sur un morceau de glace flottant. La fille sauta ensuite sur la berge et resta immobile pendant que son père était emporté au loin.

Les deux esclaves suivirent des yeux la plaque de glace qui cahotait au gré du courant. Un peu plus loin, elle se fractionna en plusieurs morceaux et s'enfonça sous l'eau.

La neige tombait de plus en plus fort. Abralh scruta la berge. La fille avait-elle disparu? Il chassa les flocons de devant son visage et la retrouva immobile et hagarde.

Tremblait-elle de froid? Il aurait pu le jurer. Il se surprit à vouloir l'aider, lui parler. Que lui dirait-il? Comprenait-elle seulement le goroméen?

Solinor lui donna un coup de coude.

— Elle s'en va, dit-il.

Abralh se leva d'un bond.

— Que veux-tu faire? geignit le rouquin. Nous sommes épuisés et affamés.

Abralh lui donna la petite fleur bleue que Solena avait perdue dans les bois et qu'il avait ramassée.

— J'ai vu la fleur, dit-il. J'ai vu le «lac» gelé.

— Qu'est-ce que tu racontes?

— Le trésor du vieil Estimène!

Cette réponse redonna aussitôt des forces à Solinor. Son ami lui avait vaguement parlé des «indices» que lui avait donnés le vieux mystique avant de mourir.

— Tu crois vraiment que cette fille…

— … peut nous conduire au trésor d'Estimène? Oui, termina Abralh en prenant la même direction que Solena.

Ils suivirent la rivière pendant deux jours jusqu'à un bras d'eau plus important qui bondissait entre de petites falaises. La neige avait cessé de tomber. Un soleil pâle allumait le ciel.

À plusieurs reprises, ils crurent que la jeune fille les avait repérés. Mais, chaque fois, elle repartait, laissant derrière elle un feu mourant sur les braises duquel les deux déserteurs trouvaient parfois des noix grillées à la chair brune et sucrée.

Cachés derrière un bosquet d'épineux, ils la voyaient grimper à un arbre et cueillir des baies glacées d'un rouge picoté auxquelles Solinor refusait de toucher malgré sa faim.

La jeune fille cassait une longue branche et l'évidait avec un couteau. Puis, elle récitait une prière devant certains arbres avant de pratiquer une incision dans leur tronc. Elle plaçait ensuite la branche évidée sous l'entaille et posait ses lèvres à l'autre extrémité.

Récoltait-elle une sorte de jus ? Toujours est-il qu'avec les feuilles de certains sapins dont elle se faisait des décoctions, les baies et les noix qu'elle ramassait au sol, elle trouvait assez de nourriture pour poursuivre son voyage le long de la rivière.

Abralh et Solinor, qui servaient autrefois aux cuisines de l'empereur comme « tournebroches » ou éplucheurs de légumes, tentèrent également, avec plus ou moins de succès, d'attraper des lièvres et de pêcher des poissons dont les écailles, trop glissantes pour leurs mains malhabiles, leur arrachaient des cris de désespoir.

Abralh réussit quand même à assommer un porc sauvage. En le faisant cuire sur les restants d'un feu abandonné par Solena, le mulâtre se sentit inexplicablement coupable de ne pouvoir partager la viande avec la jeune inconnue.

Une semaine passa, puis trois autres jours avant que ne se dessinent, dans la brume poisseuse du petit matin, les contours de huttes appartenant à un bourg indigène.

Épuisés, sales, dépenaillés et affamés, les deux déserteurs se tinrent prudemment à la périphérie de *Bergme*, une petite cité dont seuls quelques bâtiments étaient en pierre. Étagée à partir de la rivière et d'un pont branlant, l'agglomération était entourée d'une palissade en bois d'environ trois mètres de haut. Un fossé à moitié comblé par endroits prouvait qu'elle avait déjà essuyé des attaques, voire un siège, au cours de son existence.

Solinor avait l'œil pour analyser une situation ou un emplacement stratégique. Il conclut que cet obscur bourg de province devait compter un maximum de trois cents âmes.

— Je n'aime pas ces va-et-vient de soldats, fit Abralh, adossé contre un arbre.

C'était sans doute jour de marché, car les abords du pont étaient couverts de tréteaux et d'étalages pliants. Une bonne odeur de pain, de gâteaux et de miel était portée par le vent.

Abralh tenta de repérer la jeune fille.

— Là ! fit-il en tendant le bras.

Solinor salivait et se retenait de ne pas courir vers un tréteau pour voler de la nourriture. Plongé dans une imagerie mentale qui le réconfortait, il n'écoutait son ami qu'à moitié. Il avait découvert tout jeune ce don précieux qui consistait à imaginer avec précision une situation pour pouvoir ensuite la vivre, les yeux fermés.

— Elle s'engage sur le pont, ajouta Abralh. Je crois qu'elle veut entrer dans le bourg.

Solinor se délectait des victuailles grasses et épicées dont il goûtait la chair en imagination.

Le ton grinçant de son compagnon fit soudain éclater sa bulle.

— Quoi, encore ? s'emporta le rouquin.

— Des soldats.

Sans plus d'explications, Abralh s'élança, le glaive au poing.

Le brouhaha des marchands et de leur clientèle s'était changé en tumulte. De tous côtés, les étals étaient renversés par la foule qui refluait vers les portes de Bergme. Déjà, les sentinelles postées sur le chemin de ronde refermaient les lourds battants. Les citadins qui n'avaient pas eu le temps de se mettre à l'abri suppliaient pour qu'on leur ouvre.

Solinor étouffa un cri d'horreur.

De l'orée du bois lui parvenait le bruit caractéristique des galvas cloutées de l'armée goréenne. Un rang d'archers mettaient genoux en terre et armaient leurs arcs. Un officier à cheval lança un ordre. Une pluie de carreaux noircit le ciel et décima la population prise de panique.

— Abralh! s'époumona Solinor.

Conscient qu'il risquait de trahir sa présence, ce dernier se cacha derrière un massif d'épineux.

La piétaille chargea tandis que les soldats professionnels attendaient en retrait, leurs boucliers plantés dans le sol devant eux.

Abralh zigzaguait entre les flèches.

L'officier commandant cette unité goréenne de combat – sans doute une de celles qui avaient débarqué en même temps qu'eux – donna le signal de l'attaque générale.

Abralh atteignit enfin le pont. Son uniforme, quoique malmené par leurs journées d'errance, l'aidait à se mêler aux soldats. Il empêcha l'un d'eux d'égorger Solena. Il souleva ensuite la jeune fille sur son épaule, repoussa plusieurs adversaires étonnés, et grimpa sur le rebord du pont. Au moment d'être rattrapé, il sauta dans l'eau glacée.

De l'endroit où il se trouvait, Solinor ressentit à la place de son ami les morsures du froid. Tandis que les abords de sa cachette étaient envahis par les machines de guerre, il se pelotonna au ras du sol et ferma les yeux. Il voulut créer une imagerie mentale dans laquelle il se serait senti en sécurité, mais fut au contraire envahi par des scènes de cauchemars.

Il vit des cités prises d'assaut apparaître devant ses yeux. Des bâtiments s'embrasaient tandis que lui-même distribuait des ordres. Des populations entières étaient décapitées. Leurs têtes formaient de macabres empilements à l'entrée des villes conquises. Par-dessus tout, Solinor entendait dans sa tête les cris de vengeance que poussaient tous ces morts qui le recherchaient pour l'étriper...

RENCONTRE

Jamais, même quand il était esclave, Solinor n'avait eu aussi peur. Était-ce le fracas des bombardes qui défonçaient la palissade, les cris de guerre poussés par les soldats ? Ou bien l'absence d'Abralh qui avait toujours été présent à ses côtés depuis qu'ils étaient enfants ?

Craignant à tout moment d'être piétiné, il se faufila au milieu des troupes. Son casque était gondolé, mais il cachait son visage et ses joues déformées par ses anciennes cicatrices. Plusieurs bâtiments du bourg flambaient. Pourtant, Solinor, qui n'arrivait pas à se débarrasser de ses visions de têtes empilées, était persuadé de se trouver dans une cité bien plus grande.

Il courut longtemps dans le bois, s'égratigna bras et jambes en traversant des buissons d'épineux. Mais la sensation de brûlure et les cris ne quittaient ni ses oreilles ni son corps.

Alors que le bruit des combats s'estompait à ses oreilles – il devait avoir parcouru deux bonnes verstes –, il se jeta par mégarde sous l'essieu d'une carriole. Le conducteur tira sur ses rênes et l'apostropha :

— Hoooo ! Ma parole, l'ami. Tu veux mourir !

Solinor mit quelques secondes à se pénétrer de la situation réelle. Le bois ne brûlait pas et nulle tête tranchée ne l'avait pris en chasse

Le déserteur aperçut une femme âgée assise sur un banc de bois. Son corps était lourd, sa figure ronde. Il lui manquait plusieurs dents et ses cheveux couleur paille tombaient raides sur ses joues. Pourtant, son regard fauve brillait de malice.

Elle calma ses chevaux. En un coup d'œil, Solinor embrassa le ciel gris qui virait au magenta, les branchages encore chargés de neige, la carriole recouverte d'une bâche de vieux cuir.

La conductrice détailla de son côté le casque bosselé, la tunique crottée, et, dessous, le justaucorps que portait le jeune soldat.

— Tu es seul ?

Cette question prit Solinor par surprise. Il bégaya une réponse indistincte.

— Tu as faim ?

L'attitude de l'inconnue aurait en temps normal éveillé les soupçons du rouquin. Mais son estomac criait famine et sa tête lui pesait comme du plomb.

— Monte !

Il tendit le bras vers elle et se sentit soulevé avec force. La vieille femme dégageait un parfum subtil de fleurs et de plantes médicinales. Avant de lui lâcher le bras, la voyageuse répéta, comme si elle avait peine à y croire :

— Tu es vraiment seul ?

Elle le poussa ensuite sous la bâche et fouetta ses chevaux.

L'intérieur de la carriole sentait la crasse, la fièvre et la maladie, mais aussi la soupe chaude et les épices. Un poêlon occupait le centre. Dans l'obscurité, Solinor ne vit tout d'abord que les pierres rougeoyantes sur lesquelles était posé un chaudron. Il distingua des sacs de grain, quelques amphores de terre cuite, des ustensiles de cuisine en bois et en cuivre, et en déduisit que la vieille femme était une marchande ambulante.

Soudain, des silhouettes bougèrent dans l'ombre. Solinor dégaina son glaive...

La voix grave de la conductrice le prévint :

— C'est l'heure de la soupe. Verse-leur un bol. Ensuite, prends-en un pour toi.

Deux personnes émergèrent de la demi-obscurité. Un homme dont les mains semblaient avoir été écrasées et qui gardait son visage encapuchonné grogna une formule de bienvenue. L'autre était une jeune fille aux yeux noirs, immenses et fixes. Elle tremblait de fièvre. Solinor comprit qu'elle n'aurait pas la force de tenir son bol.

Il eut de nouveau l'impression de se trouver dans les cuisines du palais impérial. L'intendant, son maître, lui ordonnait de faire bouillir le repas des novices de Torance. Un court instant, il chercha à ses côtés la présence d'Abralh. La voix de la conductrice s'éleva de nouveau :

— Sers Helgi la première. Pas de lardons pour elle. Seulement du bouillon. Elle est encore en état de choc.

Solinor se moquait de savoir de quel choc il pouvait s'agir. Il revoyait Abralh se précipiter vers Solena, et le couple basculer dans la rivière.

Il s'approcha du poêlon. Mais, trop affamé, il avala goulûment une première louche de soupe, puis une seconde, avant de songer à remplir un bol pour la fille qui grelottait dans son coin.

Au loin hurlait un loup solitaire. Vers quel endroit les conduisait cette étrange marchande ? La fille se terrait. Il l'incita à prendre un bol de bouillon. Elle paraissait si effrayée que

Solinor comprit qu'elle devait se débattre dans ses propres cauchemars. À cet instant, l'homme encapuchonné rampa vers eux. Il était impossible de voir son visage. Solinor grimaça tant ses hardes exhalaient une odeur de mort, mais il fut stupéfait de le voir saisir le bol avec ses mains pleines de croûtes et l'offrir ensuite à la fille. Celle-ci émergea de sa torpeur et prit sa pitance.

Impressionné malgré lui, Solinor retourna s'asseoir sur le banc près de la conductrice.

— Qui sont-ils? demanda-t-il.

Un hurlement de loup roula dans le sous-bois. Solinor nota que ni la femme ni les chevaux ne dressèrent l'oreille. En répondant à sa question, la marchande lui prouva pourtant qu'elle n'était ni sourde ni stupide.

— Des amis que j'ai retrouvés. Et toi, où sont les tiens?

Parlait-elle de ses supposés frères d'armes?

— Je… commença le déserteur, pris de remords à l'idée d'avoir en quelque sorte abandonné Abralh et la fille.

Mais il se révolta contre ce qu'il prenait pour de la faiblesse. Après tout, Abralh aussi l'avait abandonné pour courir derrière cette inconnue!

— Je suis un voyageur, comme vous.

La femme le fixa au fond des yeux.

— Je n'aime pas que l'on me dévisage ainsi, gronda-t-il en cachant ses cicatrices et son œil tors sous son col.

— Je m'appelle Mulgane, dit la femme, et je viens du duché d'Urghonen.

— Votre goroméen est presque parfait, remarqua Solinor en se présentant à son tour.

Le visage rond de la marchande se fendit d'un sourire presque charmeur.

— Je pensais naïvement que les Terres de Vorénor n'étaient qu'un seul et même royaume, ajouta l'esclave.

— Pourtant, son nom « Terres », au pluriel, laisse entendre le contraire.

Mulgane lui assura ensuite qu'elle savait ce qui se passait.

— Je parle de l'invasion goroméenne, bien sûr. Les prophéties du Mage errant les ont annoncés. Elles s'accomplissent comme prévu.

Le ton de sa voix était calme. Les mots « Mage errant » dérangeaient Solinor sans qu'il sache pourquoi, car c'était la première fois qu'il les entendait. Ils bavardèrent pendant quelques minutes tandis que tombait la nuit. Et s'il n'y avait pas eu ces hurlements de loups affamés, Solinor aurait vraiment pu se croire en bonne compagnie.

Depuis son enfance, il avait voulu s'enfuir du palais. Et, maintenant qu'il y était enfin parvenu, il avait peur de tout.

Mulgane fit faire un écart à ses chevaux. L'esclave entendit l'écoulement régulier d'un bras d'eau.

— Nous allons nous arrêter un peu, dit-elle.

Elle lui tendit trois torches que Solinor alluma. Mulgane mit pied à terre.

— C'est ici.

Perplexe, le rouquin la suivit.

Des grognements féroces les accueillirent sur la grève étroite semée de cailloux.

Solinor aperçut les silhouettes efflanquées de cinq loups et regretta aussitôt d'avoir oublié ses torches qu'il avait suspendues autour de la carriole. Il dégaina son glaive et se prépara à combattre.

Mulgane marcha sans crainte jusqu'à un endroit précis de la rive. Étrangement, les loups disparurent aussitôt dans les fourrés.

— Aide-moi, fit la marchande.

Solinor s'agenouilla en guettant les taillis. Deux silhouettes enlacées et inconscientes gisaient sur le rivage.

— Abralh ! s'écria le Goroméen en reconnaissant son ami qu'il croyait mort noyé.

— Et voici Solena, approuva Mulgane en soulevant doucement la jeune fille dans ses bras.

Ils les ramenèrent jusqu'à la carriole et les couchèrent sous la bâche près du poêlon encore chaud.

— Vous saviez donc que... s'émerveilla Solinor quand Mulgane remonta sur le banc.

— Ce soir, c'est la tournée des amis, le coupa la marchande. Laisse-les se reposer. Lorsqu'ils se réveilleront, nous serons tous à l'abri.

— À l'abri ! ironisa Solinor en songeant aux loups qui attendaient sans doute qu'ils s'endorment pour les attaquer.

Ils reprirent leur discussion au point où ils l'avaient laissée. Mulgane, apparemment, avait envie de parler. Et Solinor, qui avait vu comment Abralh tenait la fille dans ses bras, ne semblait pas pressé de le revoir. Un sentiment nouveau cheminait en lui, qu'il n'arrivait pas à identifier clairement et encore moins à comprendre.

Aussi parla-t-il de politique et de stratégie militaire avec la vieille marchande.

— L'empereur Dravor II, que je connais bien se vanta-t-il, veut envahir les Terres de Vorénor. Il le fait autant pour des raisons commerciales que politiques.

À son avis, l'Empire de Gorée qui avait par le passé aboli l'esclavage avait à présent un immense besoin de main-d'œuvre facile et gratuite. Ce qui expliquait le désir de conquête de l'empereur. De plus, politiquement, Vermaliss Tahard VII, le haut souverain de Vorénor, inquiétait Dravor.

Mulgane ne partageait pas le sentiment du rouquin.

— Estimène, le chef des Fervents du Feu bleu, n'est toujours pas revenu de Goromée, dit-elle.

Solinor se rappela le vieux mystique qui les avait entraînés dans cette traversée, et se mordit la langue.

— Vous connaissez Estimène?

Mulgane renifla sans répondre.

— Et vous saviez également où se trouvaient Abralh et la fille…

La marchande hocha la tête. L'esclave roux redoubla de méfiance.

— Qui êtes-vous donc?

— As-tu peur, Goroméen? le brava Mulgane.

Elle reprit, aussi calme que quelques minutes plus tôt:

— Sache que ton empereur, puisque tu viens de Gorée, veut envahir les Terres de Vorénor parce que son Premius craint pour l'avenir de sa religion. Et que Dravor et le Premius poursuivent un même but: s'emparer des trésors que détiennent les Fervents du Feu bleu.

Le mot « trésor » sonna une fois encore délicatement aux oreilles de Solinor. Il se demandait tout de même par quel étrange coup du sort Abralh et lui avaient été mêlés à tout cela. Ils n'avaient cherché, somme toute, qu'à fuir leur état d'esclave.

Lorsque Mulgane annonça qu'ils étaient arrivés, Solinor écarquilla les yeux, car il n'y avait rien autour de la carriole si ce n'est des arbres, des taillis, la nuit profonde, et devant eux, une large berge noire.

— Sens-tu l'odeur de sel et de vase? L'odeur de l'océan!

Mulgane flatta l'encolure de ses fidèles chevaux.

Une brume se formait au-dessus de l'onde étale comme une mer d'huile.

Méfiant, Solinor posa sa main sur le pommeau de son glaive.

— Que se passe-t-il?

Il songeait à cette bande de loups qui les avait suivis toute la journée.

Soudain, les taillis bougèrent et plusieurs destriers s'en extirpèrent. Leurs cavaliers étaient armés de piques en fer. À la lueur des torches, Solinor identifia le blason cousu sur leur étendard.

Mulgane lança un ordre bref. Aussitôt, une quinzaine de loups jaillirent à leur tour du sous-bois et se jetèrent sur les soldats.

Succombant sous le nombre, les hommes tombèrent sur le sol et furent égorgés avant d'avoir pu se défendre. Solinor comprit enfin que Mulgane n'était ni une commerçante ni une simple vieille femme inoffensive.

— Aviez-vous pressenti que nous serions attaqués? s'enquit-il sourdement.

Pour toute réponse, la « marchande » murmura quelques mots à l'oreille d'un grand loup noir. Celui-ci fouilla entre les cadavres et lui rapporta une besace. Mulgane en tira un rouleau d'*ogrove* fermé par un cordon en cuir.

— Ces cavaliers appartiennent au bras armé du Torancisme, dit Solinor. J'ai reconnu la pierre noire et la silhouette écartelée gravée sur leur blason.

La vieille femme déroula le message et le lut en silence.

Peu après, une longue et fine embarcation sortit du banc de brume. Manœuvrée par des hommes vêtus de lourds kaftangs de peau, elle se stabilisa à quelques mètres du rivage. Un lampion s'alluma. Quelques mots furent échangés entre Mulgane et un marin invisible dans une langue aux accents gutturaux.

L'étrange marchande s'agenouilla près des loups qui l'entouraient. Elle les remercia chaleureusement, puis se tourna vers Solinor.

— Tout va bien, désormais.

Quatre marins descendirent à terre et aidèrent la fille effrayée et l'homme blessé à gagner le bateau. Quand vint le temps de transférer Abralh et la jeune Solena, les marins se servirent d'une litière à main tressée.

Solinor vit passer son ami, allongé, le visage boursouflé et toujours inconscient. La litière s'arrêta un bref instant devant Mulgane qui caressa tour à tour les cheveux du jeune mulâtre, puis ceux blonds et ondulés de la fille.

Solinor crut l'entendre murmurer : « Je vous retrouve enfin. » Mais peut-être la fatigue lui jouait-elle des tours.

Le contenu de la carriole fut transféré sur le bateau et les quatre chevaux eux-mêmes montèrent à bord.

— Il ne reste plus que toi, Solinor, dit Mulgane en pliant soigneusement le rouleau d'ogrove qu'elle avait intercepté.

— Moi ?

La femme indiqua le banc de brouillard.

— Nous partons au nord. Nous suivras-tu ?

Son sourire carnassier n'était guère invitant. Cette femme savait-elle des choses qu'il ignorait ?

— Vous êtes une sorcière, n'est-ce pas ? Une Hurelle, comme disent les Voréniens.

— Tu peux rester, si tu veux.

Solinor haussa les épaules.

— Avec tous ces loups dans les bois ! Ai-je le choix ?

— On a toujours le choix.

Un nouveau hurlement déchira la nuit. Solinor embarqua sans plus poser de questions et rejoignit Abralh ; autant pour l'aider au besoin que pour lui faire part de ses inquiétudes.

Mulgane leva les bras au-dessus de sa tête. Aussitôt, comme il avait obéi au vieil Estimène avant elle, le vent se leva et des vaguelettes surgies de nulle part éloignèrent l'embarcation de la rive.

DEUX TRANSES

Solena avait vécu ses longues journées d'errance dans une brume tissée de souvenirs, mais aussi d'élucubrations sans queue ni tête. Ainsi, en marchant dans les bois après avoir « sacrifié » son père aux eaux de la rivière, la jeune fille croyait voir les arbres se pencher vers elle. Certains ne faisaient que la regarder en silence, d'autres la saluaient. Ces Sentinelles savaient, mieux que les hommes, les épreuves qui allaient s'abattre sur leur territoire. Ils avaient suivi, lui disaient-ils, le périple de Brôm le sage. Ils le suivaient d'ailleurs toujours, ajoutaient-ils pour soulager la peine de l'orpheline.

La jeune Brugonde serrait dans ses mains le Wellön sacré que son père lui avait remis avant de « partir ». Les attributs attachés à ce pendentif destiné à qui était chargée de veiller à l'accomplissement des prophéties du Mage errant présentaient un mystère pour Solena. Progressant dans des sentes à peine visibles, écoutant les recommandations des Sentinelles, elle puisait un réconfort certain à l'idée de détenir le pendentif.

Son père l'avait porté au cou depuis toujours, lui semblait-il. Aussi le bijou était-il empreint de sa force et de sa sagesse, et c'est de cela dont elle avait désespérément besoin pour poursuivre « sa route » vers le nord.

Les Sentinelles veillaient sur elle tandis qu'elle grimpait sur leurs hautes branches pour trouver l'endroit où la sève serait la plus nourrissante. Les arbres lui indiquaient aussi sous lequel d'entre eux elle pourrait ramasser les meilleures noix.

« Ton père n'est pas mort, lui disaient-ils. Il est sorti de son corps de chair. Et il n'est pas vraiment parti. Il est juste allé retrouver un ami. N'aie crainte, vos chemins se croiseront de nouveau. »

Brôm avait demandé à Solena de trouver le village sur la rivière entourée de palissades, et c'est ce qu'elle avait fait.

Puis les soldats avaient surgi. Un d'entre eux, en particulier – le soldat à la peau foncée qu'elle avait vu près du dork. Il s'était rué sur elle comme un diable sorti des enfers de *Morph*, l'avait jeté sur son épaule avant de stupidement sauter dans l'eau glacée.

Solena revécut leur combat contre le froid et la violence du courant. Elle tenait le kaïbo de son père et le sécralum qu'il lui avait remis. Et le soldat les tenait serrés contre lui. À plusieurs reprises, il s'était servi du kaïbo pour les protéger des rochers. Parfois, aussi, ils avaient été attirés vers le fond et forcés de se débattre pour regagner la surface.

La dernière image dont se souvenait Solena était le jeune mulâtre, kaïbo en main, en train de repousser trois énormes loups.

Elle revit leurs épaisses toisons semées de flocons de neige, l'éclat rougeoyant de leurs iris, leurs gueules aux crocs acérés.

Elle se réveilla, enfin…

Abralh n'était pas surpris par le rêve étrange qu'il était en train de faire. Il reconnaissait cette plage au sable blanc, ce ciel éclatant de lumière. Après sa longue marche dans les bois, il goûtait enfin à la chaleur bienfaisante et à la paix.

Les murs d'albâtre de la cité céleste de Shandarée s'élevaient en bordure du rivage immaculé et n'avaient, eux aussi, rien d'étonnant.

— Tu n'as donc pas tout oublié, lui dit avec malice une voix d'homme. C'est une bonne chose.

Un sage était assis à ses côtés.

— Je me souviens de cet endroit, avoua Abralh. N'y avait-il pas d'autres personnes avec nous?

— Mes disciples. Nos amis.

— Je vous connais, n'est-ce pas?

— Je me nomme Mérinock.

Était-ce l'atmosphère paisible qui imbibait chaque particule d'air ou bien le flux miroitant du ressac? Mais il semblait au jeune esclave qu'il vivait une sorte de parenthèse dans laquelle ses interrogations existentielles et sa colère n'avaient pas de raison d'être.

— Tu n'aurais pu revenir ici tout seul, lui dit encore le sage. Mais je voulais que tu plonges ta main dans ce sable, que tu puisses le sentir et comprendre tout ce que ce lieu signifie pour toi comme pour chacun d'entre nous.

Abralh était contrarié, car il ne voyait pas le visage de son interlocuteur, caché par une *quiba* aux reflets moirés.

Le Vénérable d'Évernia, aussi appelé «Mage errant» dans les traditions de tous les royaumes de la Terre de Gaïa, consentit à satisfaire la curiosité du mulâtre et ôta son voile.

— Vous êtes l'homme qui maniait le kaïbo près de la porte de pierre! s'exclama Abralh.

Mérinock rit de bon cœur.

— Pour un temps, je me suis incarné en lui, c'est vrai. Je suis par ce fait même devenu le père de Solena, la jeune fille qui t'intéresse.

Le Vénérable leva la main.

— Je sais que tu cherches un trésor. Pose tes questions, mon ami, car cette nuit est celle des révélations.

Abralh passa une à une ses interrogations en revue dans son esprit. Mais une seule lui importait vraiment.

— Pourquoi suis-je né esclave?

Mérinock hocha la tête.

— C'est une vieille histoire qui remonte à plus de cinq cents ans. L'état d'esclave, vois-tu, t'a toujours fasciné. L'obéissance, la contrainte, la soumission. Ces notions étaient autrefois pour toi aussi essentielles que les plus importantes questions de philosophie ou de politique. Et une fascination ressemble trop à une obsession pour ne pas, un jour, chercher à s'exprimer.

Abralh n'était pas certain de comprendre.

— Vous voulez dire que je suis né esclave pour satisfaire... une sorte de curiosité malsaine éprouvée dans une vie passée?

— Il y a de cela, oui.

Abralh se tut, car il se sentait incapable de trouver un argument contraire.

Mérinock vint à son aide.

— Même libéré, tu te sens prisonnier. Tu es mal à l'aise avec toi-même, dans ton corps et dans ta tête. Tu cherches le trésor dont t'a parlé Estimène comme un naufragé cherche une bouée.

Abralh alluma sur le mot «trésor» et reconnut que la possession d'une fortune en pièces sonnantes ou en bijoux lui semblait le meilleur moyen de gagner sa liberté et, plus encore, sa paix intérieure.

— Un trésor, répéta Mérinock, peut prendre plusieurs formes. Peut-on vraiment dire qu'un beau ciel bleu est pareil au soleil qui l'illumine ? Que le chant de l'oiseau qui éveille en toi un sentiment de plénitude est pareil à l'oiseau lui-même ?

Abralh se gratta la joue.

— La couleur de ta peau t'insupporte, elle aussi. Tu penses qu'elle pourrait être un obstacle entre toi, le trésor que tu cherches, et le bonheur.

Mérinock prit ses mains dans les siennes.

— Crois-moi, c'est ici, dans les Terres de Vorénor, que tu découvriras quelle est ta voie. Suis ton intuition. Deux sentiers se présenteront bientôt à toi. Tu devras choisir lequel te convient le mieux.

— Y en aura-t-il un meilleur que l'autre ?

— On ne fait pas d'erreurs dans la vie, il n'y a jamais rien à regretter. Vis, simplement, et découvre-toi. Dans tous les sens que revêt ce mot complexe.

Il vit les narines du mulâtre frémir.

— Tu sens une bonne odeur de viande braisée ! C'est bien. Il te faudra aussi aiguiser ton odorat.

Et, amusé par cette rencontre onirique qu'il avait organisée en sous-main, le Mage errant rit de bon cœur. Son jeune ami devenait aussi transparent que du cristal. Quelques instants plus tard, il disparut, rappelé par son enveloppe charnelle qui s'impatientait après un si long sommeil.

CAP AU NORD

En sortant de deux cabines contiguës, Abralh et Solena remontèrent à la source de cette délicieuse odeur qui était venue les chercher jusque dans leur sommeil.

L'embarcation tanguait sous le courant venu du sud. Dans la demi-obscurité, ils trébuchèrent sur des cordages, heurtèrent des amphores remplies d'huile et de vin. Un hennissement leur indiqua que ce bateau n'emportait pas uniquement des hommes...

Parvenus à l'air libre, ils furent éclaboussés par des embruns salés.

Sur le pont du bateau avait été dressée une table basse autour de laquelle étaient posés des coussins de grain.

Très étonné de se retrouver sur l'eau en compagnie de la jeune fille, Abralh fit en un instant le compte des forces en présence. Outre les marins vêtus de kaftangs en peau, il n'y avait à cette table de fortune que trois hommes – incluant Solinor qui s'empiffrait – et deux femmes.

L'une d'elles avait un visage rond et une chevelure couleur fauve qui flottait au vent. Elle se leva pour les accueillir.

— Abralh ! Solena ! Enfin !

Les convives se turent et Mulgane put faire les présentations.

Malgré l'étrangeté de la situation – entre autres le fait qu'ils se trouvaient sur un bateau inconnu, en route vers l'inconnu, accompagnés d'inconnus –, il régnait à bord une convivialité surprenante.

Mulgane leva son verre. Abralh remarqua qu'elle ne buvait pas, comme eux, du vin ou du cidre, mais une sorte de liquide blanchâtre.

Après le toast de bienvenue, la vieille marchande expliqua que son verre contenait en fait de l'eau de Sentinelle sacrée : une liqueur pour purifier ses corps.

Déjà passablement ivre, Solinor déclara en se tâtant le ventre qu'il ne possédait, lui, qu'un seul corps, et qu'il était bien content de pouvoir le rassasier. Abralh lui jeta un regard courroucé. Il n'était pas certain d'être heureux de retrouver son ami. En voulant prendre son couteau pour piquer un morceau de viande qui fumait dans un bol placé au centre de la table, il effleura accidentellement la main de Solena.

Ils se regardèrent, gênés.

Après plusieurs bouchées de ce qui ressemblait à de la chair de bouquetin des montagnes apprêtée avec des épices au goût âpre et salé, Abralh eut presque la sensation de se sentir à son aise. Enfin, autant que sa condition d'esclave en fuite et de déserteur pouvait le lui permettre.

Il ébouriffa d'un geste machinal ses longs cheveux crépus.

Je suis libre, à présent, décida-t-il, et jamais plus je ne plierai devant qui que ce soit !

Mais se sentait-il aussi libre que cela ?

Mulgane donna intelligemment la parole à chacun. Abralh et Solena purent enfin se présenter. Ils apprirent aussi que le vieil homme aux mains bandées était un *Romancher* enlevé aux siens par Farouk Durbeen, le légide de la lointaine cité de Bayût.

— Le *grand légide* a peur que nous, Romanchers libres des Terres de Vorénor, nous prenions le parti du haut souverain, expliqua le blessé.

L'homme se prénommait Amis Néroun. Il raconta qu'il avait été torturé, mais que, fort heureusement, Mulgane, une amie de longue date, était venue à son secours comme elle s'y était engagée.

Abralh, Solinor et Solena mangeaient tout en essayant de se faire une idée de la situation. Hélas, les informations qu'ils captaient entre chaque bouchée étaient trop fragmentaires pour les éclairer réellement. De temps en temps, la Brugonde jetait un regard vers la soute où se terrait l'autre jeune fille. Elle ne l'avait qu'entraperçue, mais avait senti en elle beaucoup de peur et de souffrance, et se demandait qui elle pouvait bien être.

— Durbeen, poursuivit le Romancher dont le visage restait encapuchonné, représente la plus haute autorité du Torancisme en Terre de Vorénor. Son rêve est d'étendre l'emprise de sa religion sur toutes les Terres nordiques. Mais le haut souverain ainsi que le conseil des chefs hésitent encore à lui donner satisfaction.

Solinor laissa tomber qu'il trouvait singulier, de la part d'un Romancher, de s'impliquer autant dans les affaires des peuples.

Amis Néroun découvrit brusquement son visage. Un cri de stupeur s'éleva à la vue de son crâne rasé bourrelé d'entailles, de son nez cassé, de son œil gauche crevé et de ses joues lardées de coups de lames – conséquences de son séjour en prison.

— On s'impliquerait pour moins que cela, rétorqua-t-il.

Nullement contrarié par cette réflexion de Solinor qui frisait l'indélicatesse, il poursuivit néanmoins en s'éclaircissant la voix :

— Je vous accorde que d'ordinaire, les Romanchers traversent les pays sans se mêler ni de politique ni de religion. Mais il se trouve (il leva son verre pour saluer Mulgane) que mon peuple vagabond a été si bien accueilli dans le duché d'Urghonen, que nous nous sentons une responsabilité vis-à-vis de nos concitoyens, du duc Igmar et du Camulos du temple-école d'Éliandros.

Solena n'était pas certaine de vouloir suivre la conversation. Elle coulait de fréquents regards au mulâtre qui mangeait à ses côtés et s'étonnait d'en avoir eu si peur la première fois qu'elle l'avait vu. Elle se laissait bercer par le tangage du bateau. Suivait des yeux le sombre tracé du rivage longé par l'embarcation qui ne semblait avoir aucune envie de s'éloigner de la côte.

Pendant ce temps, Solinor et Amis Néroun devisaient sans animosité, mais aussi sans réelle sympathie l'un pour l'autre. Mulgane les couvait du regard, un sourire énigmatique aux lèvres, comme si elle se délectait du spectacle. Un plat de légumes bouillis suivit la viande. Puis vint un plateau de noix braisées, chaudes et croquantes à souhait.

Le Romancher continua :

— Farouk Durbeen est l'âme damnée d'Angus Siponne, le Premius de Goromée. Tous deux ont conspiré auprès de l'empereur pour que celui-ci se décide à fomenter de nouveaux troubles dans les royaumes de Vorénor.

Solinor rétorqua que les motifs de l'empereur et ceux des deux pontifes se recoupaient, car tous voulaient s'emparer en fait d'un trésor détenu par les Fervents du Feu bleu qui se prétendaient les véritables héritiers des enseignements apportés jadis par le Prince Messager Torance.

Néroun affirma qu'ils l'étaient, en effet.

Le tangage s'accentua. Et, l'ivresse venant, les deux « experts en politique » se turent. Pendant quelques secondes, Abralh crut qu'ils formaient un groupe de compagnons partageant un bon repas. Solena ne discutait-elle pas avec la jeune Helgi qui venait de les rejoindre après une absence remarquée?

Le capitaine vint saluer Mulgane et annonça d'une voix rauque :

— De nouveaux bancs de brumes sont à craindre. Nous allons devoir nous éloigner de la côte pour éviter les récifs. Je vous conseille de regagner l'entrepont.

Mulgane approuva.

Peu après, le brouillard happa de nouvelles portions de paysage et jusqu'à la proue du bateau lui-même. Abralh vit la jeune Solena gagner le devant du bateau au lieu de descendre se mettre en sécurité. Après tout, cette étrange fille était libre !

Nul n'avait évoqué les raisons de leur présence à bord. Mais Abralh et Solinor étaient trop pris par le mauvais vin de Vorénor pour s'en soucier. Le mulâtre ne songeait qu'à aller s'allonger : la tête lui tournait.

Quand son ami, soudain, le tira par le bras.

— Viens, il faut qu'on parle…

Solena contemplait la brume effilochée par le vent. À dire vrai, elle se sentait aussi diaphane et égarée que ces fumerolles qui dansaient à fleur d'eau.

— Nous serons bientôt arrivés, lui dit Mulgane en s'approchant doucement.

Elles se regardèrent. Cet échange silencieux et amical intimida la jeune fille.

— Tu sens au fond de toi que nous nous connaissons, n'est-ce pas ? Sache que nous ne vivons pas qu'une seule fois et que les gens que l'on rencontre sont souvent d'anciennes connaissances.

Solena approuva sans dire un mot, car les paroles, disait souvent son père, ne révèlent jamais que la surface des choses tandis que le langage du corps et celui des regards plongent souvent dans l'inconscient des Êtres.

Mulgane effleura du doigt le Wellön que portait désormais la jeune fille autour du cou.

— Ce pendentif t'a été offert par ton père. Cela signifie que tu es la dernière d'une longue lignée de sages.

Solena songeait à Brôm et à ce qu'il lui avait dispensé de connaissances, de conseils, d'amour et de tendresse.

— Il n'est pas parti bien loin, tu sais.

— Tout s'est passé si vite !

— La mort frappe toujours par surprise, même les plus sages d'entre nous. Mais sache qu'elle garde ses mystères pour notre bien. Il n'est pas bon de toujours tout savoir. Ton père sait cela. Et, vois-tu, il est notre maître à tous.

— Vous parlez comme les arbres.

— Les Sentinelles sont des sages à leur manière.

Mulgane prit la jeune fille par les épaules.

— Ton père voulait que tu me rencontres. Il voulait que tu me rapportes le sécralum sacré. Il veut aussi que tu te mettes en sécurité.

Solena fronça les sourcils.

— Suis-je menacée ?

Mulgane répliqua qu'ils étaient tous menacés. Que ceux qui possédaient dans leur cœur ou qui professaient les véritables préceptes de vie l'étaient. Mais que, heureusement, il existait un endroit où ils pourraient vivre et continuer à

« s'éveiller à leur lumière intérieure » en toute sécurité. Et que c'était là, justement, qu'ils se rendaient.

Mulgane convint ensuite que Solena devait réfléchir et demeurer seule pendant quelque temps.

— Mais, sois sans crainte, personne n'est jamais vraiment seul. Les arbres ne t'ont-ils pas dit cela, aussi ?

Abralh libéra son bras d'un geste vif.

Cela faisait longtemps qu'il ne voyait plus la laideur de Solinor. Son œil gauche, déformé par les anciennes brûlures qui striaient ses joues, ne le faisait pas rire et ne suscitait pas, non plus, de compassion ou de commisération.

— Alors, que penses-tu de mon idée ? s'enquit le rouquin.

Le mulâtre avait toujours considéré que son ami n'avait comme lui rien d'un esclave « ordinaire ». À ses yeux, Solinor était éduqué et riche d'expériences. Cela faisait drôle à dire puisqu'ils avaient passé leur enfance enfermés dans les corridors sombres et froids du corral des esclaves. Mais il est des réalités qui dépassent les sens vulgaires. Et il devait bien admettre qu'ils étaient, à leur façon et malgré les apparences, plus que des esclaves, des fugitifs ou des déserteurs.

— Je pense que tu t'égares, répondit-il. C'est le vin, sans doute !

Solinor plaqua son ami contre le bastingage.

— La liberté n'est rien sans de solides moyens pour la conserver, et tu le sais ! Les indices que t'a donnés le vieux Estimène avant de mourir nous ont menés jusqu'à la fille, puis sur ce bateau. Tu as entendu comme moi les paroles du Romancher !

Il reprit son souffle.

— L'or, c'est le pouvoir. Le pouvoir de rester libre et de vivre, enfin, une vie à notre mesure !

Mais que voulaient-ils faire, au juste, de leur vie ? Abralh le lui demanda. Solinor rejeta l'argument d'un haussement d'épaules.

— Trouvons le trésor des Fervents du Feu bleu d'abord. Que comptes-tu faire avec la fille ? Si elle sait quelque chose, insista-t-il, il faut la faire parler. Ce qui revient à dire que mon idée est excellente.

— Je n'enlèverai pas cette fille contre son gré ! le prévint Abralh.

Le rouquin se fit plus grave encore :

— Pourquoi nous ont-ils emmenés avec eux ? Que comptent-ils faire de nous ?

Des signaux leur parvenaient du rivage. Le capitaine appela les voyageurs sur le pont.

Entre les bancs de brume apparaissaient les contours d'une grève envahie par une foule de gens. Amis Néroun passa devant eux comme une flèche et sauta dans l'eau. Plusieurs femmes et jeunes filles coururent à sa rencontre en poussant des cris de joie. Éberlués, les deux déserteurs assistèrent à leurs bruyantes retrouvailles.

Tandis que Mulgane demandait leur aide pour faire descendre les chevaux, Solinor murmura encore à l'oreille de son ami :

— Je ne leur fais aucune confiance. Tu sais que j'ai raison…

LA CROISÉE DES CHEMINS

Parmi les femmes et les enfants qui accueillirent Amis Néroun, il s'en trouvait une dont le ventre était tendu à se rompre. Alors que les enfants faisaient une ronde autour du vieux Romancher et que les autres femmes le prenaient tour à tour dans leurs bras, celle qui était enceinte attendait, le visage transfiguré par une joie profonde.

Cet événement fit sourire les marins et les deux jeunes filles. La longe d'un des chevaux glissa des mains de Solinor, distrait, tandis que Mulgane et Abralh, juchés chacun sur un animal, les conduisaient jusqu'à la rive. Le mulâtre faillit glisser à plusieurs reprises, mais il parvint tout de même à bon port.

Amis Néroun ôta sa capuche et se présenta nu-tête devant son peuple. Après quelques instants d'horreur, la foule sourit et des larmes de bonheur coulèrent sur les joues. Les hommes donnèrent l'accolade au rescapé. Solinor était stupéfait de voir combien l'aspect effrayant de Néroun avait peu d'effet sur ces gens.

Vêtues de longues soieries de couleur vive, leurs chevelures sombres et huilées à la mode des royaumes du sud, les femmes s'agenouillèrent dans l'eau, tendirent leurs bras vers le ciel et entonnèrent un chant de retrouvailles pendant que les enfants dansaient et battaient des mains.

De vieux Romanchers s'approchèrent des visiteurs et les conduisirent respectueusement jusqu'au camp. Désignant des chariots différents pour les hommes et pour les femmes, on leur demanda de se préparer.

Solinor était voûté comme s'il venait d'assister à une scène d'horreur. Il monta dans le chariot à la suite des marins en maugréant qu'il n'aimait pas ce pays.

— Il faudra bien t'y habituer, rétorqua Abralh.

Quelques heures plus tard, des feux flambaient joyeusement aux quatre coins du campement, et plus vivement encore là où s'étaient réunis la plupart des membres de cette communauté nomade aux mœurs très particulières.

Un fond musical joué par des sistres, des tambourins, des flûtes et des *tréborêts* égayait la froide soirée. Vêtus de tuniques, agrémentées de ceintures, de bonnets de laine et de bottines neuves, Abralh et Solinor étaient assis et se réchauffaient les mains.

Si ce n'avait été des loups embusqués tout près et de la brume persistante, les deux Goroméens auraient pu se croire transportés plus au sud, dans la province d'Ormédon par exemple, qui était depuis des lustres sillonnée d'est en ouest par de nombreux clans de Romanchers.

Le repas était frugal : des noix fumées enveloppées dans des feuilles de kénoab gris, un consommé brûlant de porc sauvage, un ragoût de pommes de terre et de noix de kénoab écrasées, le tout accompagné d'un cidre doux tiré de la sève de ces mêmes arbres qui devaient constituer une bonne partie de la flore locale.

Après le ragoût vint le dessert : une pâtisserie à base d'eau et de farine de noix, cuite sur le feu. Le résultat donnait une galette aussi grande qu'une paume, au goût mi âcre mi-sucré : une spécialité vorénienne adaptée par les femmes romanchères qui ne faisaient pas que danser, mettre des enfants au monde et lire l'avenir dans l'iris des hommes et dans des feuilles de noisetiers.

Quand la dernière galette eut disparu et que les enfants furent couchés, commença la vraie musique. Des hommes s'installèrent près du feu et donnèrent vie à leurs instruments.

Dès les premières mesures, Abralh et Solena se sentirent en pays de connaissance. Mulgane imita les Romanchères et battit des mains en secouant frénétiquement sa chevelure. Puisé dans les barriques ramenées par la marchande, le cidre coula à flot et bientôt les femmes se levèrent également pour danser.

Solinor refusait les hanaps qu'on lui tendait, car il voulait rester sobre. Après tout, Amis Néroun avait disparu, entouré par ses sept femmes et leurs vingt enfants, et il n'avait pas encore reparu. Il semblait en outre à l'esclave roux que si l'allégresse jaillissait des tambourins, il manquait à cette fête un « je ne sais quoi » d'authentique qui le rendait soupçonneux.

— Laisse-toi aller, l'encourageait Abralh en battant la cadence avec le pied.

Solena et la jeune Helgi se tenaient timidement sur une même natte de corde. La jeune fille aux yeux bleus lançait-elle de brèves œillades au mulâtre ? Solinor aurait pu le jurer. Toujours est-il qu'il ne put retenir une grimace lorsqu'un Romancher invita Mulgane à danser. Une femme tendit la main à Abralh qui ne put ou ne voulut pas se dérober. Le spectacle de son ami en train de gesticuler maladroitement alors qu'il aurait dû, en digne Baïban, avoir le rythme dans le sang, rendit Solinor encore plus morose.

Soudain, des hurlements déchirèrent la nuit. La musique cessa brusquement. L'inquiétude et l'attente se lisaient sur les visages. Mulgane devisa à voix basse avec une des danseuses.

— Que se passe-t-il? interrogea Abralh en se laissant tomber près des deux jeunes filles.

Solena eut un mouvement de recul; réaction qui n'échappa pas à Solinor.

Un autre cri s'éleva, différent des précédents. Au bout de quelques minutes, Amis Néroun apparut en costume d'apparat, le front orné d'une couronne en écorce de bouleau tressée. Ses mains, les pans de sa toge et ses avant-bras étaient tachés de sang, et il brandissait un ballot de linge au-dessus de sa tête.

Une clameur monta du camp. Les larmes aux yeux, Néroun présenta son dernier-né aux patriarches de la communauté, aux hommes, aux femmes. Enfin, il s'arrêta devant Mulgane et ses compagnons.

La vieille marchande caressa la joue minuscule et violacée, et prononça quelques paroles rituelles.

Amis Néroun fit de même, dans sa langue aux accents chantants, et la joie et la musique éclatèrent de plus belle.

Le Romancher s'agenouilla près de Solena, tout intimidée, et lui présenta le bébé.

— C'est une fille, déclara-t-il. En l'honneur de ta venue, elle portera ton prénom.

Solinor était perplexe. Vraiment, les mœurs de ce peuple le déroutaient. Il voulut communiquer ses inquiétudes à son ami, mais Abralh était de nouveau entraîné dans une danse folle.

Solena n'était pas moins étonnée. Pourtant, irrésistiblement, elle laissait la musique entrer dans son corps et dans sa tête.

Ces notes de tréborêts, de sistres et de flûtes lui semblaient vaguement familières. La musique est une langue en soi. Ses vibrations faisaient remonter en elle des souvenirs profondément enfouis dans son subconscient.

La jeune fille se sentait propulsée dans une spirale ascendante. N'avait-elle pas dansé, jadis, pieds nus et toute décoiffée sous des rythmes semblables? Des images émergeaient à la surface de sa conscience. Elle vit les visages de plusieurs compagnons. Un jeune chauve aux yeux noisette. Une fille blonde et timide aux joues rouges. Des Baïbans aux yeux brillants et aux sourires éclatants. Et puis un garçon aux cheveux noirs qui la regardait avec envie.

Ce regard était profond et hypnotique. Solena sentit ses bras se couvrir de frissons. Sa respiration devint haletante. Mulgane s'en aperçut et hocha la tête d'un air entendu.

La jeune fille vivait une transe profonde. Un visage s'approcha du sien. Des lèvres frôlèrent sa joue. S'arrachant à ce trop-plein d'émotion, elle poussa un cri d'effroi.

— Tu vas bien? s'enquit Abralh.

Solena le repoussa et courut entre les chariots. Le jeune homme en resta pantois. Solinor découvrit pour sa part qu'il n'aimait ni les danses, ni cette musique, ni ce qui aurait pu se produire si la fille ne s'était pas enfuie.

Ils quittèrent le camp à l'aube, salués uniquement par Amis Néroun qui tint longuement les mains de Mulgane entre les siennes.

Harnachés pour une longue route, les quatre chevaux filèrent à travers les lambeaux de brumes déchirés par le soleil levant.

Mulgane avait remis sans hésiter les rênes d'un des chevaux à Solena et avait hissé Helgi derrière elle. Les deux déserteurs montaient chacun un animal. Et quoique maladroits encore dans l'art de se tenir en selle, ils trouvèrent vite la façon de conduire leur monture.

— Vous devrez également apprendre à parler le vorénien, leur dit-elle sans douter un instant qu'ils sauraient avant longtemps maîtriser cette rude langue du nord, aux accents hachés.

Deux jours plus tard, ils atteignirent un bois dominé par une succession de collines aussi rondes que des dos d'animaux de légendes. Un brouillard opiniâtre en tronquait les sommets, mais Abralh remarqua tout de même que chacun d'eux était formé, dans le tiers supérieur, d'immenses pans de rochers acérés.

Au fur et à mesure qu'ils avançaient, le hurlement des loups devenait de plus en plus oppressant. À la faveur d'une halte près d'un ruisseau nappé de mousse tendre, Solinor prit son ami à part.

— Je sens le souffle de la trahison dans l'air…

Abralh inspira plutôt les effluves musqués et mentholés des pins, l'odeur de la terre qui s'éveille sous la caresse d'un timide printemps. Celle, enivrante pour un Baïban si loin de ses tropiques, des rares, mais chauds rayons de soleil.

— Sérieusement, insista le rouquin, si cette fille sait où se trouve le trésor que nous cherchons, agissons maintenant !

Abralh considéra son ami. Solinor avait tant souhaité fuir le palais impérial pour découvrir le monde ! Et maintenant que le monde était là, tout autour de lui, son immensité l'effrayait.

— Chaque chose en son temps, rétorqua-t-il entre ses dents.

Solena s'agenouilla près d'eux et but une gorgée d'eau entre ses mains. Elle n'avait adressé que quelques paroles au grand mulâtre. Mais Solinor avait remarqué qu'elle jetait à Abralh de fréquents regards appuyés.

— Cette fille nous soupçonne, ajouta-t-il alors qu'ils remontaient en selle.

Ils galopèrent une journée encore.

Le dernier soir, Mulgane vint les trouver alors qu'ils épluchaient maladroitement des tubercules cueillis dans un champ voisin.

— Demain, leur dit-elle mystérieusement, nous arriverons et vous prendrez votre décision.

Ces paroles troublèrent tant Solinor qu'il ne put fermer l'œil de la nuit.

En s'enfonçant dans le bois, ils avaient perdu de vue la masse lointaine des monts arrondis. Le lendemain, lorsqu'ils tombèrent sur un clan de loups qui filaient à travers bois sans même leur prêter attention, Mulgane sut qu'ils étaient proches du but.

Peu après, ils débouchèrent sur une vaste clairière. Les falaises de granite couronnées de bâtiments en pierre composant le célèbre temple-école d'Éliandros leur sautèrent au visage. Deux tours aussi noires que le plumage d'un corbeau flanquaient chaque extrémité de l'imposant mur d'enceinte.

— *Istard* et *Oustard*, fit Mulgane en inspirant profondément.

Les loups pénétrèrent dans la première muraille par un soupirail ouvert exprès pour eux.

— Il faudra aller trouver nos amis laineux et les remercier d'avoir si gentiment veillé sur nous tout au long de ce périlleux voyage de retour, ajouta-t-elle avec malice. Solena, je te présenterai au chef de meute.

Abralh détaillait l'ensemble de bâtiments construits au sommet des trois pitons qui dominaient la plaine. Des ponts suspendus, certains en cordes, d'autres en bois, rendaient possible la circulation d'un mont à l'autre, d'un bâtiment à l'autre. D'étroites meurtrières s'ouvraient dans les murs, comme si ce temple faisait également office de forteresse. Tout près cascadait une chute d'eau. Mais, s'ils l'entendaient et que le vent fouettait leurs visages d'embruns, ils ne la voyaient pas, ce qui la rendait encore plus impressionnante et mystérieuse.

Mulgane planta son regard dans celui des deux esclaves, et dit :

— À présent, vous avez le choix. Soit, vous nous accompagnez à l'intérieur et vous devenez, comme Solena et Helgi, des élèves d'Éliandros. Soit, vous passez votre chemin.

Les deux jeunes filles gardèrent un silence grave. Solinor s'agita sur sa selle.

— Si je vous comprends bien, grogna-t-il, si nous ne devenons pas vos prisonniers, nous sommes chassés et condamnés à servir de pitance à vos loups !

Abralh le fit taire d'un geste sec, car, comme d'habitude, le rouquin comprenait tout de travers. Le mulâtre songeait quant à lui à un de ses derniers rêves…

— Un choix entre deux routes, laissa-t-il tomber, sentencieux.

Mulgane plaça son cheval près du sien.

— Éliandros est le plus grand centre spirituel des Terres de Vorénor. Dans ses murs se trouve concentrée la somme des anciennes sagesses et connaissances. De plus, les véritables préceptes de vie y sont enseignés à des centaines d'élèves venus de tous les royaumes, d'ici et d'ailleurs. Restez et nous vous aiderons à devenir des lumières vivantes.

Abralh considéra le lugubre complexe de pierre et de roches. Sentant que Mulgane avait encore des choses à dire, il lui fit signe de poursuivre.

— Si vous choisissez de passer votre chemin, je vous donnerai le moyen de trouver le trésor que vous cherchez.

Solinor s'étrangla de surprise. La vieille lisait-elle dans leur tête ou bien avaient-ils parlé durant leur sommeil?

— Vous n'êtes décidément pas une marchande ordinaire, fit Abralh.

Mulgane avoua qu'elle n'avait jamais eu la fibre commerçante.

— Je viens d'ici, dit-elle en pointant les sombres bâtiments.

Solena était suspendue à leurs lèvres, mais feignait d'observer les fleurs qui poussaient dans l'herbe rase.

Abralh descendit de cheval et prit une poignée de terre dans son poing. Il la sentit, hocha la tête:

— Je vous remercie pour votre offre, noble Mulgane, mais je sors déjà de prison. J'ai soif d'espace et de liberté.

Solinor ouvrit la bouche, la referma aussitôt.

La vieille dame approuva:

— Je vais donc vous révéler le moyen de trouver une pierre de grande valeur. Il s'agit d'un joyau si précieux qu'il est dit que toute autre richesse pâlira devant son éclat révélé. Cette pierre, si vous la trouvez, vous apportera des réponses à vos questions ainsi qu'un glorieux destin.

Solena serra ses poings sur les sangles de cuir et garda la tête basse.

Mulgane se pencha alors à l'oreille du Baïban et tint parole. Peu après, elle donna un coup de talon aux flancs de son cheval et s'éloigna.

Abralh fit faire volte-face à sa monture.

— Attends! s'écria soudain Solena.

Elle glissa au sol et sortit un objet de son paquetage qu'elle remit au jeune mulâtre.

— Ceci est pour toi, dit-elle simplement avant de remonter en selle.

Elle partit sans se retourner. Mulgane et les autres la suivirent des yeux tandis qu'elle gagnait le pont-levis conduisant à la lourde porte bardée de fer.

Abralh développa la gaine de cuir et découvrit le kaïbo doré et démonté en deux segments d'égale longueur, polis et étincelants.

— Vous lui avez sauvé la vie, dit Mulgane. Soyez digne de ce présent qui vient du fond des âges et qui a déjà servi à de très nobles causes.

Le jeune homme restait sans voix. Il avait certes déjà admiré l'arme finement ciselée, mais jamais il n'aurait espéré la recevoir en cadeau. Surtout pas de cette fille qui ne parlait jamais et qui avait apparemment peur de lui !

La vieille femme leur adressa le signe universel de « bonne et heureuse route » : la main ouverte sur le cœur et le front, puis tendue dans leur direction. Abralh répondit de même. Au loin, la porte du temple-école s'ouvrait en grinçant.

Lorsque Solena disparut à l'intérieur, Abralh ressentit un vide dans sa poitrine. Les paroles du Mage errant retentissaient dans sa tête. « On ne fait jamais de mauvais choix dans l'existence. Vis et découvre-toi. »

Aidé par l'indice que venait de lui révéler Mulgane, c'est exactement ce qu'il avait l'intention de faire.

Nul ne vit, caché derrière les épaisses frondaisons, deux guerriers casqués et vêtus de kaftangs de peaux qui les observaient. L'un d'eux flattait l'encolure de son destrier et portait une moustache. L'autre, barbu, notait consciencieusement le détail des murailles et des autres systèmes défensifs protégeant ce temple-école dont on leur avait tant parlé…

Deuxième partie

La Grande Âme

Éliandros : An 509-512 après Torance

LA CHAMBRE DE TRANSFORMATION

Solena et Helgi furent séparées de Mulgane et conduites, par une succession de sombres corridors et de galeries, jusqu'à une enfilade de salles fermées par de lourdes portes en bois cloutées. Les filles n'entendaient de la femme qui les guidait que le froissement rêche de sa tunique brune, le raclement de ses bottines sur les dalles de pierre, le cliquetis lugubre de son trousseau de clés.

Parvenue à une dernière pièce aux murs nus qui sentait l'urine, elle leur désigna une table basse et un banc sur lequel avaient été posés des vêtements.

— Déshabillez-vous, je vais revenir.

Helgi lança un regard effrayé à Solena.

— Complètement? s'enquit celle-ci.

Leur guide hocha la tête.

— Mais pourquoi? Je…

— Ceci est la chambre de transformation, la coupa la femme avant de refermer la porte.

Les deux jeunes filles étaient consternées.

Solena se rappelait les dernières paroles d'Abralh: «Je sors de prison, merci, j'ai besoin d'espace et de liberté.»

Elle contempla d'un regard morne cette pièce d'aspect lugubre.

Se peut-il réellement que mon père ait voulu que je sois conduite en ce lieu?

Le jappement des loups qui hantaient le bois alentour, sans doute pour empêcher ceux qui vivent ici de s'enfuir! songea la jeune Brugonde, lui causa un nouveau choc.

Helgi soupira, puis elle commença à délacer la cape de fourrure qui enveloppait son cou et ses épaules. Depuis leur rencontre, Solena avait pu constater la fragilité des nerfs de sa compagne. Elle sursautait en effet au moindre bruit et semblait même avoir un sixième sens pour flairer le danger. De temps en temps, la jeune Sélénienne – car Helgi avait tout de même avoué à Solena qu'elle venait du royaume sélénite voisin – tremblait violemment et courbait la nuque.

Solena remarqua son corps maigrelet, ses jambes légèrement arquées, mais aussi ses seins déjà bien formés, quoiqu'en forme de poire, et son pubis à l'abondante pilosité.

Helgi enfila la tunique rêche en grimaçant. Solena ne cessait de se questionner. Où donc Mulgane les avait-elle conduites? Le mot Éliandros ne lui était pas inconnu. Elle avait souvent entendu son père en parler. Mais, dans sa bouche, l'endroit lui paraissait tellement plus joyeux!

Elle toucha la pierre froide. Puis, elle se changea aussi rapidement que possible en tournant le dos à son amie de peur qu'Helgi ne découvre son corps bien moins formé que le sien.

La femme revint et les inspecta de la tête aux pieds.

— Vous êtes-vous lavées?

Les filles se regardèrent, hébétées.

— L'alcôve, derrière la grande peau d'évrok. Vous trouverez des jarres d'eau.

La femme vit le médaillon de métal que Solena portait au cou et tendit la main pour s'en emparer. La jeune fille lui agrippa le poignet.

— C'est à moi!

— En entrant à Éliandros, on épouse le ciel, déclara la femme.

Alors seulement Solena remarqua que derrière la froideur de la gardienne vivait une «personne» qui avait sûrement des sentiments, un passé, des espérances, et même des rêves d'avenir.

La femme insista :

— Ne t'inquiète pas, nous allons te le garder.

— Non! se rebiffa Solena.

Alors, la gardienne baissa les yeux et recula dans la demi-obscurité.

La porte se referma de nouveau. Helgi sourit timidement à Solena pour la première fois.

Les mains crispées sur son médaillon, la jeune Brugonde entendait son cœur battre à grands coups.

Abralh avait raison. Cet endroit ressemble à une prison.

Elle lui avait spontanément fait cadeau du kaïbo de son père. Si elle n'avait pas eu aussi peur du rouquin qui servait d'ami au mulâtre, elle serait sans doute partie avec eux.

Maintenant, hélas, il était trop tard.

Des sons de cors retentirent : sortes de meuglements longs, tristes et assourdissants. Peu après, des bruits de pas martelèrent les dalles du couloir voisin.

— Vite! Vite! s'effraya Helgi en aidant son amie à se vêtir.

Mulgane gagna directement le bâtiment dit « de l'est » : vaste construction surmontée d'une tour coiffée d'un toit hexagonal. À Éliandros, chaque pièce, salle, cour ou muraille avait sa forme, son emplacement stratégique, son importance. Au point de vue de l'architecture, cela n'était pas toujours du meilleur effet. Mais l'essentiel était surtout d'ordre énergétique. Oustard et Istard, les deux tours de garde, par exemple, étaient en réalité d'énormes obélisques ayant pour tâche de drainer les énergies du cosmos et de les marier harmonieusement à celles, éthériques, de Gaïa, la mère.

Situé sur le piton rocheux du centre, le bâtiment administratif contenait entre autres la mystérieuse salle du conseil des sages. Mulgane y fut introduite par un garde. L'homme, chauve, avait le sommet du crâne rougi au henné – survivance d'une ancienne tradition pratiquée autrefois par les prêtres de ces dieux venus du ciel par les « portes magiques » construites au sommet de nombreuses collines des Terres de Vorénor. Vêtu d'une tunique et d'un surcot en cuir frappé du blason d'Éliandros – le scorpion Wellön à double dard dans un cristal bleu de divination –, le garde était armé d'un solide kaïbo en bois de kénoab dont les pointes avaient été durcies sur la flamme d'un feu sacramentel.

Mulgane sourit à ses frères et ses sœurs qui l'attendaient autour de la grande table en forme de losange : symbole de douceur et de féminité, mais aussi de sagesse.

Aux murs figuraient en bas-reliefs les visages de chacun des Camulos ayant dirigé Éliandros depuis cinq cents ans. Le mot Camulos signifiait « doyen » en vieil urghonien. Évacué du langage courant par l'usage de synonymes, on entendait désormais par Camulos le maître incontesté du célèbre temple-école.

Camulos XXVII serra Mulgane dans ses bras.

Grand et corpulent, l'homme frisait la cinquantaine. Malgré sa barbe de sage et ses rides autour des yeux, il ressemblait davantage à un guerrier qu'à un mystique. Il incarnait pourtant l'un et l'autre : tout Camulos étant expert en *scrivandra*, en *srim-naddrah* et dans le maniement du kaïbo, ces arts de philosophie et de combat qui étaient nés près de mille ans plus tôt – certains disaient même davantage – dans l'ancien royaume d'Élorîm.

Mulgane s'installa à la table et Camulos ouvrit la séance.

Les doyens et les doyennes d'Éliandros, au nombre de douze, célébrèrent par une joyeuse méditation le retour de celle qui était en fait une *cristalomancienne* à part entière : du nom de ces magiciens de l'antique royaume de Gorée dont l'ordre avait été officiellement dissous deux cent trente-neuf ans plus tôt par l'empereur Sarcolem VII.

L'avant-veille, Fröja, une belle femme brune à la peau de marbre blanc, avait vécu une transe dans laquelle elle voyait Mulgane revenir en compagnie de quatre jeunes futurs étudiants.

— Deux, corrigea Mulgane. Abralh et Solinor, les compagnons que nous ramenait Estimène, notre regretté grand maître, ont choisi une autre voie.

Les visages se rembrunirent à l'annonce du décès du vieil Estimène. Ainsi donc, le message qu'ils avaient reçu en transe était véridique. L'empereur Dravor II avait trahi sa parole et maltraité le sage qui avait espéré, en se rendant à Goromée, régler les conflits en cours par la voie diplomatique ! Certains de ses frères et sœurs guettèrent la réaction de Mulgane, plus touchée qu'eux par cette disparition brutale.

Camulos leva une main en signe d'apaisement. Puis il réorienta la discussion sur les jeunes Goréens.

— De nombreuses voies conduisent à l'éveil du Chemin Intérieur, dit-il. Nos deux amis ont le droit de choisir la leur.

Mulgane ne cacha pas qu'elle aurait préféré les avoir ici, à Éliandros, à portée de la main. Mais Camulos avait raison. D'ailleurs, Mérinock, leur guide éternel, invisible et bienveillant ne répétait-il pas que le libre arbitre, ou « la part d'ombre » présente en l'être humain, devait en toute circonstance être respecté !

Ou presque, songea Mulgane en se raclant la gorge.

Comme s'il avait lu dans sa pensée – ce qu'il s'amusait à faire de temps en temps –, Camulos ajouta :

— De grandes choses peuvent surgir quand l'homme laisse son intuition le guider. Ces deux jeunes messagers nous reviendront en temps utile.

Justement, s'inquiéta Mulgane, le temps est un facteur important…

Elle exposa à ses compagnons l'état exact de la situation.

— La Gorée et Reddrah, son alliée du moment, sont passés à l'attaque. Angus Siponne, le Premius de Goromée, et Farouk Durbeen, son grand légide de Bayût, ont fait pression sur l'empereur. Bientôt, il se peut que, par le jeu complexe de leurs alliances et de leurs influences, plusieurs des peuples voréniens réputés fragiles, craintifs ou portés sur la trahison se joignent à eux.

Mulgane n'insista que légèrement sur le mot « trahison », car elle savait que ses compagnons, dont Frëja qui était *Certinéenne*, pensaient au contraire qu'une menace étrangère ne pourrait que renforcer le patriotisme des diverses nations voréniennes.

Camulos leva le *cristal de parole*, ce bâton de kénoab noir serti d'un éclat de *bromiur* qui était le signe tangible de son autorité et de la prédominance de sa voix dans les débats.

— Laissons notre amie poursuivre, dit-il.

Mulgane posa sur la table le sécralum que Brôm avait confié à Solena avant de mourir.

À la vue du petit cylindre de bois sculpté, peint et verni dont la beauté et la finesse n'avaient pas été altérées par les siècles, les compagnons retinrent leur souffle. À tour de rôle, chacun vint le caresser.

Cette attitude aurait pu passer pour de la superstition aux yeux d'un profane. Mais il est commun de penser que les actes de ceux que l'on craint ou que l'on ne comprend pas ne sont que chimères ou fumisteries. Les compagnons respectaient le sécralum, car il n'était pas pour eux un objet inconnu. Chacun d'eux l'avait en effet déjà vu, touché ou tenu autrefois dans ses mains. Ils portaient en eux des souvenirs du sécralum et manifestaient simplement leur joie de le revoir ; surtout en cette époque trouble d'invasions et d'incertitudes.

Camulos tint l'objet dans ses mains et suivit des yeux les fines attaches du bois verni, les sillons à peine visibles de son ouverture secrète.

— Une part de ta mission était de récupérer le sécralum, Mulgane, dit-il, et tu as brillamment réussi.

La cristalomancienne avait également ramené Amis Néroun à son peuple, ce qui n'était pas non plus une mince affaire. D'autre part, la venue d'Helgi, fille de simples ouvriers du bourg de Bergme, rasé par les troupes goréennes, avait été un autre de ses devoirs.

Le grognement de plusieurs des loups gardiens d'Éliandros monta jusqu'au sommet de la tour. Mulgane avait hâte d'en finir avec cette réunion pour aller retrouver ses amis à quatre pattes. Et, par la suite, se laver et se reposer de cet éprouvant voyage.

— Mais, reprit Camulos après une longue inspiration, nous te sommes surtout redevables d'avoir ramené « la Grande Âme ».

Tout un chacun se recueillit un moment à l'évocation de cette personne mystérieuse dont la vie et l'œuvre devaient, dans les années futures, comme disait le Mage errant, « allumer les ténèbres de sa lumière intérieure et remettre à sa place la tête de bien des rois, empereurs et légides de ce monde ».

Ils souriaient également, car avec Helgi ils étaient tous – ou presque – de nouveau rassemblés sous un même toit pour la première fois depuis près de cinq cents ans.

— Solena est enfin de retour parmi nous, approuva Mulgane.

Son visage, comme celui des autres doyens, reflétait une joie intense.

— Nous allons donc avoir l'immense honneur de réveiller ses talents naturels et de la voir éclore comme la plus belle des fleurs, déclara Camulos avant d'aborder des questions de pure stratégie militaire.

La belle énergie rosée qui s'était formée dans la salle à la pensée commune du retour de « la Grande Âme » se ternit lorsqu'ils évoquèrent les rois, contes et ducs de Vorénor, ainsi que Vermaliss Tahard VII, le haut souverain, et leurs armées qui n'avaient jusqu'à présent remporté aucune victoire significative contre les envahisseurs.

À la fin de la session, une question demeurait en suspens : celle du temps qui leur était dévolu. Advenant une conquête rapide des Terres de Vorénor, qu'adviendrait-il en effet d'Éliandros ?

Roulé en boule dans un réduit de pierre situé sous le toit de la salle du conseil, un adolescent reniflait, à la fois contrarié, émerveillé et grelottant de froid. Il s'était caché près d'une heure plus tôt dans l'espoir d'apprendre quelque secret sur ce qui se tramait dans les Terres de Vorénor, et il avait été exaucé au-delà de toutes ses espérances.

Il attendit patiemment, sans bouger et en évitant même de réfléchir et ainsi, d'émettre des variations dans les énergies subtiles environnantes – prouesse enseignée dans l'école même ! Puis il détendit doucement ses longues jambes, ses bras et son cou.

Il était impatient de mettre sa petite amie au courant de la situation. Les professeurs pensaient tout connaître des choses et des êtres visibles et invisibles. Mais, en vérité, ils ignoraient que certains de leurs élèves étaient plus avancés qu'ils ne le croyaient !

Au nombre de ceux-ci, Varoumis se délectait à la pensée d'annoncer qu'une des premières prophéties du Mage errant venait de se réaliser. Guidée par son divin père et par nul autre que Mulgane, la Grande Âme était de retour.

LES PREMIERS JOURS

Il y a au long de chaque vie des souvenirs qui marquent l'âme et le corps d'une manière indélébile. Pour Solena, le soir de ce premier jour fut un de ceux-là.

Les dortoirs des filles étaient situés dans le bloc de bâtiments construits sur le mont de l'ouest qui contenait également des latrines, des salles communes de repos et de méditations, ainsi que des cellules individuelles attribuées aux élèves plus âgées. Une passerelle en bois reliait le piton de l'ouest à celui du centre qui composait l'école proprement dite, incluant les dortoirs et les cellules dévolus aux garçons.

Ce soir-là, Solena et Helgi se tenaient fermement par la main tandis que la gardienne qui les avait conduites plus tôt dans la chambre de transformation les pilotait dans les corridors, une lampe à huile tendue au-dessus de sa tête.

Elles pénétrèrent dans une longue salle étroite et furent dévisagées par vingt-cinq pensionnaires étonnées ou méfiantes qui se préparaient pour le coucher. Un mélange d'odeurs corporelles, de fragrances de feuilles fraîches qui tapissaient les dalles de pierre et de grains de *nobes* – du nom de cette noix cultivée et cueillie dans les murs mêmes d'Éliandros – s'inscrivit pour l'éternité dans la mémoire subconsciente de Solena.

Elles déposèrent leur maigre paquetage et constatèrent avec soulagement qu'elles dormiraient côte à côte. Les colonnes rongées par les siècles et le plafond à voûtes recelaient mille mystères qu'elles auraient amplement le temps d'étudier, car cette salle devait être la leur pour les trois prochaines années.

Un silence de mort les accueillit. Était-ce l'usage ou bien une manière, pour les anciennes, de faire savoir aux nouvelles qu'ici comme ailleurs il y avait des règles à suivre et des interdits à ne pas transgresser !

Le cor, annonçant les différentes périodes de la journée, fut sonné par le *maître du temps*, titre donné par les élèves à l'invisible exécutant – sans doute un des nombreux soldats-domestiques d'Éliandros. Le soleil se couchait, et, déjà, les premiers lambeaux de brume se posaient au faîte des bâtiments. Des bois montaient la plainte des loups. La méditation du soir était, ce jour-là, entonnée par les élèves les plus avancés en *cristalomancie*.

Solena et Helgi apprendraient plus tard que cette méditation guidée, loin de n'être qu'un simple rituel sans consistance, avait pour effet de renforcer autour d'Éliandros une véritable bulle de protection énergétique instaurée depuis les premiers temps de la création de l'école, quelque cinq siècles plus tôt. Ainsi nourri chaque soir et chaque matin, le *bouclier d'Erminophène* comme l'appelait le cénacle des professeurs, respirait, imbibait l'atmosphère et constituait même selon eux un cadre idéal pour l'étude et le perfectionnement de soi.

Cette nuit-là, Solena eut du mal à trouver le sommeil. Trop de respirations et de ronflements ponctués de petits cris ou de bruits la distrayaient. Les yeux perdus dans les entrelacs de mosaïque composant le plafond, la jeune Brugonde s'interrogeait sur sa décision de rester auprès de Mulgane alors qu'Abralh et Solinor avaient choisi l'aventure.

Une partie d'elle-même aurait voulu suivre les deux jeunes hommes. Mais l'autre, plus sournoise selon elle, lui avait soufflé à l'oreille des mots tels que « devoir », « mission », « soumission ». Autant de concepts qui lui tenaient à cœur de par son éducation mystique et solitaire et qui, pourtant, lui pesaient quelquefois comme du plomb sur les épaules.

Près d'elle, Helgi ne dormait pas non plus. De temps à autre, elle gémissait. Solena ressentait que chacune des pensionnaires était une sorte de naufragée de la vie. Et que si elles les avaient accueillis avec autant de froideur, c'était sans doute pour se protéger.

Cette première nuit, Solena songea plus que de coutume à son périple depuis la destruction de son hameau et la mort de son père. Que n'aurait-elle pas donné pour posséder, comme Brôm, la faculté de se dissocier à volonté de son corps afin de voyager dans les immensités subtiles !

Le matin arriva aussi vite qu'un cheval au galop.

Quatre pensionnaires aux mines renfrognées se penchèrent sur elle.

— C'est l'heure de l'eau ! déclara une jeune rousse au visage sévère.

Solena se frotta les yeux, vit les seaux posés près d'elle.

— C'est votre tour, aujourd'hui ! Allez, on va vous attendre !

Helgi dormait encore à poings fermés. Elle fut violemment jetée en bas de sa couche. Poussées hors du dortoir, les deux nouvelles se retrouvèrent dans l'aube glacée, pieds nus sur les dalles de pierre.

Le puits réservé aux dortoirs était situé au centre d'une cour à ciel ouvert. En arrivant, les deux filles s'aperçurent que d'autres attendaient déjà leur tour. À considérer leurs attitudes hébétées et leurs visages tuméfiés, Solena comprit que ces élèves-ci étaient, comme elles, des nouvelles venues.

Les muscles des bras distendus, elles rapportèrent les seaux remplis au dortoir et durent attendre que l'eau ait bouilli dans un foyer noir de suie, puis que toutes les autres pensionnaires se soient lavées pour profiter enfin du fruit de leur labeur.

Le cor du petit matin sonna pour la seconde fois à l'instant précis où le soleil pointait son nez au-dessus des montagnes rougeoyantes. Ayant grandi avec son père à l'écart des membres de leur communauté, dans un esprit de liberté totale, Solena grimaça en revêtant l'uniforme de coton blanc jaunâtre qui serait désormais le sien.

— Ça pique! marmonna Helgi. Mais n'est-il pas normal que nous soyons toutes vêtues de la même façon?

La jeune Brugonde posa sa main sur l'épaule de son amie.

— Tu vas voir, tout va bien aller.

En sortant, elles durent subir les foudres de la gardienne : cette même femme qui les avait accueillies la veille, aussi sinistre et expressive, selon Solena, que la grande porte du pont-levis d'Éliandros.

Comment expliquaient-elles leur retard?

Solena pinça discrètement Helgi à la taille.

— Nous ne nous sommes pas levées à temps, répondit-elle.

— Et votre œil gonflé? gronda la gardienne en se penchant sur Helgi.

— Elle est tombée de sa couche, fit Solena.

La femme renifla, puis fit mettre toutes les filles en rang. Si elle remarqua que les deux nouvelles n'avaient déjà plus leurs bottines – sans doute volées par les anciennes –, elle ne fit aucun commentaire.

Solena ignora les regards lourds de curiosité posés sur elles. En agissant comme elle venait de le faire, elle entendait envoyer un message apaisant et amical à celles qui se prétendaient les « têtes fortes » du dortoir.

Solena et Helgi serrèrent les dents en foulant les dalles humides et se rendirent avec les autres dans le réfectoire où les attendait une bouillie de grains diluée dans de l'eau – le rituel alimentaire matinal quotidien. Elles franchirent ensuite le pont suspendu qu'elles traverseraient matin et soir. Les poutres de bois ployaient-elles sous le poids des élèves ? Solena entendit murmurer que ce pont avait cédé à plusieurs reprises au fil des siècles, tuant à chaque fois son lot d'étudiantes.

Quatre périodes de cours divisaient la journée. À sa grande surprise, Solena découvrit que les classes étaient mixtes et que, malgré la discipline omniprésente, garçons et filles étaient assez libres de se côtoyer.

Belgrane, la rousse, la « tête dure » du dortoir, avait été étonnée de la réaction de Solena. D'ordinaire, les nouvelles s'empressaient de se plaindre à la gardienne, ce qui les condamnait automatiquement au rôle de souffre-douleur. Mais cette Brugonde aux yeux bleus et au visage d'ange était… différente.

Peu après le repas de la mi-journée venait la période que les élèves appréciaient le plus. Le ventre plein, certains gagnaient la terrasse découverte aménagée au sommet du plus haut des bâtiments du piton central pour profiter de la chaleur de midi. D'autres s'abritaient sous les voûtes pour réviser leurs notes ou pour préparer un sujet qui allait être abordé durant l'après-midi. D'autres, encore, gagnaient directement leur salle de classe en attendant que sonne le cor de la reprise des cours.

Des bâtiments voisins leur parvenait le babillage des élèves plus âgés et plus « matures ». Dégrossis, délivrés de ce que Camulos appelait « le bagage propre à chacun », ces élèves, âgés de quinze à dix-sept ans, étaient très différents de leurs cadets, surtout parce qu'Éliandros avait imprimé sa marque dans leur cœur et dans leur âme.

Après le repas, Belgrane laissa ses amies et monta quatre à quatre les escaliers pour gagner la terrasse. Au milieu des élèves qui devisaient joyeusement, elle guettait le garçon qui l'attendait presque chaque jour. Quand elle le trouva, elle n'hésita pas à le prendre par le bras.

— Justement, dit Varoumis, je voulais te parler, moi aussi...

Le garçon était grand, mince et terriblement doué pour toute chose. Mais ce qui fascinait Belgrane au-delà de ses yeux noirs perçants, de ses cheveux sombres en bataille et de sa bouche massive, était cette rage de vivre et de savoir qui égalait presque la sienne.

Accoudés au merlon de pierre, ils semblaient si énervés que la magnifique vue sur les bois et les montagnes environnantes ne les émut pas le moins du monde.

Varoumis approcha ses lèvres du cou de la jeune fille. Belgrane frissonna, d'excitation cette fois, car elle savait pertinemment que leur amitié amoureuse était faite autant de complicité que de désir inavoué.

— Eh bien ? s'enquit-elle en le couvant du regard.

Le garçon sourit. Comme elle aimait ce sourire mutin qui laissait toujours entendre que Varoumis savait des choses que tous les autres ignoraient !

— La nouvelle fille arrivée hier…

Belgrane devina aussitôt qu'il s'agissait non pas de Helgi, brune, maladroite et timide qui baissait les yeux au moindre danger, mais de Solena.

— Je me trouvais dans la salle du conseil lorsque Camulos et les autres ont parlé d'elle, continua le garçon.

Belgrane écarquilla ses yeux verts tout en mordillant sa langue : un tic qu'elle avait développé sans s'en rendre compte.

— Tu t'es caché… dans la salle du conseil !

L'audace de Varoumis était donc sans limites !

Quand le garçon évoqua la prophétie que Philamek, leur professeur d'histoire, leur avait enseignée en cours, Belgrane grimaça.

— La Grande Âme… laissa-t-elle tomber, songeuse.

Le visage de celui qu'elle avait décidé de séduire était extatique. Belgrane n'aima ni son expression ni le ton de sa voix lorsqu'il prononça le nom de Solena…

Pendant ce temps, la jeune Brugonde et Helgi venaient d'arriver sur la terrasse. Tout émerveillées, les deux filles découvraient le panorama.

Solena détailla le ciel d'azur glacé malgré la présence du soleil, la crête des sommets escarpés dont plusieurs étaient encore nappés de neige, le splendide étalage des bois et des forêts, leurs différents tons de vert. Située dans une immense vallée, Éliandros trônait en son centre, protégé des violences et des soubresauts des duchés, contés et royaumes voisins.

Belgrane ne sut jamais quel démon – autre que celui de la jalousie – la poussa à rechercher les deux nouvelles.

Impulsive, elle l'avait toujours été. Une certaine tendance à voir tout en noir la poussait également à s'imaginer des situations qui, bien souvent, n'avaient rien à voir avec la réalité. Mais Camulos en personne n'enseignait-il pas que chaque être humain possédait sa propre « bulle-réalité » !

Belgrane apostropha Solena.

Un nuage passa devant le soleil.

La jeune Brugonde dévisagea la fille échevelée aux narines frémissantes qui lui faisait face. Dans une réaction de frayeur instinctive, Belgrane cligna tout d'abord des paupières comme si elle craignait de regarder son adversaire. Puis elle serra les dents. Belgrane était une de ces rousses plantureuses qui malgré une chevelure éclatante n'avait pour elle que des traits ingrats et une peau laiteuse aux reflets grisâtres. Bien que de taille moyenne, elle possédait par contre une telle volonté de s'imposer qu'elle semblait plus grande que nature.

Solena se rappela soudain sa réflexion de la veille.

Nous sommes toutes des naufragées...

Remarquant les reflets rougeâtres qui allumaient les iris de Belgrane, elle sentit que la fille devait vivre une sorte d'ouragan intérieur. Elle vit aussi ses mains crispées, ses veines gonflées.

— Ainsi, c'est toi la Grande Âme annoncée! lâcha la rouquine avec dédain.

— Pardon?

Solena ne put en dire davantage, car Belgrane la gifla à toute volée.

La jeune Brugonde tomba au sol. La rousse la bourra alors de coups de pieds.

On entendit des piétinements, des éclats de voix.

Le sang jaillissait du nez et de la bouche de Solena. Recroquevillée, elle se tenait le ventre. Deux garçons intervinrent pour tirer Belgrane par les bras.

Varoumis accourut derrière son amie et s'en mêla. Le cor de mi-journée sonna. Le soleil reparut. Des surveillants séparèrent les trois garçons qui en venaient aux mains.

Helgi s'agenouilla près de son amie et lui tendit un pan de tissu arraché de sa propre tunique.

— Est-ce que ça va?

Solena avait peine à réaliser ce qui s'était passé. Elle entrevit sa tortionnaire se débattre aux mains des surveillants, tandis que Varoumis lançait un défi aux deux garçons qui avaient osé intervenir.

La tête en feu, la respiration haletante, elle se remit péniblement debout. On l'entourait. Elle remarqua un jeune blond au regard brun lumineux qui l'encourageait d'un sourire timide. Puis, soutenue par Helgi et par une autre fille, elle gagna leur salle de classe.

La vieille enseignante leur tournait le dos. Chaque novice s'installa sur son banc de bois et se prépara pour la leçon. Il n'y avait nulle trace de Varoumis ou de Belgrane dans la salle chichement éclairée par quatre étroites meurtrières.

— Aujourd'hui, nous étudierons l'anatomie secrète du corps humain et ses sept principaux centres de pouvoir.

Solena reconnut la voix et retint son souffle. Du sang coulait encore de son nez : sa tunique en était toute tachée.

Mulgane se retourna et lui adressa un clin d'œil complice.

Cela suffit pour redonner confiance à la jeune fille.

LE TEST DE FRËJA

L a pluie tombait si serrée que le son du cor de la sixième heure peinait à percer les trombes d'eau. Une à une, les pensionnaires se mirent en rang devant la gardienne. Cette femme silencieuse au visage de pierre usait de son inexpressivité comme d'une arme et imposait aux filles la plus rigoureuse des disciplines.

Ce matin était un jour particulier. Depuis une semaine, chacune s'était entraînée. D'abord en groupe avec Frëja, leur professeur de cristalomancie. Puis par équipe de deux, dans leur dortoir ou bien dans un des nombreux recoins que comptait le temple-école.

L'humidité des vieilles pierres transperçait les tuniques et les capes. Quelques filles, comme Solena et Helgi qui s'étaient fait voler leurs bottines dès le premier jour, avaient enroulé leurs pieds dans des peaux de chevreaux, et portaient maintenant de vieilles galvas de corde ou de cuir. Toussant, reniflant, frissonnant, elles descendirent l'étroite volée de marches et gagnèrent avec appréhension le pont suspendu qui conduisait au mont du centre.

Solena posa sa main sur la rambarde, sentit les vibrations qui parcouraient l'ouvrage de bois.

— Allez! Allez! les pressa la gardienne.

Sa voix claquait comme un fouet sans que ses yeux n'expriment autre chose qu'une parfaite indifférence.

Helgi sentait son estomac se serrer à chaque pas.

— Tu as encore faim? s'enquit Solena.

Elles avaient pourtant déjeuné d'une miche de pain d'orge noir trempée dans un bouillon de pois tiède. Mais elles avaient toujours l'impression de manquer de nourriture.

— Tu te demandes si nous allons être capables de passer l'épreuve, c'est ça?

Helgi hocha la tête sans pouvoir retenir un frémissement des épaules qui en disait long sur son état d'esprit.

Les autres filles gardaient la mine basse. Cette visite au *sanctuaire des Messagers* était bel et bien un test. Certaines pensionnaires murmuraient que si elles échouaient, elles seraient immédiatement renvoyées dans leurs familles.

Solena savait que ses condisciples venaient de tous les royaumes des Terres de Vorénor. Certaines faisaient partie de familles nobles, alors que d'autres, remarquées par l'un ou l'autre des professeurs durant leurs voyages, étaient nées dans des milieux modestes de paysans ou d'artisans.

Pour entrer à Éliandros, le talent seul importait. Et Mulgane, comme Frëja ou Camulos lui-même, avait à maintes reprises refusé de recruter tel fils ou telle fille de riches marchands, de ducs, voire de princes!

Elles traversèrent le pont sous les paquets de pluie et le hurlement de ces vents dont on disait qu'ils avaient une âme. Pour se donner du courage, certaines filles récitaient à voix haute les noms de ces vents mystérieux en joignant les mains sur leur poitrine. « *Frigor, Pélomaingue, Zilbia…* faites que je n'échoue pas et que mes parents et mes ancêtres soient fiers de moi ! »

Solena songeait qu'elles auraient plutôt dû demander ces grâces aux deux messagers ou, ce qui était encore plus efficace, à elles-mêmes. À leur Âme supérieure dont Frëja leur avait enseigné l'existence et les pouvoirs.

Helgi serra le bras de son amie.

— Je ne veux pas retourner d'où je viens !

L'effroi, dans sa voix, se répercuta à Solena.

Moi non plus, se dit la jeune Brugonde.

Elles prirent pied sur le mont du centre et baissèrent les yeux en croisant la file des garçons. Les deux cortèges se rejoignirent en silence. Chacun pelotonné sous sa cape et la tête rentrée dans les épaules pour se protéger des giboulées, ils se hâtèrent d'entrer dans le vaste hall de pierre dont les flèches semblaient mener tout droit au ciel.

Les statues des anciens compagnons des deux messagers les contemplaient du haut de leurs socles. De temps en temps, la lumière blafarde des éclairs frappait les bronzes ; accrochant aux uns un sourire mauvais au coin des lèvres, allumant une lueur sympathique dans l'œil des autres.

Les filles savaient que les pensionnaires plus expérimentés d'Éliandros visitaient le sanctuaire régulièrement. Les élèves venaient en groupe pour des séances de travail, comme disait Frëja, ou bien seuls. Et pour y faire quoi ?

Les nouveaux venus tremblaient rien qu'à cette idée.

Des murmures agitaient les rangs. Une nouvelle, répercutée de fille en garçon, parvint jusqu'à Solena. À la suite de la bagarre qui avait impliqué la jeune Brugonde et Belgrane la rousse, les professeurs avaient dû sévir.

— Varoumis a juré ta perte, fit Helgi. C'est si injuste !

Solena ne répondit rien. Elles étaient venues ici dans un but précis. Et, si elles voulaient réussir le test imposé par

Fröja, toute pensée de peur ou de haine devait être bannie. Un court instant, la jeune fille pensa à son père et à sa rencontre avec Mulgane et Abralh. Mais elle devait rester concentrée.

Les doubles portes du sanctuaire s'ouvrirent. Au moment d'entrer, Varoumis la bouscula. Le choc, à la fois violent et sournois, arracha à Solena un bref cri de surprise. Le garçon lui lança un regard perçant.

— Belgrane a été punie par ta faute.

Helgi ouvrit la bouche, sans doute pour répéter que « c'était injuste ». Mais Solena la rappela à l'ordre.

— Concentre-toi.

La jeune brunette admirait le sang-froid de son amie. Elle allait pour le lui dire quand une exclamation de stupeur retentit parmi les élèves.

Le sanctuaire proprement dit était sombre et silencieux malgré la sourde vibration qui montait du sol et les vents qui frappaient les murs extérieurs. L'émoi ressenti par les élèves ne venait ni des motifs ésotériques gravés sur les dalles, ni des parois inclinées dont le sommet était invisible tant la salle était haute de plafond ; ni, même, de l'autel élevé tout au fond. L'énorme pierre taillée en forme de roue sur laquelle avait été sculpté un Torance en bronze était certes impressionnante, comme l'était la statue de Shanandra, sa compagne.

Cependant, si garçons et filles restaient hébétés, cela tenait davantage à la qualité de l'énergie qui baignait ce lieu étrange.

Fröja s'avança.

— Ici bat le cœur d'Éliandros, dit-elle avec solennité.

Les mots retentirent, clairs et nets. Sa voix n'engendra aucun écho.

Elle expliqua que depuis la création de l'école, des générations de pensionnaires, dont certains étaient devenus par la suite des guérisseurs ou des érudits célèbres, avaient défilé dans cette nef.

— Chaque jour, matin et soir, Éliandros est nourri.

Frëja se campa devant ses élèves.

— Et c'est cette nourriture dont elle a tant besoin, poursuivit l'enseignante, qu'il faut à votre tour donner ce matin à notre école…

En entrant, ils avaient dû s'écarter devant un groupe de pensionnaires plus âgés qui sortait.

Certains, parmi les nouveaux, sentaient la peur nouer leur gorge. Ne disait-on pas dans toutes les cités des Terres de Vorénor que les Fervents du Feu bleu, gardiens d'Éliandros et des autres temples-écoles, usaient du sang de leurs élèves pour «nourrir» ce qu'ils appelaient «les véritables préceptes de vie de l'ancienne déesse»?

Frëja rit en lisant ces folles superstitions sur le visage de ses élèves.

— Il ne faut jamais croire tout ce que rapporte la rumeur. Un Fervent doit en toute circonstance user de discernement. Et c'est là, précisément, une des choses que nous enseignons à Éliandros.

Elle invita les jeunes à s'approcher plus près de l'autel.

Par d'étroites meurtrières pénétraient des filets de vents glacés. Leurs hurlements, pourtant, paraissaient lointains.

Le corps du Prince Messager Torance était légèrement incliné sur la pierre taillée. Les membres écartelés, il portait autour du cou le traditionnel *ver de coriabe de Lem* utilisé autrefois par les *lamanes* dans le cadre des exécutions de type religieux.

Les élèves se raidirent en imaginant le ver en train de s'autocannibaliser. Certaines filles détournèrent le regard. Des garçons avalèrent difficilement leur salive, car les souffrances endurées par le jeune prince avant de mourir étranglé avaient dû être terribles.

Pourtant, l'artiste n'avait pas représenté un Torance grimaçant. Bien au contraire, le jeune messager fixait une lumière ou une présence invisible devant lui, et il souriait avec confiance.

Non loin, Shanandra, sa compagne, amie et amante, était debout. Sa longue chevelure sombre était déployée autour de son visage, ses lèvres sensuelles étaient à demi ouvertes. Son regard extatique qui avait possédé le fameux *Don de compassion* ainsi que ses bras tendus, paumes ouvertes vers le haut, invitaient au pardon et à la réconciliation.

Frëja parla de l'un, puis de l'autre. Ses paroles étaient portées par la force qui imbibait chaque centimètre carré d'air. Lorsque, enfin, elle fit asseoir ses élèves en demi-cercle autour de l'autel, chacun se sentit prêt à subir son épreuve.

— Inspirez profondément, leur recommanda la femme.

Installée près d'elle, Solena contempla ses belles mains blanches. Les manches de sa toge découvraient ses avant-bras. La jeune fille aperçut alors le symbole du Wellön tatoué dans sa chair : le scorpion au double dard dans le pentacle, mais aussi la plume qui représentait le trésor de vérité que gardait jalousement le redoutable arachnide prédateur. Instinctivement, elle porta la main à son pendentif.

Solena se rappelait que Brôm, son père, ainsi que Mulgane possédaient également, tatoués sur le bras, ces signes de reconnaissance. Et tandis que Frëja entonnait le son *Aum* traditionnel, la jeune Brugonde songea qu'il existait un lien mystérieux entre son père et Éliandros.

La douleur au côté qu'elle avait ressentie tout à l'heure quand Varoumis l'avait heurtée était toujours aussi aiguë. De plus, une forte envie de vomir lui donnait des étourdissements. Elle en était la première étonnée, car le temps de ses maux de ventre mensuels était passé.

Helgi lui donna un petit coup de coude. Solena joignit aussitôt sa voix à celle des autres, et, bientôt, le filet d'énergie subtile put être constitué.

Les exercices qu'ils avaient longuement répétés visaient à créer un faisceau de pensées joyeuses, légères et dénuées de toute peur, de tout doute, de toute colère ou rancœur. Solena imaginait des bouffées de fumées lumineuses tirant sur le rosé. Et, si elle en sentait la douce vibration avec son cœur, elle était bien près de la voir avec ses yeux!

Bientôt, la nef fut remplie par cet *égrégore* de paix issu de la pensée dirigée des élèves. Solena, plus qu'aucune autre peut-être, était familière avec ce phénomène qu'elle avait à maintes reprises expérimenté avec son père.

Malgré le bien-être qui la soulevait, sa douleur au côté allait croissante. Helgi la vit devenir livide et poussa un cri.

Noem, un des deux garçons qui s'était interposé entre Solena et Belgrane, secoua l'épaule de la jeune fille. La tête de Solena tomba contre sa poitrine.

Fröja s'interrompit aussitôt: l'apaisante vibration de l'*Aum* se dissipa.

— Que se passe-t-il? gronda-t-elle.

Varoumis souriait. L'enseignante le repéra au milieu des autres garçons. Depuis le début de ce qu'elle appelait «L'ouverture du cœur de feu», elle avait senti une dissonance dans l'égrégore.

Noem saisit l'agresseur par le col.

— C'est toi! lâcha-t-il, dégoûté et rageur.

Varoumis repoussa son adversaire et sortit de sous sa tunique les deux moitiés de son kaïbo. Fröja s'offusqua à la vue de cette arme dont une des deux pointes était déjà teintée de sang.

— Sacrilège !

— Solena a été blessée ! hurla alors Helgi.

Noem arracha une des deux moitiés du kaïbo des mains de Varoumis et se mit en position de combat.

— Halte ! les fustigea l'enseignante.

Frëja fut à son tour repoussée. Les deux lames s'entrechoquèrent.

Solena clignait rapidement des yeux. Devant elle, la statue de Shanandra prenait vie, se levait, lui tendait les bras…

« N'aie crainte, ma sœur ! » lui dit-elle.

Sur sa roue de pierre, Torance tournait la tête et s'inquiétait à son tour :

« Mon amour ! » lui cria-t-il. Puis, il ajouta sur un ton rageur :

« Varoumis ! Tu vas payer pour ton infamie ! »

Les étourdissements de Solena étaient de plus en plus violents.

— Elle perd du sang ! haleta Helgi.

La Brugonde voyait également Varoumis et Noem qui s'affrontaient tels deux guerriers de légende. Les dernières paroles du Prince Messager Torance n'étaient-elles pas en vérité celles de Noem ? Celui-ci accusait Varoumis d'avoir intentionnellement blessé Solena pour se venger d'elle, car Belgrane avait été mise au cachot à cause de l'incident survenu l'autre jour.

Parcourue de frissons, Solena vit Torance s'arracher à sa roue de pierre et Shanandra avancer dans sa direction. La jeune fille repoussa les bras qui se tendaient pour l'aider et bondit sur ses pieds.

L'instant d'après, alors que les élèves étaient toujours sous le coup de la surprise, la jeune fille sortit de la nef en courant.

LA TOUR D'ISTARD

Fuir les spectres. Solena ne songeait qu'à cela malgré le sang qui coulait sur sa main et l'eau qui ruisselait sur son visage. En se tenant aux murs, elle sentait autour d'elle la présence d'êtres invisibles, impalpables, menaçants. Elle dégringola les marches d'un escalier vermoulu, enjamba un ponton qui surplombait des crevasses insondables, s'arrêta devant une rampe soudée à même la paroi rocheuse.

Sous elle vivait une mer de végétation ébouriffée par les rafales. Elle leva les yeux. Les remparts, les façades de l'école, et plus haut encore, ses toits et ses flèches semblaient se pencher vers elle pour l'interroger silencieusement.

Elle finit par atteindre le sol. Alors seulement disparurent les deux spectres qui lui demandaient pourquoi elle avait fui de la sorte les Âmes supérieures des deux messagers qui ne voulaient, somme toute, que l'aider.

Les échos de deux voix humaines au moins résonnaient à ses oreilles. Parvenue sous le couvert d'un énorme kénoab gris, elle tomba à genoux; lutta contre la chaleur qui bouillonnait dans sa tête, l'engourdissement qui gagnait ses pieds et ses mains.

« Que t'est-il arrivé, petite humaine ? »

« Elle est effrayée, je crois. »

« Égarée, plutôt. »

« Elle est blessée, voyons ! »

Des troncs d'arbres fendus en deux moitiés ployaient dans sa direction. Des branches noueuses se tendaient. Certains nœuds inscrits à la base des frondaisons touffues prenaient vie et la dévisageaient.

Poursuivie autant par ses visions que par ces Arbres-Sentinelles qui s'inquiétaient pour elle, elle s'enfonça plus profondément dans le bois.

Les heures passèrent.

Solena émergeait d'un long et incertain voyage de l'âme, quand elle vit des yeux étinceler dans un rideau d'épineux.

Les taillis bougeaient. Pourtant, les vents s'étaient calmés et il ne tombait plus qu'une légère bruine. Sa main gauche crispée sur sa blessure était si raide qu'elle n'osait la déplacer. Elle marcha vers la tour de l'ouest, dite d'Istard : le seul endroit où elle pourrait peut-être trouver asile et sécurité.

Les yeux la suivirent à la trace. Lorsque, enfin, elle atteignit la poterne qui s'ouvrait dans le corps noir du minaret, Solena reconnut les loups.

Elle en compta quatre, mais il y en avait sûrement bien davantage. Le son du cor marquant la fin de la journée la rassura à peine. Le hurlement guttural des bêtes y répondit. Résolue à trouver un bon feu et du linge propre pour se sécher et laver sa blessure, elle gravit péniblement l'escalier qui serpentait le long du mur.

Au sommet de la tour, elle contempla, béate, la rampe de pierre qui s'élançait du corps du bâtiment et semblait vouloir se rendre jusqu'à son voisin Oustard, pourtant situé à plus d'une centaine de mètres.

Malhabile, elle progressa sur la rampe à quatre pattes en résistant à l'appel du vide.

Une voix, soudain, la cloua aux planches disjointes.

— Que fais-tu, Solena ?

Elle crut reconnaître la haute silhouette de Brôm, penché sur son kaïbo doré et souriant dans le jour gris.

Mais ce n'était que Mulgane. Les loups étaient assis à ses pieds.

— Tu as fui comme une âme en peine alors que nous ne voulons que ton bien, dit-elle.

Son visage en forme de lune, ses rides profondes sillonnant ses joues parcheminées, ses cheveux de paille rêche et ses yeux fixes étaient bienveillants.

— Laisse-moi examiner ta blessure.

La vieille cristalomancienne tendit la main.

Solena contemplait le vide sous ses genoux. Les loups couinaient tristement.

— Tu leur causes du chagrin, dit simplement Mulgane. Ils te connaissent, tu sais. Ce sont les mêmes qui nous ont suivis et protégés pendant que nous fuyions les *serpiants* lancés à notre poursuite.

Solena connaissait ce mot qui signifiait « homme d'armes », et, plus précisément, « serviteurs des légides ».

— Oui. Laineuse, Bourru, Trépidor et Charmeur sont inquiets pour toi, Solena.

Les quatre loups gémirent.

Solena n'avait noté qu'un seul mot.

— Nous étions… pourchassés ?

— Juste avant d'embarquer pour Vorénor, oui. Helgi, Amis Néroun, Solinor et moi, mais surtout Abralh et toi, répondit Mulgane d'un air entendu. Voilà pourquoi je vous ai amenés ici.

La femme s'assit sur la rampe à quelques mètres de la jeune fille. Les bêtes se pelotonnèrent contre elle. Mulgane expliqua à Solena qu'elle n'avait rien à craindre d'Éliandros.

— Ceci... (Elle indiqua les trois pitons rocheux et les bâtiments derrière eux) est ta maison. Ici, nous sommes tous en sécurité.

Solena se rappela une conversation échangée avec Brôm, juste avant qu'il ne meure.

— Mon père... commença-t-elle.

Mulgane termina sa phrase :

— ... veut que tu restes ici pour que nous puissions t'éveiller à ce que tu es véritablement.

— Mon père, répéta Solena d'une voix sourde, m'a abandonnée.

— Tu te trompes. Il est notre maître à tous et il est ici, avec nous. Il veille sur toi. Ne portes-tu pas toujours, malgré les règlements d'Éliandros, le symbole du Wellön ?

La jeune fille effleura du doigt le médaillon qui pendait à son cou. Puis elle pencha le buste au-dessus du vide. Par temps clair, on devait embrasser la vallée et chaque route conduisant à Éliandros sur des verstes à la ronde. Mais la brume avalait la moitié du paysage.

— Viens vers moi et rentrons. Tu me diras ce que tu as vu dans le sanctuaire. Nous en discuterons ensemble. Je soignerai ta blessure. Je connais des herbes dont je ne vous ai encore rien enseigné.

Elle tendit de nouveau sa main.

Solena songeait au jeune mulâtre venu de Gorée et se disait étrangement que lui seul aurait pu comprendre ce qu'elle ressentait face à ce vide qui l'appelait.

— Viens, répéta Mulgane. Tu es trop intelligente et trop curieuse de tout pour sauter.

Solena se leva soudain. Son visage si doux était crispé. Ses cheveux détrempés formaient une masse informe sur son crâne, mais ses yeux, larges et bleus, étaient vifs et brillants.

— Ne me dites pas ce que je dois faire !

Mulgane calma les loups qui s'agitaient.

— Tu as raison. Mais considère seulement que nous nous connaissons depuis des siècles, toutes les deux. Et que je suis ici pour t'aider sur le chemin de cette nouvelle vie.

Solena revoyait le visage d'Abralh et se surprenait de la force et de la précision de ce souvenir. Au bout de quelques minutes, Mulgane renonça à vouloir la ramener à tout prix.

— Je sais, dit-elle encore avant de se retirer, que tu es sage et forte. Tu feras le bon choix.

LA MAÎTRISE DES
QUATRE ÉLÉMENTS

L e son du cor annonçant les différentes périodes de la
journée faisait toujours monter en Solena une foule
d'émotions poignantes, mais mal définies. Le fait que
la grande corne évidée utilisée par le «maître du temps»
provienne d'un évrok expliquait-il à lui seul pourquoi elle
s'imaginait parfois agrippée au flanc d'un de ces pachy-
dermes de légende? Le cor sonna de nouveau, et la jeune fille
se força à revenir mentalement à l'exercice en cours.

L'aube indistincte se disputait avec la nuit. Ils étaient une
vingtaine d'élèves, réunis sur le toit pentu du plus haut des
bâtiments. Le vent soufflait à leurs oreilles et s'engouffrait
dans le moindre interstice de leur vêtement. Parfois même, il
menaçait de les précipiter dans le vide.

Camulos, leur maître de srim-naddrah, veillait cependant
au grain.

— Centrez-vous! Je veux sentir les énergies primaires
entrer en vous. Oubliez vos peurs. Sentez le feu et l'eau
couler dans vos veines. Laissez-vous envelopper par l'air qui
tourbillonne. Posez vos mains ouvertes sur les pierres du toit.
Elles représentent la Terre.

Ils bravaient les éléments tandis que le soleil commençait à poindre entre les montagnes.

Camulos avait l'âge d'être leur grand-père. Pourtant, il émanait de sa personne un tel magnétisme et une telle force qu'on ne pouvait faire autrement que de croire, comme le prétendaient les élèves plus âgés, qu'il était capable de briser l'échine d'un loup adulte à mains nues.

Le maître s'approcha de Solena, allongée sur les pierres plates agencées à la manière de tuiles, et lui sourit brièvement avant de donner de nouvelles directives.

— Bien. Je vois que vous commencez à sentir les énergies qui vous entourent. Cette prise de conscience est essentielle si vous voulez progresser sur la voie du scrivandra.

Cette antique philosophie issue du srim-naddrah était au programme d'Éliandros. Certains étudiants comprenaient mal le rapport existant entre le scrivandra et les Préceptes de vie amenés jadis par les deux messagers. Camulos enseignait pourtant que tous les fleuves provenaient de sources s'écoulant d'une même montagne, et que ces fleuves se jetaient dans un même océan.

Solena surprit le regard trouble que lui lança Belgrane, allongée près d'elle. La rouquine lui vouait une haine aussi vive qu'incompréhensible. Fort heureusement, d'autres filles lui sourirent discrètement pendant que Camulos, debout malgré les bourrasques, poursuivait son cours.

La jeune Brugonde décrocha des théories du maître et se concentra sur l'amitié naissante qui l'unissait à Helgi, bien sûr, mais aussi à Griseline, une fille discrète aux yeux doux qui était l'image même de l'étudiante modèle. Plusieurs garçons faisaient également partie de ce qu'elle appelait ses « compagnons ». Euli était le seul élève d'origine romanchère. Natrel avait peur de tout et ses manies de propreté le rendaient parfois ridicule. Mais il y avait surtout Noem, cet adolescent qui était intervenu pour la protéger contre la férocité de Belgrane.

Camulos la ramena à la réalité en annonçant qu'après avoir passé des semaines à les conscientiser sur l'existence des énergies présentes dans les quatre éléments fondamentaux, ils étaient prêts maintenant à manier le kaïbo.

Ils se levèrent avec précaution, et, se tenant les uns aux autres, gagnèrent une terrasse adjacente. La pierre grise et froide s'alluma sous les rayons du soleil. Peu à peu, l'ombre gigantesque de la nuit reculant, la vallée et les tours d'Istard et d'Oustard apparaissaient enfin.

D'instinct, Solena tendit l'oreille et crut entendre le jappement sourd des loups. Elle imagina Mulgane en train de les nourrir et se surprit à considérer son professeur avec tendresse.

Un domestique apparut. De sa hotte en fibre de kénoab tressé, il sortit des kaïbos d'entraînement qu'il fit passer de mains en mains. Camulos tenait, lui, une arme véritable aux lames effilées et luisantes, et au bois sculpté d'arabesques.

Les nouveaux élèves étaient toujours étonnés de constater que l'enseignement, à Éliandros, ne tenait pas uniquement en des principes de philosophie plus ou moins spirituels, mais aussi en plusieurs arts de combats. Dans l'esprit du grand Erminophène, le fondateur du temple-école, le scrivandra, mais aussi le maniement du kaïbo et l'art du srim-naddrah étaient indissociables à la formation d'un bon Fervent du Feu bleu ; car celui-ci était souvent amené, dans ses pèlerinages et ses enseignements, à défendre sa vie.

Camulos rassembla ses élèves.

— Je vous ai vus, en rêve, un kaïbo à la main. Tous, vous connaissez déjà cette arme…

Il laissa sa phrase en suspens, sans doute pour que ses paroles imprègnent l'âme de ses disciples.

Solena tenait le long bâton par le milieu. D'autres le faisaient tournoyer en de gracieux mouvements de poignets. Les lames de ces kaïbos d'entraînement étaient en bois grossièrement taillé et émoussé, mais chacun imaginait l'arme noble véritable.

Camulos dévisagea chacun d'eux. Lorsque son regard se posa sur Solena, il sourit de nouveau. Cette attitude embarrassait la jeune fille, car le maître d'Éliandros avait la réputation d'être trop sérieux et sévère pour se montrer familier envers quiconque.

— Oui, ajouta Camulos, inconsciemment vous vous sentez à l'aise avec cette arme.

Il insista sur le fait que l'exercice dit de *l'éveil aux quatre éléments* avait justement pour but de secouer cette conscience endormie.

Solena repensa naturellement à Abralh et l'imagina debout au milieu d'eux en train de se mesurer au kaïbo avec Camulos. Étonnée par cette image pour le moins surprenante, elle cligna des paupières. Pourquoi ne pouvait-elle chasser le grand mulâtre de son esprit?

L'heure qui suivit fut consacrée au maniement de base du kaïbo. Et Solena comme Belgrane et Euli eurent la sensation d'accomplir des mouvements à la fois familiers et rassurants.

Camulos passait dans les rangs, corrigeait une prise maladroite ou bien hochait la tête en répétant qu'il était positivement impressionné.

Lorsqu'ils gagnèrent le mont du centre pour prendre enfin un copieux petit déjeuner, ils se sentaient presque du talent ou même du génie.

La centaine d'élèves murmurait en s'installant le long des tables en bois. Souvent, les regards revenaient à Solena. Cette manière qu'avaient les élèves plus avancés de la dévisager la gênait affreusement.

Quand le deuxième cor sonna, les étudiants se levèrent. D'autres cours les attendaient. Belgrane passa devant Solena et lui montra le poing.

— Varoumis t'a manquée, l'autre jour. Surveille tes arrières…

Euli et Natrel s'interposèrent aussitôt.

— Passe ton chemin, la prévint le jeune Romancher.

Solena remercia ses amis d'un sourire timide. Helgi effleura la main d'Euli, puis elle vint la rejoindre.

— Belgrane t'en veut à cause de Varoumis qui a été puni.

Solena haussa les épaules. Ce n'était pas de sa faute si ce garçon aux manières épouvantables l'avait blessée, l'autre jour, et qu'il s'était ensuite battu contre Noem !

— Tu as raison, l'approuva Helgi, mais Belgrane t'en veut tout de même.

Elles entrèrent dans une galerie et frissonnèrent sous le vent. Serrés les uns contre les autres, ils poursuivirent leur discussion. Natrel, qui avait la réputation d'être doué pour les chiffres et de passer de longues heures le nez plongé dans de précieux rouleaux d'ogrove, leur raconta qu'Éliandros était hanté.

— Ces murs ont plus de cinq cents ans, plaisanta Euli. Quoi de plus naturel !

— De nombreux élèves sont morts en tombant des ponts suspendus, leur rappela Helgi.

Ils atteignirent une esplanade pleine d'élèves plus âgés.

— Je ne parle pas d'anciens fantômes, insista Natrel. Plusieurs étudiants ont vu dernièrement deux hommes d'un certain âge errer dans les dortoirs et sur les passerelles, puis disparaître comme brume au soleil.

Griseline était aussi nerveuse que discrète. Elle laissa entendre que ces deux fantômes devaient être des protecteurs de lumière affectés à leur école.

Euli changea de sujet et fit remarquer que Noem avait toutes les raisons, en ce moment, de réfléchir sur sa conduite.

— Il a à deux reprises contrevenu aux règlements de l'école en combattant Varoumis et a, comme lui, été puni !

Griseline osa tenir tête au jeune Romancher.

— Il s'est montré courageux, au contraire !

Solena les calma d'un geste. Son visage était grave et ses yeux perdus dans une autre réalité.

— Ça ne va pas ? s'alarma Helgi.

Griseline regretta d'avoir parlé du courage de Noem, car le garçon leur manquait à tous.

Le vent les força à trouver refuge dans un corridor qu'ils n'empruntaient jamais. Ils s'adossèrent contre un mur et se protégèrent les oreilles avec leurs mains.

Ils ne songeaient plus aux deux fantômes, mais à se prémunir contre la bise glacée.

Nul ne sut pourquoi Belgrane les rejoignit à cet instant, haletante et le visage transi de froid.

— Nous sommes en retard ! s'indigna le sérieux Natrel.

Solena indiqua une voûte normalement bloquée par une roue en pierre et qui s'ouvrait à l'intérieur du bâtiment.

— Il y a peut-être une issue par là, dit-elle.

Le couloir s'enfonçait sous les fondations de l'école.

— Où sommes-nous ? s'inquiéta Helgi après quelques minutes de marche.

L'écoulement paisible et régulier d'une fontaine les guida jusqu'à une vasque de pierre noircie par les siècles.

— Je crains que nous ne soyons perdus, avança Natrel.

— Voici la fontaine ! s'émerveilla Griseline, comme si le fait de l'avoir découverte était le but d'une grande aventure.

Ils débouchèrent sur une salle longue percée sur un côté par de larges fenêtres creusées dans la roche brute.

— Nous devons nous trouver sous les fondations des bâtiments, indiqua Natrel.

La fontaine solitaire s'élevait près de la voûte d'entrée. À cause de l'ombre projetée par le mont voisin, leurs yeux avaient du mal à percer la pénombre.

— Il n'y a aucune autre issue, les prévint Euli en serrant la main de Helgi.

Belgrane lâcha soudain un cri perçant. Un grognement sinistre lui répondit. Une haleine fétide se répandit autour d'eux. Solena reconnut cette odeur animale et retint son souffle…

Peu après, trois loups apparurent. Natrel contempla les bêtes menaçantes, mais aussi les deux silhouettes qui gémissaient, enchaînées au mur du fond.

— Noem et Varoumis… murmura Solena d'une voix blanche.

— Et ces loups sont leurs gardiens, expliqua Euli.

Le grondement des bêtes se faisait l'écho du ruissellement calme et cristallin de la fontaine.

Les jeunes savaient que leurs compagnons avaient été punis pour s'être battus dans le sanctuaire des Messagers. Mais personne, au juste, n'avait su exactement quel avait été leur châtiment.

Varoumis semblait reprendre connaissance. Il les appela faiblement.

— Que dit-il? fit Natrel.

— Ils doivent mourir de soif! se désola Helgi.

— Vous parlez, vous parlez, mais vous n'êtes que des lâches! s'emporta Belgrane en avançant d'un pas.

Un des loups se raidit. De la bave lui venait sur les crocs. La rouquine recula aussitôt.

— De l'eau! gémit encore Varoumis.

Tous les regards se fixèrent sur Solena.

N'avait-elle pas erré toute une journée dans les bois entourant l'école ? N'avait-on pas raconté, par la suite, qu'elle avait été épargnée par les gardiens d'Éliandros ?

Griseline avait du mal à retenir ses larmes. Helgi la serra contre elle. Au bout de quelques minutes de silence, Solena hocha la tête. Elle s'approcha de la fontaine, prit le grand hanap d'étain posé sur le rebord, le remplit d'eau.

Puis, sans un mot, elle marcha droit sur les bêtes.

— N'y va pas ! hurla Helgi, épouvantée.

— Elle va se faire égorger, fit Belgrane dont le regard était indéchiffrable.

17

LA SALLE ARDENTE

N'approche pas ! tonna une voix grave.

— Camulos, Mulgane et Frëja venaient de surgir du corridor. La présence de ces trois professeurs, en cet endroit et à ce moment précis avait quelque chose d'irréel.

Solena avançait toujours.

— Empêchez-la ! gémit Helgi en s'accrochant à la toge de Mulgane.

La vieille dame échangea un regard avec ses condisciples. Ceux-ci hochèrent la tête.

— D'accord, opina Camulos.

Helgi, Euli, Griseline et Natrel reprirent espoir. Mulgane allait rappeler ses loups. Seule Belgrane semblait déçue. Cependant, elle reprit confiance lorsque la vieille enseignante leur dit tout bas qu'il fallait faire confiance en la sagesse des loups…

Solena était triste de devoir enfreindre l'ordre que venait de lui donner Camulos, car l'homme, quoique bourru et trop autoritaire à son goût, lui rappelait beaucoup son père.

Les trois bêtes grognaient, assises sur leur arrière-train. Mais la jeune Brugonde persistait dans l'idée folle que les animaux, au même titre que les minéraux ou les végétaux, avaient une âme.

Elle s'accroupit devant les bêtes, posa le grand hanap d'eau sur le sol. Elle sentait la tension des loups et l'espèce de curiosité malsaine qui émanait des trois professeurs.

— Vous ne me ferez aucun mal, dit-elle aux carnassiers en reconnaissant Bourru, Charmeur et Trépidor.

Elle chercha leurs yeux – ce qui selon les chasseurs de loups était une très mauvaise chose à faire en pareille circonstance.

— Vous êtes beaux, vous êtes bons. Je le sais et vous le savez aussi.

Ces paroles lui venaient spontanément aux lèvres.

— Regardez-moi et vous saurez que nous sommes amis.

Au bout de quelques secondes, la fièvre qui allumait le regard des bêtes diminua d'intensité. Ils battirent des paupières comme s'ils sortaient d'une transe, remuèrent la queue.

Belgrane n'en revenait pas. Les loups couinaient et léchaient les mains de Solena ! Derrière elle, les trois professeurs se félicitaient comme s'ils venaient d'assister à un miracle.

La jeune Brugonde se dirigea ensuite vers les deux garçons enchaînés. Les loups, cette fois, s'écartèrent sans broncher.

Alors, Camulos répéta son ordre :

— N'approche pas !

Solena grimaça tant les joues des prisonniers étaient rouges, et leurs paupières gonflées.

Noem tenta de lui rendre son sourire. La peau de son visage, hélas, était si craquelée qu'il renonça. Solena le soutint par la nuque et lui donna à boire.

Camulos tonna de nouveau :

— Ces élèves ont enfreint les règlements d'Éliandros. Ils en subissent les conséquences. Ne t'interpose pas!

Malgré son habitude de se soumettre aux lois des hommes, Solena ne put s'empêcher de rétorquer :

— Il y a punition et cruauté. Ceci – elle montra les brûlures que portaient les deux jeunes – est de la cruauté.

Elle dévisagea de loin Mulgane dont elle se sentait la plus proche et sentit que, quelque part, elle la décevait.

— Ne juge pas trop vite, clama Camulos. Le précepte de non-jugement n'est-il pas un des premiers jadis enseignés par les deux messagers?

Solena haussa les épaules. Elle voyait ce qu'elle voyait.

Elle humecta également les lèvres séchées de Varoumis. Le garçon parut surpris, mais il accepta la gorgée d'eau.

Griseline pleurait de joie. Tous savaient à quel point elle était proche de Noem. Belgrane hésitait pour sa part entre le soulagement et la jalousie.

Camulos fit résonner son kaïbo sur les dalles.

— Cela suffit! C'est toi, à présent, qui enfreins nos lois.

Quatre hommes vêtus de cottes de mailles surgirent des ténèbres.

— Que viennent faire ces soldats ici? osa demander Euli qui savait, comme tous les pensionnaires, que les gardes n'avaient pas droit de cité dans le temple.

Frëja ordonna aux cinq élèves de quitter la salle souterraine.

— Ne remettez plus les pieds ici. Sinon, vous y resterez!

Helgi et les autres virent les soldats détacher les deux garçons. Les loups, à présent, se blottissaient contre les jambes de Mulgane.

Noem et Varoumis furent emmenés, couchés sur des civières de bois tressé. Solena resta seule en compagnie des professeurs.

Camulos s'approcha et dit :

— Chaque action entraîne une conséquence. Tu sais cela, n'est-ce pas ?

Solena comprit vite pourquoi Noem et Varoumis avaient le visage rougi, les lèvres craquelées et la peau gonflée. En voyageant dans le ciel, il arrivait une heure précise où le soleil dardait ses rayons à travers les trouées de pierre. Des cristaux incrustés dans la paroi en décuplaient l'intensité. La salle s'emplissait alors d'une lumière et d'une chaleur insoutenable.

Enchaînée à son tour contre le mur, la jeune fille gardait les yeux clos. Mais les heures passaient et son corps se desséchait comme une figue trop mûre. La souffrance s'installa dans tout son être.

Vers la fin de l'après-midi, le cor annonça l'arrêt des cours et le soleil plongea dans les frondaisons du sous-bois. À ce moment seulement, Solena profita d'un répit et elle accueillit la fraîcheur du soir avec délice.

Bientôt, cependant, arriva la nuit, et avec elle l'humidité. Nul n'était venu lui donner à boire ou à manger.

Ses pieds touchaient à peine le sol. N'ayant plus la force de se tenir debout, ce sont ses bras qui supportaient maintenant tout le poids de son corps.

Lorsque les ténèbres l'enveloppèrent, elle commença à frissonner. Toute la journée, sa gorge s'était asséchée et cela avait été un supplice que d'entendre le ruissellement paisible de la fontaine. Désormais, ce même écoulement décuplait sa sensation de froid.

C'est dans le courant du deuxième jour que vinrent les hallucinations. Tout d'abord, Solena aperçut une jeune femme brune et sensuelle à la démarche altière, au visage serein, au regard pur et doux.

— Ma pauvre amie, lui dit-elle. Tu souffres. Je souffre avec toi.

Elle plongea son regard dans le sien. Même si Solena savait que ses yeux étaient fermés, elle put contempler l'inconnue et s'abreuver littéralement à la source même de son âme.

— Nous ne sommes qu'une, toi et moi. Ne l'oublie pas. Je suis ce que tu es devenue. Tu es la suite de ce que j'ai été.

Ces paroles à saveur mystique importaient peu à Solena du moment qu'elle pouvait symboliquement épancher sa soif dans les yeux de l'apparition. Ce n'est qu'au moment de lui dire au revoir que la jeune fille comprit qu'elle avait parlé avec Shanandra, la Princesse Messagère !

Peu après, lui sembla-t-il, un autre personnage apparut. Solena tressaillit devant nul autre que Torance d'Élorîm descendu de sa roue de pierre pour lui tenir compagnie.

Il la prit tendrement dans ses bras et la souleva du sol, ce qui soulagea la douleur qui sourdait dans son corps. Heureuse et comblée, elle respirait avec délice le parfum de la peau du jeune prince qui avait hanté ses rêves d'enfant.

— Je n'ai pas le pouvoir de lever la punition que t'a infligée Camulos, souffla-t-il à son oreille, mais je peux faire ceci.

Doucement, il embrassa sa bouche et l'appela « mon bel amour ».

— Ne perds pas courage, surtout !

Lorsque le visage du Prince Messager s'écarta du sien, après ce long baiser, Solena lâcha un cri de surprise.

Car ce n'était plus Torance qui se tenait devant elle, mais Abralh !

La seconde nuit lui amena d'autres visiteurs…

Cette fois-ci, elle ne se trouvait plus enchaînée contre le mur, mais debout, en rêve, devant la vasque de pierre. Avec ses mains jointes, elle tentait de recueillir un peu d'eau.

Un rire perla dans son dos.

La jeune fille chercha dans l'obscurité qui pouvait bien se moquer ainsi de sa maladresse, quand surgirent deux silhouettes fantomatiques.

Honnêtement, jamais avant cet instant Solena n'avait cru Griseline et les autres élèves quand ils prétendaient que des spectres hantaient le temple-école.

La jeune fille détailla les deux hommes. L'un d'eux était un vieillard au regard doux et intelligent. Sa tunique portait au niveau du thorax les marques de blessures violentes. Rempli de compassion, le fantôme la rassura aussitôt :

— Ne crains rien. Je ne sens plus les pointes de fer qui m'ont labouré les chairs avant de causer ma mort.

Le second était grand et imposant dans son kaftang de peau. Une quiba aux reflets moirés cachait ses cheveux et son visage, et descendait sur ses épaules.

Solena lui trouvait des manières familières. Entre autres, cette façon de se tenir bien droit sur ses jambes et celle de pencher légèrement la tête sur la gauche.

L'homme à la quiba lui assura que rien, dans la vie, n'était inutile. Ni les bons moments ni, surtout, les mauvais.

Le premier spectre hocha la tête. Visiblement, il partageait ce dogme philosophique.

Il lui adressa un nouveau signe de la main, désigna du doigt les voûtes sombres du plafond.

— Il faut retourner auprès de celui que nous protégeons, à présent !

L'homme à la quiba n'arrivait pas à quitter Solena du regard. Il approuva distraitement. Et bientôt tous deux s'enfoncèrent dans un des murs.

La jeune fille retrouva alors la sensation d'étouffement qui oppressait sa cage thoracique, ainsi que ses douleurs.

Puis, alors qu'elle ne s'y attendait plus, une étonnante vision l'enveloppa.

Elle se trouvait dans une pièce sombre qu'elle ne connaissait pas. Aux parois pendaient des tapisseries. Au centre rosissait un feu de bois fatigué. Le claquement de quelques peaux de bêtes indiquait à la jeune fille qu'un vent violent soufflait au-dehors. Elle respira une odeur de viande braisée mêlée de sueur mâle et de houblon.

Une demi-douzaine d'hommes lui tournait le dos. Lorsqu'ils s'écartèrent, Solena aperçut un prisonnier pendu par les poignets entre deux piquets. Nu jusqu'à la taille, il portait sur la poitrine, le visage et les bras les marques ensanglantées du fouet.

Abralh !

Persuadée que le mulâtre était en ce moment même torturé, elle hurla et perdit connaissance.

À l'aube du troisième jour, elle sentit des doigts palper son corps. Une pâte froide et gélatineuse fut étalée sur son visage – spécialement sur ses joues, son nez et scs paupières.

— Chut, ma belle, c'est fini, lui murmura Mulgane.

LA PORTE SECRÈTE

L a longue procession de malades qui venaient chaque printemps se faire soigner à Éliandros était arrivée la veille. Dans leurs dortoirs, les élèves de première année étaient nerveux. Cela faisait trois mois seulement que Mulgane avait commencé à leur enseigner l'art *lemnique* de guérison par les cristaux, et ils devaient faire face à leur premier examen. Mais l'enseignante ne disait-elle pas que tous ses élèves possédaient déjà le don?

La nuit était tombée depuis quelques heures. Ne pouvant trouver le sommeil, Solena se pencha par l'embrasure de la trouée, contempla en contrebas le chemin de ronde et, au-delà, les bâtiments situés à l'intérieur de la première enceinte où étaient logés la centaine de pèlerins.

— D'où viennent tous ces gens? s'enquit-elle en reconnaissant derrière elle le pas léger d'Helgi.

La brunette originaire du royaume des Sélénites avait entendu maintes légendes à propos des récits de guérisons miraculeuses survenus au temple-école d'Éliandros. Depuis des siècles, des élèves du Feu bleu développaient au fil de leurs années d'études des pouvoirs étranges, dont celui de guérir les corps et les âmes.

Helgi se couvrit les épaules de sa couverture. Le printemps était arrivé, mais les soirées et les nuits demeuraient encore froides. Murmurant pour ne pas réveiller les autres dormeuses, la Sélénienne expliqua à son amie que bien des malades considérés comme perdus par les Hurelles de leur village avaient, grâce à Éliandros, recouvré la santé, tandis que d'autres n'avaient jamais reparu.

Solena sourit aux étoiles. Elle commençait à aimer cet endroit perché entre ciel et terre, le son du cor qui marquait le passage du temps, les brumes évanescentes, et même le froid glacial, mais sain des montagnes.

Le mot « évanescent » lui rappela le supplice dit de la « chambre ardente » ainsi que les deux spectres qui hantaient le temple-école. Depuis, ses blessures aux yeux et au visage s'étaient cicatrisées et elle avait enfin pris goût à l'étude. Et si Belgrane et Varoumis ne la portaient toujours pas dans son cœur, Euli, Helgi, Griseline, Noem, Natrel et elle étaient devenus les meilleurs amis du monde.

D'autres étudiants réputés clairvoyants avaient également aperçu les fantômes. Mais puisque aucun d'eux n'avait été attaqué par les spectres, Camulos et les autres professeurs n'entendaient prendre aucune mesure. Ils disaient simplement à qui voulait l'entendre que la frontière énergétique entre leur monde et ceux de la déesse étant à la fois fragile et diaphane, il était normal, pour ceux qui possédaient le don, d'entrer en contact avec des créatures étrangères.

Solena se doutait que les professeurs en savaient plus qu'ils n'en disaient sur cette troublante présence. Mais elle était trop occupée par ses études pour y accorder de l'importance.

Des bâtiments mis à la disposition des malades s'élevaient des plaintes et des gémissements. Plus tôt, les deux jeunes filles avaient vu arriver les indigents, escortés à la fois par des hommes en armes payés pour les accompagner jusqu'à Éliandros, mais aussi par les loups protecteurs de Mulgane.

— Et ils s'attendent vraiment à être tous guéris ? s'étonna-t-elle.

Helgi était, avec Belgrane, une des élèves les plus douées de leur groupe. Elle la rassura :

— Mulgane sera près de nous.

Cette nuit-là, Solena eut bien du mal à trouver le sommeil. Deux garçons apparurent tour à tour dans ses rêves et l'embrassèrent. Leurs baisers, quoique différents, réveillèrent en elle des instincts et un cortège de désirs inconnus.

Le lendemain matin, elles déjeunèrent rapidement d'un bol de *quimo* à moitié cuit et d'un quignon de pain grisâtre trempé dans du bouillon de bardane. Puis Mulgane remit à chacune le petit éclat de cristal avec lequel elles avaient travaillé durant ces dernières semaines.

Les élèves, par équipes de deux, se verraient attribuer par leur professeur un malade qu'ils devraient, à défaut de le guérir, soulager de ses souffrances.

Le test devait avoir lieu à l'intérieur du piton central et réunirait pendant plusieurs heures une centaine d'élèves et cinquante malades. Quelqu'un demanda qui s'occuperait des autres pèlerins. Mulgane cloua le bec de l'insolent Varoumis qui avait le don de l'énerver.

Puis, torches à la main, ils entamèrent leur descente.

Il existait entre Varoumis et Mulgane une relation faite à la fois de répulsion et de tendresse. Mais le garçon était trop beau, indépendant, impulsif, immature et imprévisible pour laisser longtemps femmes et filles indifférentes. Depuis quelque temps, déjà, Solena pensait que chaque membre de leur groupe était lié aux autres. Ce qui selon les enseignants était, là encore, une situation normale puisqu'ils étaient tous des âmes immortelles ayant déjà vécu par le passé dans les mêmes « cercles d'évolution ».

Le sentier descendait à pic. Parfois, les marches usées par des générations d'élèves étaient si glissantes que les jeunes devaient se tenir les uns aux autres.

Après avoir traversé plusieurs salles souterraines et contemplé d'impressionnants agrégats de roches polies, ils s'enfoncèrent toujours plus profondément dans les entrailles de la Terre.

Ils débouchèrent enfin dans une vaste caverne percée de centaines de tunnels où coulaient des ruisseaux et des torrents. L'endroit était parsemé de points d'eau, de bassins et d'étangs naturels.

Solena se serait attendue à grelotter si loin de la surface. Bien au contraire, ils évoluaient dans une sorte de vapeur chaude qui transpirait des parois de calcaire.

— Sous nos pieds sommeillent les braises d'un très vieux volcan, leur révéla Mulgane. C'est lui qui réchauffe l'eau de ces bassins. Et les volutes de vapeur que vous voyez possèdent de très puissantes propriétés thérapeutiques.

Solena échangea un regard entendu avec ses camarades. Ainsi donc, ils bénéficieraient dans leur œuvre de guérison de l'aide insoupçonnée de ce bon vieux volcan secret !

Peu après, se formèrent les équipes. Solena souhaita être jumelée avec Helgi. Mais Mulgane voulait des paires mixtes. Griseline était rayonnante, car depuis le début de l'année elle se retrouvait fréquemment en compagnie de Noem. Hélas, le jeune blond aux yeux verts dut se placer à côté de Solena. Les deux filles se dévisagèrent, aussi surprises et déçue l'une que l'autre.

Arrivèrent les pèlerins : boitillants, en loques, les mines abattues ou hagardes, toussant, crachant, leurs plaies purulentes, leurs regards abrutis par la souffrance.

Certains d'entre eux possédaient néanmoins cette lumière au fond des yeux ; cet espoir ou cette volonté de croire qu'ils avaient encore une chance d'échapper au démon qui les habitait et les rendaient malades.

Beaucoup de peuples croyaient en effet que les maladies étaient les conséquences directes d'une désobéissance de leur part. Les superstitions faisaient le reste.

Tandis qu'une vieille dame se présentait devant Solena et Noem, la jeune Brugonde se remémora les explications de Mulgane.

« Les maladies peuvent avoir de multiples causes. La malpropreté bien sûr, la façon de se nourrir ou bien de mauvaises habitudes respiratoires. Mais elles naissent souvent – elle martelait sa tempe avec son doigt – de la qualité de nos pensées et de notre manière de réagir devant les événements de la vie. »

Solena avait été impressionnée par la théorie de Mulgane selon laquelle nos pensées généraient des émotions, bonnes ou mauvaises, mais le plus souvent néfastes pour notre santé. Ces pensées suscitaient des tensions dans l'âme et dans le corps. Aidées en cela par de fausses croyances, ces pensées engendraient des superstitions qui créaient à leur tour ces fameux « démons » accusés de tous les maux.

Noem « préparait » leur patiente. Il faisait preuve d'une étonnante habileté pour mettre les gens à leur aise, et cela plaisait beaucoup à Solena. Il usait de son sourire, de son charme. Ses gestes étaient lents, sa voix posée.

Tandis que la jeune fille préparait la couche – une épaisse couverture posée sur le sol de roche près d'un bassin nappé de vapeurs –, Noem sortait son cristal de son étui de peau.

Les cristaux dévolus à chacun étaient leur propriété exclusive. Personne d'autre ne touchait le cristal, car celui-ci ne devait porter que l'empreinte énergétique de son « maître ».

Tout d'abord, il fallut dévêtir, puis installer la patiente dans le bassin pour la laver. Noem et Solena se chargèrent de cette besogne avec respect et humilité.

Puis Solena demanda à la vieille dame de se tenir le dos bien droit.

La vapeur tiède les enveloppait. La jeune fille inspira profondément à sept reprises afin, comme on le lui avait enseigné, de relâcher toutes ses tensions intérieures et blocages personnels.

La veille, ils avaient purifié leurs cristaux. D'abord dans de l'eau salée, puis dans la fumée des flammes vives et bleues des torches du sanctuaire des Messagers. Solena revit en pensée Torance et Shanandra qui lui étaient également apparus lors de son supplice. Surtout le prince qui l'avait prise dans ses bras et embrassée !

Noem lui adressa une mimique : le moment était venu.

Solena tint son éclat de cristal dans sa main et effleura la nuque de leur patiente. Elle partit du sommet du crâne et descendit lentement jusqu'aux reins. Sans chercher à visualiser les sept roues de pouvoir situées le long de la colonne vertébrale, elle s'ouvrit à tout ressenti.

Au bout de quelques minutes, elle émit un premier diagnostic qui n'eut sûrement aucune signification pour la patiente.

— Le sixième, dit-elle, est bloqué.

Noem s'était livré, de face par rapport à la patiente, au même exercice et le sixième *chakra*, soit celui de la gorge, présentait effectivement une excroissance énergétique inquiétante.

La vieille dame les dévisageait, à la fois craintive et implorante.

— Surtout, n'ayez pas peur, lui dit gentiment Solena. Car la peur est le meilleur allié de la souffrance.

Ils auraient pu, à ce stade-ci, rééquilibrer le chakra en se servant de leur cristal. Ou bien nettoyer l'aura par le biais de passes magnétiques effectuées avec les mains. Alors, le « mal » de la patiente qui souffrait essentiellement de graves maux à la gorge aurait régressé jusqu'à ne plus être apparent. Le même résultat, ou presque, pouvait être obtenu avec des applications d'herbes.

Mulgane leur avait également appris que sous les pieds se trouvaient réunis, à un niveau subtil, des points commandant à toutes les régions du corps. Grâce à des pressions exercées avec les pouces, Solena ou Noem auraient pu stimuler le point correspondant à la gorge de la patiente, et, ainsi, « décristalliser » la zone atteinte. Mais, dans le cas de cette dame, ces méthodes n'auraient fait que masquer le mal sans le vaincre.

— Madame, déclara Solena, il va falloir que vous nous aidiez à vous libérer de vos démons.

Noem posa des questions à la patiente.

Après quelques minutes de tâtonnements durant lesquels la vieille dame hésita à répondre, Solena et Noem revécurent un drame qui avait frappé la malade, alors enfant, avec une telle intensité que son cerveau l'avait relégué dans son subconscient.

Le garçon prit une voix très douce. Solena posa une main sur le front de la patiente, et l'autre sur sa nuque.

— Votre jeune frère a été assassiné par votre père, et celui-ci vous a fait promettre le silence sous peine de mort.

La gorge, c'était l'expression, la parole, la voix.

LES MESSAGERS DE GAÏA

Noem reprit :

— Jamais, jusqu'à aujourd'hui, vous n'avez pu vous exprimer sur ce drame…

— Voilà quel est votre démon, Madame, ajouta Solena.

Le père de la patiente était mort, depuis. La malade éclata en sanglots. Solena et Noem aussi étaient sous le coup de l'émotion. Ils avaient la tête lourde. Ils ressentaient des fourmillements douloureux dans les bras et une chaleur nauséeuse au niveau de la gorge.

Les deux élèves savaient tous deux qu'il allait lui falloir bien du courage et de l'amour pour apprendre à pardonner à son père. C'est à ce prix, seulement, qu'elle pourrait guérir totalement.

Ils l'aidèrent à s'allonger sur la couverture et lui massèrent les bras, le thorax et les jambes. Pendant que la patiente se délassait dans un demi-sommeil réparateur, ils consignèrent sur un rouleau d'ogrove le détail de leur intervention.

Mulgane serait-elle satisfaite d'eux ?

Les heures s'écoulaient au son paisible des ruissellements d'eau. Dans les bassins voisins, d'autres élèves et leurs patients se parlaient. Parfois, on entendait des cris ou des pleurs.

Ils virent soudain Euli et Helgi passer près d'eux.

Puisque leur patiente s'était endormie, Solena et Noem s'accordèrent quelques minutes de répit et leur emboîtèrent le pas.

— Rattrapons-les ! fit le garçon, éprouvé par le traitement qu'ils venaient de donner.

Solena le retint par l'épaule où sa main s'attarda quelque peu.

— Je crois qu'ils veulent être seuls, pas toi ?

Le tendre attachement qui unissait Euli et Helgi n'était un secret pour personne. Noem hocha la tête et Solena se dit qu'elle appréciait décidément beaucoup le calme et la maturité du garçon, mais aussi sa discrétion. Elle voulait lui dire qu'elle avait aimé leur expérience de guérison, mais la gêne la retint, car entre eux venait de surgir l'image de Griseline qui avait un faible pour le jeune blond.

Ils rebroussaient chemin quand un autre couple passa dans la vapeur d'eau.

— Varoumis et Belgrane ? s'étonna Solena.

Elle n'eut cette fois-ci pas les mêmes scrupules, et décida de les suivre.

L'embouchure du tunnel ressemblait vaguement, avec ses roches découpées au couteau, à la gueule d'un monstre.

Combien de temps marchèrent-ils dans l'obscurité la plus totale, guidée seulement par les pas et la respiration de leurs deux condisciples ? Voyant que ce couloir s'enfonçait toujours plus profondément dans le sol et que les rochers, très différents de ceux qui parsemaient le sentier menant à la caverne, étaient luminescents, ils s'inquiétèrent.

— Nous ne devrions pas nous trouver ici, murmura Solena dans les boucles blondes de Noem.

— On dirait qu'ils se sont arrêtés, rétorqua son ami.

Ils tendirent l'oreille et perçurent des halètements. Belgrane commença par dire non. Puis, sa voix se fit plus basse, plus enjôleuse, et elle dit oui à plusieurs reprises. Ensuite, elle poussa des petits cris aigus.

Solena et Noem remerciaient l'obscurité qui leur dérobait les corps enlacés de leurs compagnons ainsi que leurs propres visages empourprés.

— Laissons-les seuls, décida Solena.

Noem lui prit la main. Et bien qu'elle songeât à Griseline, la jeune Brugonde se sentait trop émue pour lui demander de la lâcher.

Sur le chemin du retour, ils se trompèrent de sentier et escaladèrent un gros rocher « qui n'était pas là tout à l'heure ». Bref, ils se perdirent.

Combien de temps s'était écoulé depuis qu'ils avaient abandonné leur patiente?

Parvenus devant une fourche, ils choisirent le goulot de droite et tombèrent sur une clairière gardée par d'énormes rochers calcaires luminescents.

Au fond s'élevait une imposante paroi de cristal tirant sur le rose.

Solena fut abasourdie par la beauté sans pareille de ce matériau. Elle osa y poser la main et avoua rêveusement qu'elle avait déjà vu pareille merveille. Mais où? Et quand?

Noem inspecta la surface rugueuse de ce qui ressemblait à une issue.

— C'est sans doute une porte, déclara-t-il. Et ici…

Il palpa les rebords d'une petite cavité creusée à gauche du panneau de bromiur.

— … ici, c'est la serrure.

Solena dodelina de la tête. À son avis, nulle clé n'aurait pu être utilisée à cet endroit.

Noem sourit.

— J'ignore si une clé ouvre cette porte, dit-il, mais cette cavité n'a définitivement pas été creusée par hasard.

Il existait, à partir d'Éliandros, un chemin magique qui conduisait dans un autre monde, racontait la légende. Ce chemin commençait-il vraiment de l'autre côté de cette porte?

Peu après, un énorme loup déboucha dans la clairière souterraine et, en grognant avec fermeté, il leur proposa son aide pour regagner la caverne.

Solena s'approcha et reconnut Bourru.

Mulgane, à n'en point douter, avait été mise au courant de leur fugue et se ferait un devoir d'en tenir compte dans l'appréciation de leur travail…

Un mois plus tard, Solena fit un rêve étrange. Elle se trouvait dans une forêt en compagnie d'Abralh et de Solinor. Le rouquin criait qu'ils étaient sur le point d'être rattrapés et punis. Le jeune mulâtre assurait au contraire qu'ils allaient s'en tirer.

Solena planait plus qu'elle ne courait à leurs côtés. Sans comprendre la nature du danger qui les menaçait, elle était de tout cœur avec eux.

Soudain, des cavaliers armés de haches surgirent.

— Tu n'as pas encore été assez fouetté, esclave! rugit l'un d'eux en visant les jambes d'Abralh.

Solena repensa à Laineux, un des loups préférés de Mulgane. Aussitôt imaginée, la bête apparue dans la forêt de son rêve, plus impressionnante encore que dans la réalité.

La Brugonde entendit les cavaliers hurler qu'un monstre allait les dévorer. Terrorisés, ils firent volte-face et disparurent avec leurs montures. Abralh et Solinor se regardaient, aussi hébétés l'un que l'autre.

Puis le mulâtre aperçut la jeune fille qui se cachait entre les feuillus.

— Non, ne pars pas, s'écria-t-il.

Solena se réveilla en nage. À ses pieds, une silhouette évanescente lui souriait.

— Merci, lui dit Abralh avant de disparaître, effacé par les premiers rayons du soleil.

La jeune fille se leva. Comme chaque matin, elle se rendit dans l'alcôve pour se rafraîchir le visage et faire sa toilette.

Ne pouvant résoudre seule le mystère de ce rêve, elle décida de l'enfermer dans un coin de son esprit pour ne plus songer qu'à la grande fête qui allait bientôt avoir lieu afin de célébrer la fin de ce cycle d'études.

Par delà les bois et les montagnes, elle contempla le ciel bleu turquoise et pourtant glacé, et eut quelques difficultés à croire que cela faisait presque deux années, maintenant, qu'elle était arrivée à Éliandros.

LA NUIT DES LYS D'ARGENT

Solena s'accroupit. Avec ses dents, elle trancha le fil qui dépassait de la robe de son amie. Elle y fit ensuite un nœud et recula afin de contempler son œuvre. D'ordinaire la jeune Brugonde, bien que de nature réservée, n'hésitait pas avant de formuler un compliment. Mais devant la beauté rayonnante d'Helgi, sa gorge se noua.

Griseline avait également aidé à couper le tissu de lin blanc et elle paraissait mal à l'aise.

Une lumière diffuse entrait dans le dortoir par la trouée de pierre. Le matin était piquant. Les fragrances de baies sauvages et d'épines de sapins annonçaient une journée chaude et généreuse.

Belgrane observait les trois filles et murmurait à l'oreille d'autres chambrières.

La chevelure soigneusement tressée, le front garni d'une couronne de fleurs fraîchement cueillies, Helgi semblait la plus heureuse des jeunes filles. Cependant, encore plus gênée que ses deux compagnes, elle n'osait leur poser la question qui lui brûlait les lèvres.

Finalement, Belgrane s'en mêla.

— Tu es ravissante. Mais je trouve ton projet insensé.

Solena se plaça d'instinct entre la rouquine et la brunette.

— Toute union est un heureux événement, clama-t-elle.

Belgrane haussa les épaules.

— Dans son cas, on parle plutôt d'une mésalliance.

— Euli est bon, travailleur et honnête.

— C'est un Romancher !

Solena fulminait. Tout le monde savait qu'Helgi et Euli s'étaient aimés dès le premier regard. Pourquoi, alors, chercher à médire ?

— Camulos et Mulgane autorisent cette union, insista-t-elle.

Belgrane grogna que les professeurs d'Éliandros, c'était bien connu, étaient des originaux.

Helgi se prit le visage dans ses mains. Ses joues si roses et son regard si brillant de joie l'instant précédent étaient devenus ternes.

— De plus, elle est trop jeune ! martela Belgrane.

Si elle n'avait pu, comme le leur avait enseigné Frëja, se dissocier des sentiments violents qui l'étreignaient, Solena se serait demandé pourquoi Belgrane et elle se sentaient aussi émotionnellement impliquées par les fiançailles d'Helgi.

Voyant qu'Helgi pleurait maintenant dans les bras de Griseline, Belgrane eut alors une réaction inattendue. Elle consola elle-même la jeune fiancée.

— Euli est adorable, je sais, dit-elle. Mais songe combien les Sélénites détestent les Romanchers. En épousant Euli, tu renies ton peuple, tes origines, tes racines.

— Mulgane, commença courageusement Griseline…

— Mulgane est une vieille folle et une incorrigible romantique ! la coupa Belgrane en caressant les cheveux d'Helgi.

Cette gentillesse était aussi soudaine que surprenante. Solena était charmée par cette facette de Belgrane qui était d'ordinaire plutôt irritable et revancharde. Il entrait par contre dans l'attitude de la rouquine une sollicitude tout à fait déplacée en cette circonstance.

Solena y songeait encore quand Helgi bredouilla qu'elle aimait Euli, et qu'il l'aimait. Que de toute manière sa race lui importait peu, car avant d'être conduite à Éliandros par Mulgane, son village avait été dévasté par des soldats. Toute sa famille avait été tuée. On l'avait violentée et elle s'était retrouvée dans une cellule.

C'est là qu'elle avait rencontré…

Solena était tout émerveillée. Après deux années de silence et de repliement sur elle-même, Helgi s'ouvrait enfin sur son passé. La jeune Brugonde soupçonnait que son amie avait subi bien des épreuves, et elle était heureuse que cette altercation fasse sauter la serrure qui verrouillait son cœur.

En un instant, elle put prendre la mesure du caractère à la fois doux, joyeux et équilibré d'Helgi. Mais aussi de sa fougue intérieure. Elle imagina la jeune fille dans les bras d'Euli, qu'elle trouvait à la fois beau et racé.

Elle les imaginait enlacés, s'embrassant, se caressant… Quand Helgi lui prit la main.

— Je voulais te remercier, Solena, dit-elle, les yeux brillants de larmes.

La jeune fille fut doublement étonnée de voir qu'Helgi tenait également la main de la rouquine.

— Et toi aussi, Belgrane.

Un rayon de soleil pénétra dans le dortoir et répandit sous les voûtes une lumière fine semée de grains de poussière.

Helgi termina sa phrase de tout à l'heure.

— C'est dans ma prison que j'ai fait la connaissance du père d'Euli.

— Un Romancher! s'exclama Belgrane.

Solena eut un éclair de génie.

— Amis Néroun?

— Oui, avoua Helgi sans ambages. Amis Néroun, leur chef suprême, était également prisonnier.

— Chef suprême… répéta Belgrane.

Solena souriait.

— Ce qui fait d'Euli une sorte de prince, conclut-elle gaiement.

Avec ses longs cheveux de miel bouclés, son visage large, ses traits bien dessinés, sa bouche sensuelle, la solidité de ses bras et son regard clair et vif, Euli était en effet aussi beau qu'un prince de légende!

Helgi pleurait maintenant de joie. Elle embrassa Solena, puis Belgrane.

— J'ai fait un rêve merveilleux, cette nuit. J'étais une petite fille, et vous étiez deux farouches guerrières. Belgrane m'aimait comme une mère et se préoccupait de mon avenir. Et toi, Solena, tu étais magnifique, rayonnante. J'étais très malade et tu me guérissais en plongeant ton regard dans le mien.

Ce fut Griseline qui, sans le vouloir sans doute, brisa cet instant chargé d'éternité.

Penchée à la trouée de pierre, elle contemplait la tour d'Istard.

— Les Romanchers arrivent!

Elle se tourna vers Helgi qui s'était précipitée, et ajouta:

— Ce soir, Euli et toi serez fiancés.

Au seul nom d'Amis Néroun, Solena s'était mise à rêver. Toute la journée, tandis que s'installaient les chariots et que se montait le campement des Romanchers devant les murailles, la jeune Brugonde avait revécu chaque détail de son périple jusqu'au temple-école. À tel point que plusieurs de ses professeurs durent la rappeler à l'ordre.

Dès le crépuscule, alors même que la chaleur du jour perdurait et que l'odeur des viandes braisées commençait à supplanter celles des baies et des fleurs, Solena déambula entre les chariots.

Ce soir, les élèves étaient en effet conviés à sortir de l'enceinte. Et, pour la première fois, les loups de Mulgane avaient été enfermés dans un enclos.

Installés devant les murs, et non à l'intérieur comme les y avait conviés Camulos, les Romanchers d'Amis Néroun étaient fidèles aux souvenirs qu'en avait gardés Solena.

Vêtues de robes aux couleurs chatoyantes ramenées de leurs voyages en Gorée ou d'ailleurs, les femmes au teint sombre et au regard enjôleur portaient des brocs d'eau ou des bûches. Les enfants couraient dans tous les sens, criaient et jouaient avec insouciance. Certains hommes s'occupaient des viandes et des feux tandis que d'autres nettoyaient, préparaient et ajustaient leurs instruments.

Il n'y avait pour l'heure que le brouhaha des conversations et quelques mesures de flûtes et de tréborêts dans l'air. Mais Solena sentait déjà dans son corps l'appel insistant de la musique.

Si les professeurs d'Éliandros, habitués à voyager loin et à considérer tous les hommes comme leurs égaux, se mêlaient aux Romanchers et devisaient joyeusement avec eux, les domestiques, la plupart des élèves et même les soldats du temple-école conservaient vis-à-vis d'eux une certaine réserve.

En marchant au hasard du campement, Solena songeait que les Romanchers, nomades dans l'âme, étaient considérés dans tous les royaumes comme des vagabonds. Chassés par les rois qui ne percevaient d'eux aucune taxe, jalousés par les populations qui les voyaient venir, puis repartir aussi libres que des oiseaux migrateurs, les Romanchers brûlaient d'une espèce de foi joyeuse en la vie qui enchantait la jeune fille.

Et puis, se dit-elle, ces nomades ne sont pas vraiment des exclus. Les feuilles d'ogrove que j'ai rapportées à Mulgane n'enseignent-elles pas que les Romanchers ont jadis aidé et soutenu les deux messagers dans leur mission?

Souriant à chaque femme, jouant avec les enfants, répondant aux saluts respectueux des hommes, la jeune élève cherchait…

Adossée à un grand kénoab gris – un de ces Sentinelles avec lesquels elle discourait souvent en pensée –, elle réalisa que depuis le matin, elle guettait sans cesse le moment où elle pourrait parler à Amis Néroun en tête à tête.

Car un visage à la fois grave, sombre et beau était indubitablement associé à celui du chef des Romanchers…

Elle retrouva avec joie les nombreuses filles de Néroun et songea avec bonheur qu'elles étaient les sœurs de son ami Euli. Dire qu'elle avait passé deux années en ignorant qu'Euli était un prince romancher!

La nuit venait. Les feux étiraient démesurément les silhouettes sur le sol. Un peu partout se formaient des groupes. De minutes en minute, la curiosité, mais aussi les effluves de viandes, de légumes et de sauces marinées attiraient toujours plus d'élèves et de domestiques.

Solena remarqua que des Romanchers, comme des gardiens d'Éliandros, montaient la garde aux quatre coins du campement. La jeune fille écouta la nuit et sentit que par-delà les rires, les conversations et le ronflement des feux, il n'y avait pourtant aucun danger.

Elle croisa plusieurs de ses amis. Griseline et Noem marchaient main dans la main. Varoumis cherchait Belgrane.

Solena vit que de nombreux garçons avaient cueilli le lys d'argent, cette petite fleur rare qui ne poussait qu'à la fin du printemps et dont les corolles aux reflets d'albâtre ne s'ouvraient totalement qu'à la tombée du jour.

Elle se rappela les explications de Frëja. Chaque année au printemps, les garçons étaient libres de cueillir le lys d'argent pour l'offrir à la fille qu'ils se choisissaient comme « amie » : un mot aux multiples significations qui faisait battre très fort le cœur des heureuses élues.

Elle répondit à Varoumis qu'elle ignorait où se trouvait la rouquine. Le beau garçon eut l'air contrarié. Un bref instant, Solena revit les visages d'Euli et de Noem, et elle se dit que tous les trois étaient vraiment très beaux. La silhouette d'Abralh se superposa aux leurs, et Solena eut véritablement un assortiment de la plus séduisante gent masculine qu'il lui était possible d'imaginer.

Se rappelant la raison pour laquelle elle cherchait Amis Néroun, elle reprit sa quête.

Un peu plus tard, débuta la musique.

Le son des sistres, des tambourins et des tréborêts l'avait toujours profondément émue. Pourtant, ce n'était que la seconde fois de sa jeune vie qu'elle les entendait !

Elle sourit en se disant, comme son père le lui avait enseigné, qu'on ne vivait pas qu'une seule fois. Que rien, finalement, ne nous était inconnu. Que l'univers était présent en chacun de nous, et nous, partout dans l'univers.

Elle s'adossa à la toile d'un chariot et retint son souffle. Dans un espace restreint entouré de carrioles se tenaient Euli, Mulgane, Camulos, les parents du jeune homme, mais aussi ses sœurs, et, bien entendu, Helgi !

Solena était trop loin pour entendre les serments échangés. Elle vit cependant le lys d'argent passer des mains d'Euli à celles d'Helgi. Lorsque le jeune homme lia également leurs poignets avec une cordelette tressée de perles étincelantes, Solena ressentit tout de même un petit pincement au cœur.

Mais elle se laissa vite emporter par la joie et le bonheur ressentis par ses amis.

Elle dut attendre deux heures de plus : de précieux moments ponctués par des danses et des chants auxquels elle rêvait de se mêler et auxquels, pourtant, elle restait volontairement étrangère, avant de repérer finalement Amis Néroun.

Elle vit le cercle de professeurs qui entourait le chef des Romanchers. Leurs silhouettes se découpaient dans le clair obscur projeté par les feux.

Amis Néroun, Camulos et Mulgane paraissaient en grande discussion. Les hanaps de cidre de miel s'échangeaient de main en main. Des cuisses de limandros faisaient de même. Des musiciens passaient de feu en feu et grattaient leurs instruments, accompagnés par des danseurs et des danseuses de tous âges. Désireuse de capter l'attention du chef, la jeune Brugonde se glissa entre eux.

À un moment, elle repéra un couple dissimulé entre deux chariots. Varoumis et Belgrane s'embrassaient-ils ou bien se disputaient-ils ? Ces deux-là passaient si vite d'une humeur à l'autre qu'il était difficile de les suivre !

Alors qu'elle était presque en mesure d'entendre la conversation de ses aînés, Solena distingua Griseline tout près de Noem. Le garçon tenait un magnifique lys d'argent à la main. Que comptait-il faire avec, sinon l'offrir à Griseline qui se languissait de lui ? L'hésitation du garçon semblait peser sur les nerfs de sa compagne, mais Solena ne voulait pas s'en préoccuper. Ce soir, elle ne devait songer qu'à elle et à ce prénom de garçon posé sur le bout de sa langue comme une friandise.

En entendant prononcer son propre nom au fil de la conversation, elle se figea.

Amis Néroun parlait aux professeurs de son périple jusqu'à Éliandros.

— Ainsi donc, vous avez été suivis ! disait Mulgane dont le front était plissé de rides.

Néroun hocha la tête.

— Depuis les invasions d'il y a deux ans, expliqua-t-il, de nombreux rois et ducs de Vorénor ont dû faire des concessions à l'Empire de Gorée. Le haut souverain lui-même a été obligé d'accepter l'ingérence d'un légide dans ses affaires.

Camulos se renfrogna.

Les prophéties du Mage errant, une fois encore, se révélaient exactes. La Gorée étendait sa suzeraineté aux Terres de Vorénor à l'ouest, tandis que Reddrah s'appropriait les territoires de l'est ; imperceptiblement, insidieusement, par la menace d'une nouvelle invasion ou bien par des traités plus ou moins imposés.

Mulgane rappela que lors de son propre retour, alors qu'elle ramenait Helgi, Abralh et Solena à Éliandros, ils avaient aussi été suivis.

Camulos laissa tomber sourdement :

— L'empereur et le Premius ont un œil sur Éliandros et Farouk Durbeen, le grand légide de Bayût, un autre.

Ils évoquèrent les pressions exercées par le grand légide sur Vermaliss Tahard VII, le haut souverain de Vorénor, pour qu'il renvoie ses conseillers – tous des adeptes des Fervents du Feu bleu – et les remplacent par des légides choisis par Durbeen.

Mulgane se rapprocha d'eux et murmura :

— Leur but à moyen terme est de faire fermer toutes les écoles où sont enseignés nos dogmes. À ce titre, Éliandros se retrouvera tôt ou tard dans leur mire…

Camulos leva une main.

— Heureusement, nous bénéficions de solides protections.

Il ajouta qu'après avoir fait torturer Estimène, leur grand maître, l'empereur Dravor II et son Premius entendaient effectivement démanteler l'ordre des Fervents du Feu bleu afin d'étendre le Torancisme officiel à toutes les régions nordiques.

Mulgane poursuivit avec un regard entendu qu'ils avaient pour eux les prophéties de Mérinock ainsi que la Grande Âme…

Ce dernier mot accouplé au sien mit Solena très mal à l'aise. Lorsque Camulos parla du Prince Messager qui était « lui aussi » de retour, elle sentit une boule se former dans son estomac. La sensation de gêne devint insupportable et la jeune fille fit mine de s'éloigner.

Au dernier moment, Mulgane demanda à Néroun des nouvelles d'Abralh.

— Après leur départ d'Éliandros, je les ai accompagnés, lui et son ami Solinor, répondit le chef des Romanchers. Lorsque nous avons dû en quelque sorte nous séparer, ils cherchaient des indices devant les mener au trésor dont vous leur aviez parlé.

Mulgane laissa échapper un petit rire cristallin, et dit :

— Cette quête est celle qu'ils ont choisie pour grandir et pour nous revenir plus forts et plus lumineux.

Camulos évoqua avec beaucoup de respect dans la voix cette pierre fabuleuse que Mulgane les avait envoyés quérir.

— Mérinock la mentionne dans ses écrits, n'est-ce pas ? voulut savoir Néroun.

— Lorsque le danger sera aussi visible dans le ciel qu'une horde de destriers harnachés au grand galop, approuva Mulgane, nous aurons besoin de cette pierre, c'est vrai.

— Mais dans le cas d'Abralh, renchérit Camulos, le voyage est plus important que la destination.

Ces paroles mystérieuses ne parvenaient pas à faire oublier à Solena celles prononcées un peu plus tôt par Mulgane.

Abralh va revenir, songea-t-elle en frissonnant. Mais quand?

Camulos commençait à s'agiter. Elle s'éloigna et les laissa discourir encore de politique et de philosophie. Elle vit dans le camp d'autres garçons offrir des lys d'argent à leur « amie », et se surprit à sécher des larmes sur ses joues.

Alors, elle alla plus loin et trouva une clairière d'où elle entendait les musiques et les chants. Puis elle se laissa enfin emporter par le rythme.

Elle dansa sans plus de crainte ni de peur, avec violence, avec rage, en offrant à la nuit ses questions restées sans réponses et sa peine d'être seule et rejetée alors que toutes les autres filles recevaient des lys.

Elle dansa tant qu'elle ne sentit plus ni le poids du Wellön de métal qui virevoltait lorsqu'elle balançait sa tête, ni les branches des grands kénoabs gris qui se penchaient doucement jusqu'à la frôler, ni les deux loups qui avaient réussi à franchir les limites de leur enclos pour la rejoindre.

Elle fermait les yeux pour mieux ouvrir son esprit. Des images et des sensations venaient à elle. Elle entendait un double d'elle-même l'encourager et la consoler: « Ne sois pas triste, petite sœur, ne sois pas inquiète. L'échec n'existe pas. Dans la vie, il n'y a que des apprentissages. »

Elle se voyait plus brune, plus sensuelle, plus heureuse et en train de danser sur des musiques frénétiques et sauvages. Il faisait chaud. Des vagues léchaient un rivage exotique. Des femmes noires dansaient autour d'elle. Un prince l'observait en silence.

Elle ne vit pas Noem, seul avec son lys d'argent à la main, ni Belgrane qui les surveillait tous deux, les yeux plissés avec une grimace mauvaise au bord des lèvres…

NAISSANCES

En clignant des paupières, Solena fit le point sur le visage rond et inexpressif de la gardienne de sa chambrée. Cette femme qui s'occupait du ménage, du bien-être général et de la surveillance des huit filles dans un silence et une routine parfaites lui fit signe de se lever et de préparer ses affaires.

Plusieurs semaines avaient passé depuis la fête des lys d'argent, et l'été arrivait finalement dans la vallée d'Éliandros. Peu à peu, comme l'année précédente, le temple-école allait se vider de ses domestiques, de ses enseignants et de la plupart de ses élèves. Ne resteraient sur place que le personnel indispensable et les étudiants orphelins comme Solena, Belgrane, Varoumis et plusieurs autres.

Quelques cours étaient encore à l'agenda et il restait un dernier examen avant le grand départ: celui, redouté entre tous, du maniement du kaïbo pour la pratique et celui du scrivandra pour l'écrit – matières enseignées par Camulos en personne.

Solena interrogea la gardienne.

— Que se passe-t-il?

Celle-ci ne donna bien entendu aucune réponse. Elle se contenta de prendre le sac de la jeune fille et de la pousser dans le dos.

Helgi rejoignit son amie sur le pas de la porte tandis que les six autres filles, dont Griseline et Belgrane, se contentaient de battre des cils, encore ensommeillées.

La gardienne les conduisit dans les étages proches des voûtes et des toits crénelés du bâtiment par un entrelacs d'escaliers en colimaçon. Elles débouchèrent dans un corridor silencieux. Des portes de bois massives s'ouvraient de chaque côté. Planaient des parfums légers de fleurs, mais aussi de lourds effluves moins agréables de linges souillés, et, songea Solena avec l'intuition qui la caractérisait, de larmes soigneusement contenues.

La femme ouvrit une porte et leur présenta leur nouveau logis. Non pas un dortoir ou même une pièce pour quatre pensionnaires, mais une véritable chambre avec deux pail-lasses surélevées, deux tables, deux chaises et une petite fenêtre couverte par une peau de bête que l'on pouvait retirer pour obtenir plus de clarté.

La gardienne leur décocha un regard entendu et Solena se laissa tomber sur une des couches. Lorsqu'elles se retrou-vèrent seules, les deux filles eurent vraiment l'impression d'avoir gravi un échelon dans la hiérarchie des élèves, et elles se rappelèrent le remue-ménage entendu deux jours plus tôt.

— Sans doute les anciennes pensionnaires ont-elles eu droit à des chambres individuelles dans une autre aile du bâtiment, dit gaiement Solena.

Helgi ne parlait pas, elle souriait.

En fait, se dit la jeune Brugonde, elle n'est tout simple-ment pas là. Elle se trouve déjà en pensées dans les bras d'Euli avec lequel elle doit passer l'été. Ils ne vivront pas vraiment en amoureux, car ils habiteront un camp de Romanchers. Mais presque…

Solena installa ses quelques vêtements dans un meuble taillé grossièrement dans un tronc de kénoab noir.

Oui, Helgi souriait aux anges depuis quelque temps. Cela était-il dû au fait qu'elle avait eu droit, de par ses épousailles, à plusieurs nuits, seule avec Euli?

Solena avait besoin de respirer pour aérer ses pensées. Elle se pencha par la trouée de pierre et vit, dans la cour centrale, une fille occupée à puiser l'eau de la toilette du matin dans le puits.

Cette image lui rappela son arrivée à Éliandros. Le temps était passé. Helgi déclara qu'elles possédaient à présent un pot de chambre personnel et que des copeaux d'épinette jonchaient le sol.

— L'hiver prochain, ça nous tiendra les pieds au chaud!

Les choses avaient-elles tant changé?

Solena lut dans les yeux de son amie son impatience de quitter l'école pour l'été.

Moi, je resterai seule…

Le cor du matin sonna. Raidies autant par la surprise d'avoir changé de chambre que par l'habitude, elles se préparèrent à descendre pour avaler leur bol de quimo à moitié cuit.

Il y avait nombre d'endroits secrets et inconnus dans le grand bois entourant la première enceinte d'Éliandros. Mais, parmi eux, aucun que Solena n'aimait plus que ce qu'elle appelait le « sépulcre végétal » : une sapinière géante constituée de deux rangées d'arbres matures plantés à sept mètres exactement de distance. Les branches extérieures, entrelacées, en composaient les parois, tandis que celles poussant vers l'intérieur avaient été coupées de manière à dégager une nef sombre dans laquelle les élèves sentaient vivre une énergie incroyablement sereine, paisible et enchanteresse.

Elles étaient six, assise en tailleur, le visage collé contre les branches et les yeux grands ouverts alors qu'elles étaient censées plutôt se centrer sur elles-mêmes et se préparer au combat.

Au lieu de cela, Belgrane, à la fois curieuse et excitée, avait entraîné les autres.

— Regardez ! Ils se battent…

Trois paires de garçons se tenaient les uns en face des autres devant Camulos qui servait d'arbitre.

Varoumis devait combattre nul autre que Noem. Quel démon avait poussé le maître de kaïbo à les jumeler alors que les deux garçons se détestaient ?

— Varoumis est un champion, pérora Belgrane. Il aura tôt fait de vaincre.

Solena aurait pu rétorquer que Noem, bien que sage et réfléchi en toute chose, possédait également des ressources cachées. Au lieu de cela, elle imagina Abralh, grand, torse nu et les muscles saillants, tenant entre ses mains le kaïbo qu'elle lui avait offert. Abralh face à l'orgueilleux et impétueux Varoumis…

Un puissant instinct lui murmura qu'Abralh n'aurait fait qu'une bouchée de son adversaire. Qu'il aurait pu, même, vaincre Camulos en personne !

Les deux kaïbos se heurtèrent violemment.

Les filles et les deux autres couples d'élèves prêts à en découdre retinrent leur souffle.

Quelques minutes suffirent aux deux garçons pour faire la preuve de leur maîtrise du kaïbo. De nombreuses techniques furent mises de l'avant. Belgrane mimait presque, avec ses épaules et son menton, les coups et les esquives de son « ami ».

Ami avec lequel elle ne cessait cependant de se disputer, de s'opposer avant de se réconcilier.

Camulos compta les égratignures portées sur le corps des deux garçons par les lames émoussées, et déclara finalement un match nul.

Natrel s'opposa ensuite à un autre garçon. Solena craignit que le jeune homme trop sérieux et introspectif, expert en calcul, ne puisse passer l'examen. Fort heureusement, son adversaire n'était pas un athlète non plus ! Natrel perdit, mais avec seulement deux points de différence, ce qui lui garantissait une note suffisante qu'il jumellerait avec celle de son examen théorique.

Lorsque le troisième duo eut fini de se battre, Camulos forma les équipes féminines. Comme elle l'avait secrètement craint et souhaité, Solena fut accouplée à Belgrane.

La rouquine laissa exploser une joie maligne.

Elle arracha le kaïbo des mains du professeur, tandis que Solena prenait le sien avec mesure et respect.

L'arme pesait à peine au bout de ses bras. En la faisant tournoyer autour de l'axe de ses épaules, elle goûta au son plein et ronflant du vrombissement du bois fendant l'air.

— Laissez-vous porter par votre instinct. Oubliez tout ce que je vous ai enseigné. Puisez à vos sources cachées et infinies, recommanda le maître.

Dès les premières attaques, Solena sentit que Belgrane était avant tout dominée par ses émotions. Pour vaincre, la Brugonde devait rester au neutre : soit dans son âme et non pas prisonnière de ses bas instincts qui l'encourageaient à répondre coup pour coup.

La fougue de la rouquine n'avait d'égal que sa rage. Une rage puissante dont personne, à Éliandros, ne pouvait comprendre la véritable cause. Car, après tout, Solena n'était qu'une élève parmi les autres ! Nullement grossière ou provocatrice, mais plutôt discrète, aidante et mesurée en toute chose.

Son aversion pour moi doit provenir d'une vie passée. Il ne peut y avoir aucune autre explication…

Elle évita une « patte de l'ours », un « piqué du tigre blanc renversé », une « pointe du lion du désert » avant de faire deux pas chassés vers l'arrière et de s'éloigner de son adversaire.

Belgrane avait du mal à reprendre sa respiration. Aucune des deux n'avait encore touché l'autre.

Du coin de l'œil, Solena aperçut Mulgane et Frëja qui assistaient exceptionnellement au combat. Cet instant d'inattention permit à Belgrane d'asséner à la Brugonde un violent coup sur le crâne. La lame glissa heureusement sur l'épaisse chevelure de Solena et n'érafla que son épaule.

Une lamelle de peau se détacha. La jeune fille étouffa un cri de douleur.

Camulos tenait le sablier de pierre entre ses mains.

Plus que quelques secondes…

Belgrane prit son élan, lança son pied droit dans l'estomac de son adversaire, leva son kaïbo… et lâcha un cri guttural.

Un seul regard fut échangé.

Brûlée par un rayon aveuglant jaillit des yeux de Solena, la rousse s'écrasa dans l'herbe et geignit comme un animal blessé.

Camulos se précipita. Mulgane enduisit ses paupières avec un mélange d'argile et d'huile de kénoab gris.

Le maître d'armes déclara ce combat nul.

— Elle a triché ! glapit Belgrane en repoussant Frëja qui voulait l'aider à se relever.

Force était d'admettre qu'en maniant le kaïbo, Solena avait retrouvé un pouvoir venu de son passé.

Garçons, filles et professeurs regagnèrent l'école en silence. Lorsqu'il ne resta plus que Solena, encore stupéfaite d'avoir pu, avec la seule force de son regard, désarçonner son adversaire, Mulgane lui tapota l'épaule.

— La saison prochaine, dit-elle, nous apprendrons à lire les visages du passé. Je crois que tu n'auras aucun mal à développer ce don, mon enfant.

La nuit venue, la vieille enseignante surgit inopinément dans la nouvelle chambre de son élève. Elle posa une main sur la bouche de la jeune fille et souffla à son oreille :

— Viens…

Solena sortait d'un rêve de poursuite dans lequel deux hommes grands et roux bravaient des arbres en colère pour s'emparer d'elle.

— Ne crains rien. Il s'est produit quelque chose. Viens ! répéta Mulgane.

La jeune fille vit que la couche d'Helgi était vide et se demanda si elle avait été découverte. Pourquoi, aussi, la Sélénienne bravait-elle les règlements de l'école pour aller retrouver Euli dans les bois, au risque de se faire surprendre par les surveillants et, plus dangereux encore, par les loups !

En lui lançant sa tunique et sa cape de laine, l'enseignante ne sembla même pas remarquer l'absence d'Helgi.

Ce qui n'augure rien de bon… se dit Solena.

Tirée fermement par Mulgane, Solena se demandait si les bras d'un garçon valaient la peine d'autant d'énervements, d'attentes, d'angoisses et de risques !

La jeune fille souriait quand même, car Helgi s'était véritablement métamorphosée depuis ses fiançailles. L'amour d'un garçon pouvait-il être à ce point bénéfique ?

Mulgane se dirigeait sans torche. Elle la conduisit dans le bois, serpenta entre les gros kénoabs surpris par cette intrusion nocturne.

L'enseignante suivit le regard effarouché de son élève.

— Les Arbres-Sentinelles te parlent-ils de ce qui vient de se produire ?

Solena secoua le menton. Les Sentinelles ne disaient rien. C'était elle, au contraire, qui ne cessait de s'inventer des peurs.

Parvenues toutes deux sous le couvert d'un talus surmonté par un entablement des roches grises, Solena perçut des grognements mêlés de couinements humides.

Mulgane écarta une large branche de feuillus.

— Penche-toi…

Elles pénétrèrent à l'intérieur d'une grotte sombre et basse. Une forte odeur animale sauta au visage de la jeune brugonde. La lueur blafarde de la lune pénétrait par plusieurs interstices. Peu à peu, ses yeux s'habituèrent à la pénombre.

Un museau humide lui frotta soudain les bras.

— Tends tes mains qu'ils te sentent et se souviennent de toi.

Solena obéit.

Une ombre jaillit du fond de la grotte et passa devant ses yeux. Un flanc chaud frôla sa joue. Mulgane prit la main de son élève et la posa sur deux oreilles satinées.

— Tu reconnais Bourru, le mâle dominant.

Mulgane s'agenouilla près d'une louve en couches.

— Et voici Laineuse, la nouvelle maman.

Les couinements se précisaient. Solena aperçut enfin les louveteaux : quatre boules de poils blancs aux yeux jaunes et aux museaux roses et minuscules. Ils venaient de boire et dodelinaient de la tête, l'air tout ensommeillé.

Solena les prit un à un contre elle, prudemment, sans cesser d'être attentive aux réactions de la mère. Mais celle-ci avait assez souffert. Mulgane la caressait, d'ailleurs, et la rassurait de la voix.

— Il faudra leur donner des noms, dit-elle. Comme tu ne manques pas d'imagination, j'ai pensé que tu pourrais m'aider.

Solena comprit – en fait, elle l'avait toujours su – qu'elle figurait parmi les élèves préférés de la vieille dame. Sans doute parce que Brôm, son père, était considéré comme un maître du Feu bleu. Mais il y avait d'autres raisons, souterraines et complexes.

La jeune fille serra deux louveteaux contre sa gorge et rit quand ils lui léchèrent le visage.

Le ciel gronda. Un orage menaçait.

— Restons là jusqu'à l'aube, conseilla Mulgane.

Peu après, le tonnerre éclata et les louveteaux, apeurés, cherchèrent leur mère. Solena en garda un qu'elle tint longtemps dans ses bras. En fait, jusqu'à ce qu'il s'endorme malgré les grondements et les éclairs qui zébraient le ciel.

Cette nuit-là, Mulgane parla de son passé. De petites confidences entre deux coups de tonnerre. Une fois encore, Solena sentit que ce partage était prémédité.

— Belgrane pense que vous avez eu un amour secret, lui dit Solena, très à l'aise même si la femme était son professeur.

— Elle a raison.

Et elle lui conta l'histoire d'une jeune guérisseuse sans famille et d'un garçon très érudit qui était très amoureux d'elle.

Des images venaient à l'esprit de Solena. Elle brodait autour de ce que lui disait Mulgane, s'inventait un amour passionné même si le rapport qui avait existé entre Mulgane et Estimène – un prénom qu'elle avait déjà entendu, lui semblait-elle – avait plutôt été basé sur l'amour des autres et le besoin de, littéralement, «guérir l'humanité».

— Il est devenu par la suite très, très important. Nous n'avons jamais eu d'enfants, regretta Mulgane. Et, depuis, il est… parti.

Solena remarqua qu'à Éliandros il n'était jamais question de mort, mais plutôt de départ, de transformation.

L'orage se calmait. La jeune fille prit les louveteaux dans ses bras.

Mulgane poursuivit en évoquant son mystérieux fiancé :

— Il œuvre à présent de concert avec ton père, mon enfant. Ensemble, ils protègent notre école et notre foi des forces obscures qui s'amoncellent partout au-dessus des Terres de Vorénor.

Solena hocha la tête. Elle avait déjà entendu des bribes de conversations à ce sujet, le soir de la fête du lys d'argent.

Ensuite vinrent le sommeil, puis le rêve éveillé. Les louveteaux lui parlaient-ils ? Mulgane lui caressait-elle les cheveux en murmurant qu'elle était bien contente de l'avoir «retrouvée» ?

Toujours est-il que lorsque vint le jour, Bourru était parti chasser et Laineuse, épuisée, sommeillait toujours. Mulgane s'étirait. Le soleil brillait entre les basses branches. Les louveteaux réclamaient leur petit déjeuner.

— Je sais comment on devrait les appeler, déclara Solena en se rappelant les noms entendus durant son sommeil.

Mulgane l'écouta et approuva. Puis, sachant la jeune fille contrariée, elle lui enlaça les épaules et lui dit en pesant ses mots :

— Tu te questionnes souvent sur ton avenir, sur le pourquoi de ta présence à Éliandros. Crois-moi ! Tout a une signification. Les événements d'une vie s'imbriquent les uns dans les autres d'une façon toujours parfaite et remarquable. Et ton père veille sur toi et sur l'enseignement capital que tu reçois ici. Aussi, ne t'inquiète pas.

LA CUEILLETTE SAUVAGE

Solena s'était réveillée confuse et fatiguée. Était-ce d'avoir encore rêvé à ces hommes mystérieux qui voulaient la capturer? Ou était-ce le poids de la solitude depuis que la plupart des gens avaient déserté le temple-école?

L'été, les cours officiels étaient suspendus. Ne restait comme tâches essentielles que le réapprovisionnement en denrées de bases. Le lait, les œufs, les fromages et les volailles provenaient d'enclos érigés à l'intérieur des murs. Les fruits et les légumes étaient cueillis à même les potagers entretenus par les élèves. Les céréales et les autres viandes venaient de chasseurs itinérants et de pâturages cultivés par les paysans des villages voisins.

Mulgane était restée alors que Camulos, Frëja et les autres professeurs étaient partis. Les uns dans leur famille, les autres en voyage pour se ressourcer. À cette occasion, Solena avait appris que Camulos et Frëja étaient « ensemble ». Dans sa tête commençait à germer l'idée que tous, sur Terre, avaient droit à une compagne ou à un compagnon dans sa vie ou bien en attente, quelque part, dans son avenir. Cette image du couple uni dans l'adversité la réconfortait. Elle songeait à Euli et à Helgi, à Varoumis et à Belgrane – les amants de feu comme elle les surnommaient! À Camulos et à Frëja, à Mulgane et à Estimène. Et à beaucoup d'autres, encore, comme peut-être Noem et Griseline...

Et elle?

Seul Natrel demeurait solitaire. Mais le garçon, trop maigrichon, aux yeux globuleux, au teint livide, et surtout à l'air trop cérémonieux, n'éveillait aucun intérêt romantique chez la jeune fille.

Un matin, alors qu'elle se disait que le son même du cor sonné par le «maître du temps» lui manquait, Belgrane vint la trouver.

Solena ressentait toujours une certaine gêne en sa présence. Se rappelant certains des Préceptes de vie consignés dans le Manuscrit de Cristin qu'elle avait rapporté lors de sa venue à Éliandros et qu'ils étudiaient en classe, elle essaya de faire bonne figure.

Belgrane ne tenta bien entendu aucun geste de réconciliation, mais aucun, non plus, de provocation. Les insectes chantaient dans la vallée. Il semblait que d'invisibles filets enveloppaient le temple-école tout entier.

Et tel est bien le cas, se dit Solena en repensant à leurs séances de méditations matinales afin de nourrir cette bulle d'énergie protectrice qui entourait Éliandros.

— Viens, lui dit simplement Belgrane. Mulgane veut que nous allions cueillir des *scalopandres bleues.*

Ces plantes médicinales ne poussaient qu'au pied de certains kénoabs, tous des arbres de la noble lignée des Sentinelles. En se rappelant les cours de Mulgane, Solena imagina les potions, les pâtes, les onguents et les tisanes que l'on pouvait tirer de la scalopandre.

— Les réserves doivent être presque épuisées, dit-elle afin de détendre l'atmosphère.

Elle attendit une réponse qui ne vint pas.

Mulgane leur remit un panier à chacune. D'autres élèves participaient également à la cueillette.

Ils formèrent des groupes et partirent dans des directions opposées. Solena décida de rester seule.

— Ne vous éloignez pas trop, recommanda Mulgane. Le cor vous donnera l'heure de la fin de la cueillette.

La jeune fille sourit. Ainsi, des domestiques demeuraient afin de veiller à la bonne marche de toutes ces tâches invisibles qui participaient à la vie du temple-école. Elle se demanda si leur « très sympathique » gardienne était également restée ou bien si elle avait une famille.

Solena était toujours impressionnée par la masse imposante des trois pitons couronnés par les bâtiments de pierre. Chaque fois qu'elle levait les yeux vers le triple rang des murailles, les tours et les toits, elle se sentait fière d'appartenir à Éliandros.

Très vite, les quatre louveteaux qui l'avaient choisie comme deuxième mère vinrent trotter sur ses talons. Solena reconnut Vif-Argent qui portait des rayures noires sur le museau ; Tempête, très nerveux et toujours à l'affût avec ses flancs gris pareils à un ciel de pluie. Grondeur était plus malingre que ses frères, et sans doute pour cette raison, plus batailleur. La petite dernière et non la moindre, Douceuse, qui possédait plus de finesse et de tendresse que ses trois frères réunis, la contemplait avec adoration.

Tous les cinq s'enfoncèrent dans le sous-bois.

Très vite, Solena entra en contact avec la Terre mère, Gaïa – par le biais du chant des oiseaux et celui des insectes, mais aussi par le toucher lorsqu'elle se baissait pour poser ses mains à plat sur le sol. Au-dessus d'elle frémissaient les frondaisons. L'ombre était fraîche et bienfaisante. Solena plissait doucement les paupières et voyait la lumière du soleil découpée en milliers de tranches par les branchages, le feuillage et les fleurs de certains arbres.

Elle commença à remplir son panier. Était-ce son imagination galopante, mais entre deux réprimandes aux louveteaux qui se chamaillaient, la jeune fille percevait les voix murmurantes des Sentinelles.

La brise d'été ne descendant pas si près du sol, Solena décida que les nobles arbres lui parlaient. Et cette attention toute particulière l'honorait et la remplissait à la fois d'une paix et d'une force peu commune.

Vers le milieu du jour, alors que son panier commençait à peser sur ses bras et qu'elle avait partagé sa gourde d'eau, sa viande et ses légumes séchés avec les louveteaux, une ombre gigantesque assombrit la forêt.

Les jeunes loups dressèrent l'oreille. Leurs queues cessèrent de remuer.

— Calmez-vous, dit Solena en s'agenouillant près d'eux. Ce ne sont que quelques nuages.

Elle écouta. Les oiseaux et les insectes s'étaient tus. Ne subsistait que le bruit régulier de la cascade voisine s'écoulant entre les rochers.

Soudain, des destriers jaillirent des fourrés. Ramassant son panier, Solena courut en direction du temple-école.

Elle appela ses louveteaux, mais il lui semblait que les cris lancés par les guerriers inconnus se répercutaient aux quatre coins de la forêt.

Elle se retourna.

Les hommes étaient au nombre de cinq, vêtus de cuirasses et de braies en cuir noir. Tous aussi chevelus que des membres des tribus voréniennes tels les Drumides ou les Cirgonds, ils portaient en outre des casques en bronze à pointes qui ne laissaient rien voir de leurs yeux.

Un des destriers se rapprochait d'elle. Solena vit étinceler le glaive tendu. Elle plongea au sol tandis que le guerrier relevait sa lame. Fauché par une longue branche, l'homme tomba lourdement.

La jeune fille courut vers un immense tronc entouré d'épineux. Elle se protégeait le visage avec ses bras, mais les branches s'écartaient d'elles-mêmes pour se refermer tout de suite après sur les cavaliers qui pestaient et retenaient leurs chevaux.

Une seconde clairière succéda à la première. Dans les taillis, Solena croyait voir ses louveteaux qui la suivaient ventre à terre.

Les guerriers franchirent le mur végétal et la talonnèrent de nouveau.

Alors qu'ils allaient la rattraper, deux jeunes surgirent, et, kaïbos levés, brisèrent leur élan.

Les jarrets tranchés nets, deux destriers s'effondrèrent en hennissant.

Solena reconnut Varoumis et Belgrane qui entamaient un corps à corps avec les deux guerriers désarçonnés.

Les trois autres barbares contournèrent leurs compagnons et reprirent leur traque.

Solena entendait un souffle rauque dans ses oreilles. Les jambes douloureuses, elle baissa la tête, puis se cogna le front. Lorsqu'elle reprit connaissance, un des guerriers mettait pied à terre tandis que ses deux comparses faisaient face à six loups adultes venus à la rescousse.

L'homme qui menaçait directement Solena était grand et bâtit comme un géant. Il dégaina sa lame.

Profitant de ce que le destrier, terrorisé par les loups, passait entre eux, Solena bondit et vola, sur la selle, un second glaive qui pendait dans son fourreau.

L'épée était plus lourde et moins facile à manier qu'un kaïbo. Mais la jeune fille était prête à se défendre.

L'inconnu avança et Solena cria de surprise : l'homme ressemblait trait pour trait à celui apparu dans son dernier rêve !

Il ouvrit la bouche et prononça exactement les mêmes paroles :

— Nous t'avons retrouvée. Tu vas venir avec moi.

Solena se rappela en cet instant comment elle avait vaincu Belgrane lors de leur duel au kaïbo.

Tout en maintenant sa garde haute, elle chercha le regard du guerrier. Mais l'homme éclata de rire.

— J'ai entendu parler de ton pouvoir.

Il tapota la visière de métal qui protégeait ses yeux, et rit encore. Puis, sans doute pour tester le niveau de résistance de la jeune fille, il attaqua.

Solena reçut le coup de biais sur sa lame.

— Accepte de nous suivre ! tonna le géant.

Autour d'eux, un homme était déjà mort et deux loups gisaient sur le flanc.

Des appels résonnaient dans toute la forêt.

Un coup terrible la désarma. D'un revers de lame, le géant heurta le médaillon de métal. Le bijou absorba une partie du choc, mais n'empêcha pas la pointe d'érafler sa poitrine. Du sang macula aussitôt la tunique de lin.

Le géant lui tendit sa main calleuse.

— Rends-toi !

D'autres cris se mêlaient aux appels. Varoumis et Belgrane bondirent. Noem apparut également. Les quatre loups restants se regroupèrent autour des élèves.

Belgrane déboîta les deux moitiés de son kaïbo et en offrit une à Solena.

L'homme qui l'avait blessé fit mentalement le compte des forces en présence. Puis, tandis que les jeunes reculaient vers l'esplanade du temple-école, il ordonna à ses camarades de rompre le combat.

Après que sa proie lui eut échappé, il ôta son casque mouillé de sueur. De longues mèches blondes semées d'épines tombèrent en rouleau sur sa nuque et ses épaules.

Il était trop loin de Solena pour craindre désormais les foudres de son regard et n'agissait ainsi que pour qu'elle puisse le voir et, à l'avenir, le reconnaître…

Sur les créneaux, les gardiens d'Éliandros attendirent toute la journée une attaque qui ne vint pas.

LA LECTURE DES
VISAGES PERDUS

Deux mois plus tard, les cours réguliers reprenaient. Mais tout le monde parlait encore de la mystérieuse tentative d'enlèvement perpétrée contre Solena.

Les réactions étaient mitigées, autant chez les domestiques et les gardiens que chez les élèves. Pour les uns, la jeune fille n'avait été qu'une victime prise au hasard. Pour les autres, Solena avait été directement visée, car nul autre élève n'avait été comme elle pourchassé. Trois des agresseurs étaient tombés. Leurs corps avaient été emportés à Éliandros. Aucune information n'avait circulé sur eux, à part celles récoltées par Varoumis qui avait le chic, décidément, pour se trouver là où personne ne l'attendait.

« Ces hommes étaient des serpiants et venaient de la cité de Bayût. »

Voilà quels avaient été les mots du garçon lorsqu'il était revenu de la grande salle où les professeurs se réunissaient en secret.

Solena y songeait toujours, ce matin d'automne, en se rendant avec d'autres élèves dans le sanctuaire des Messagers.

On la dévisageait, puis, subitement, on baissait les yeux. Des murmures passaient dans les rangs.

Ils craignent que ma présence à Éliandros ne nous mette tous en danger… se disait la jeune fille en pénétrant dans le sanctuaire.

Varoumis assurait en effet que ces hommes avaient semblé prêts à tout pour s'emparer d'elle.

D'autres élèves louaient le courage dont avait fait preuve Solena.

«Heureusement, je n'étais pas seule, répondait-elle. Noem, Varoumis et Belgrane étaient là. Sans eux…»

Elle l'avouait avec humilité: sans ses amis et les loups, que serait-elle devenue?

— Silence, à présent! commanda Mulgane. Nous allons commencer.

Les cours reprenaient et les examens aussi.

Solena essaya de refouler le malaise qui l'étreignait quand elle se retrouvait devant les statues représentant Torance et Shanandra, mais aussi Mérinock, le fameux Mage errant. Cet être immortel, disait-on, allait et venait à travers les siècles, tel un voyageur, pour instruire les peuples et guider les rois.

La jeune fille songea que les prophéties concernant son époque étaient justement écrites sur une grande feuille d'ogrove de la main même de Mérinock, roulée et placée dans le poing fermé de sa statue.

— Mettez-vous deux par deux et préparez vos cristaux de lecture.

La veille, ils avaient purifié au sel et au soleil leur lapis-lazuli qu'ils déposèrent avec soin sur une étoffe de lin neuve, c'est-à-dire exempte d'empreintes énergétiques.

Une fois encore, le choix des équipes avait donné lieu à des grincements de dents. Mais Mulgane s'était montrée intraitable.

Solena aussi était inquiète. Non parce qu'elle avait encore été jumelée avec Belgrane, très réticente à l'idée d'être «lue» par la jeune Brugonde. Mais parce que ce voyage dans le passé d'une autre lui semblait un manque de respect.

Mulgane les dévisagea.

— Vous vous demandez peut-être pourquoi je vous ai amenés dans le sanctuaire des Messagers pour vous faire passer votre examen…

Cette question était en effet sur toutes les lèvres.

Varoumis déclara qu'il n'avait aucune envie de savoir qui il avait été autrefois. Et, surtout, il n'avait aucun besoin que les autres le sachent aussi.

L'audace du garçon faisait la fierté du groupe tout entier. Même Solena dut avouer qu'elle partageait ces appréhensions.

Mulgane souriait.

Elle sait tout cela, se dit la jeune fille. Et elle s'en délecte!

— Puisque vous semblez hésitants, je vais vous le dire, répondit-elle finalement.

Elle leva une main, pointa un doigt en direction des hautes voûtes sombres.

— Parce qu'ici bat le cœur d'Éliandros. Ici sont gardées vivantes et en mouvements les énergies qui nous protègent. Respirez. Sentez-vous les émanations de la vraie vie?

Elle ajouta que tous, dans cette salle, étaient d'une manière ou d'une autre liés au Mage errant, à ses prophéties ainsi qu'aux deux messagers.

— Ce n'est pas le hasard qui vous a menés à Éliandros, mais un courant puissant et occulte.

Tous les regards convergèrent sur Solena qui en ressentit une gêne accrue.

L'enseignante donna ensuite le signal du début de l'examen.

Chacun fit face à son partenaire. Un tirage au sort avait permis de connaître celui qui conduirait la lecture et celui dont le passé serait lu.

En tenant son cristal bleu à la hauteur du front taché de rousseur de Belgrane, Solena vit que Noem faisait équipe avec Griseline et qu'Euli était avec Helgi. Seuls Natrel et Varoumis demeuraient seuls. Le premier clignait nerveusement des paupières et cherchait l'attention de Mulgane. Celle-ci lui fit signe d'attendre son tour et se plaça devant Varoumis qui sursauta.

— Je n'aime pas ça du tout, geignit Belgrane.

— Ferme les yeux et respire profondément, lui conseilla Solena qui allait conduire la première lecture.

— Je sais ce que dois faire ! se rebiffa la rouquine.

Leur inimitié naturelle s'était estompée quelque peu durant l'été, mais elle revenait déjà au galop. Pour conserver sa paix intérieure, Solena se força à visualiser le halo de lumière qui baignait l'espace subtil du sanctuaire.

Du coin de l'œil, cependant, elle ne pouvait s'empêcher de surveiller Noem qui plaçait également son cristal de lecture sur le front de Griseline. Sans savoir pourquoi, elle anticipa avec une certaine crainte les images composées des souvenirs qu'ils avaient vécus tous deux avant de revenir au monde dans les corps qui étaient désormais les leurs.

— Nous sommes tous liés, répéta Mulgane. Mais, quoi que nous découvrions sur notre passé, il est essentiel de rester serein. Nous ne sommes plus ce que nous avons été. Dans chaque vie, nous portons un masque bien défini. Et même si d'une existence à l'autre, ce masque peut ressembler au précédent, il faut laisser au passé ce qui a été et ne surtout pas s'en encombrer aujourd'hui.

Solena grimaça. Si le passé devait être vraiment laissé en arrière, pourquoi alors tenter de le ressusciter au risque qu'il interfère sur notre jugement et la moindre de nos émotions présentes ?

Noem eut le courage de faire à haute voix cette délicate réflexion.

Étonnamment, Mulgane répondit avec plaisir.

— Cela fait près de trois années, maintenant, que nous cheminons côte à côte. Vous connaissez tous les Préceptes de vie enseignés par les deux messagers. Soulever le voile de nos existences passées est une excellente occasion pour nous de mettre en pratique le précepte de non-jugement.

Solena ne partageait pas la confiance que Mulgane plaçait en eux. Trop savoir était dangereux. Comment réagirait-elle, par exemple, si elle apprenait qu'elle avait jadis assassiné Belgrane et que c'était pour cette raison que la rouquine la détestait inconsciemment ?

— Maintenant, attelons-nous à la tâche ! ordonna Mulgane en plaçant son cristal sur le front de Varoumis qui tremblait malgré la chaleur dégagée par leurs corps.

La première image qui jaillit dans la tête de Solena fut celle d'une enfant terrorisée qui assistait à l'assassinat de ses parents.

Respirant en cadence, les deux filles gardaient les paupières closes. Solena serrait la main gauche de Belgrane.

Au même instant, Mulgane changeait de place avec Natrel qui se retrouva donc assis en face de Varoumis.

Solena remarqua ce changement et songea immédiatement que Mulgane elle-même n'était pas prête à affronter un possible « passé commun » vécu en compagnie de Varoumis ou de Natrel. Pourquoi, alors, leur imposait-elle une pareille promiscuité d'âme ?

Les images s'enchaînaient, puis se troublaient. L'interférence ne venait pas uniquement de Belgrane qui « résistait » au cristal de lecture. Mais aussi de Solena, distraite par les gémissements et les pleurs de Griseline.

Elle se concentra sur l'image de l'enfant-victime et put la voir devant un homme effrayant, grand cristalomancien de sa personne, qui promettait de lui enseigner sa science.

Ainsi donc, se dit Solena, Belgrane a déjà été par le passé une cristalomancienne ! Cela explique pourquoi elle manipule si bien les cristaux.

L'image suivante les fit toutes deux grimacer, car l'homme abusait de l'enfant. Solena sentit la main de la rouquine se crisper dans la sienne.

Les images issues du passé, se rappela-t-elle, sont sélectionnées par le subconscient en fonction des nœuds émotionnels qui lient les deux intervenants.

Donc, cette enfant qui est violée par son maître a dû faire partie de mon propre passé...

Solena craignit un instant d'avoir été ce tourmenteur. Mais, bien vite, les images se succédèrent et elle vit une silhouette en train d'étudier une grève immaculée, puis déclarer assez cyniquement à un groupe de soldats que : « Ils étaient là. Les deux messagers se sont réveillés ici même, et vous les avez laissé filer ! »

Ce paysage, ces vagues mugissantes, ces rochers plats et ce lever de soleil éveillèrent un écho en elle.

Une autre « bulle-souvenir » comme les appelait Mulgane éclata à la face de Solena.

C'était l'hiver. Des montagnes les dominaient. Une armée se tenait devant elle. Il neigeait. L'enfant qu'avait autrefois été Belgrane était devenue une adulte. Bizarrement, il était difficile de savoir si elle était un homme ou une femme. Toujours est-il qu'elle brandissait deux cristaux rouges.

« Battons-nous ! » s'écria-t-elle.

Contre qui se mesure-t-elle ?

Solena posa cette question à Belgrane en transe. Le paysage, alors, bascula. La jeune Brugonde ne vit plus simplement la cristalomancienne (elle choisit de nommer ainsi l'enfant qu'avait été Belgrane), mais également son adversaire.

C'est une jeune femme d'environ seize ans, brune, des cheveux longs voletant sous la bise glacée. Elle est de taille moyenne, a un beau visage, des lèvres sensuelles, des yeux bruns en amande. Et elle est désarmée. Non, je…

Solena se mordit la langue, car elle était de nouveau touchée personnellement par ce souvenir.

Un rayon rouge jaillit, mais se heurta à une sorte de dôme lumineux tissé par le regard de la fille brune.

Un cri déchira soudain le silence du sanctuaire. On entendit des sanglots. Un des garçons s'écria : « Non ! Non… »

Cette source de distraction rompit le lien qui unissait Solena et Belgrane.

La Brugonde, comme d'autres d'ailleurs, vit Griseline se relever. Son visage était mouillé de larmes. Noem lui tendait les mains, mais la jeune fille le repoussait.

Mulgane demanda à Griseline de se calmer. L'élève sortit alors en courant du sanctuaire. Lorsque Solena se retourna vers Belgrane, celle-ci se levait à son tour en chancelant. Six autres élèves les imitèrent.

L'enseignante prit bonne note de ceux qui n'avaient pas réussi l'examen.

— Il faut du courage pour affronter, sans se juger, ceux et celles que nous avons incarnés par le passé, avoua-t-elle d'une voix douce.

Solena était perplexe, et en même temps elle se sentait intérieurement déchirée. Pour Noem et Griseline, mais aussi pour elle et Belgrane.

Alors qu'ils se préparaient à quitter le sanctuaire, Solena contempla la statue de Shanandra.

Ainsi, se dit-elle, Belgrane a jadis combattu Shanandra, la messagère…

Ce clin d'œil au passé était cocasse. En effet, alors qu'elle avait autrefois été l'ennemie de la messagère, Belgrane étudiait aujourd'hui dans un temple qui enseignait sa philosophie.

Qu'en était-il des autres élèves?

Tard ce soir-là, Solena s'éveilla en sursaut après un nouveau rêve. Elle voyait Éliandros enveloppé de sa gigantesque bulle de protection. Malgré cela, aux pieds des murailles une armée était rassemblée et prête à l'investir. La jeune femme marchait, invisible au milieu des guerriers, et elle prenait conscience que les deux fantômes du temple-école l'accompagnaient.

— Que se passe-t-il? demanda-t-elle.

— Regarde le ciel. Il est chargé des noirs nuages qui s'amoncellent depuis des décennies sur les Terres de Vorénor.

Solena contempla la quiba de l'homme qui venait de parler et, cette fois-ci, elle le reconnut.

— Vous êtes le Mage errant!

Il hocha la tête. Sans voir son visage, elle sut qu'il souriait. De nouveau, elle éprouva la sensation de le connaître. Le vieil homme qui la suivait se présenta:

— Je me nomme Estimène.

Il tendit sa main que la jeune fille serra avec effusion en réalisant, émerveillée, qu'il s'agissait de l'ancien fiancé de Mulgane.

Le grand maître décédé des Fervents du Feu bleu reprit :

— Lorsque ces nuages seront visibles dans le ciel d'Éliandros, cela signifiera qu'un grand danger approche.

Ne sachant quoi répondre, Solena se réveilla en sursaut.

Une fois encore, le lit d'Helgi était vide. La jeune fille imagina sa compagne, haletante, dans les bras d'Euli.

Perturbée et fébrile, elle s'habilla. Puis, en proie à une sorte de transe éveillée, elle descendit dans les entrailles du bâtiment jusque dans le ventre du mont du centre pour gagner la vaste caverne où s'étaient déroulées les guérisons collectives.

Une seule idée trottait dans sa tête : se prélasser dans un bain d'eau chaude et sentir sur son visage et son corps la caresse des écharpes de vapeur engendrées par le volcan.

Elle planta ses torches dans le sol meuble et se dévêtit complètement.

Un moment, elle songea à la peur qui aurait dû l'étreindre. Mais après l'examen de cet après-midi et sa découverte qu'il existait en elle d'anciens visages et d'anciennes identités plus grandes qu'elle-même, elle se sentait en quelque sorte protégée.

Elle réfléchissait à ce concept philosophique et merveilleux, issu du scrivandra, qui prétendait que chaque être humain possédait dans les hautes sphères célestes de la déesse un temple dédié à son Âme supérieure.

Solena se plut à imaginer que cette Âme supérieure était constamment présente à ses côtés pour la conseiller et pour l'aimer. Comment, dans ces conditions, se sentir encore seule ou effrayée !

Elle se délectait de cette idée. Des images lui venaient naturellement à l'esprit.

Je marche dans mon temple de lumière. Autour de moi vont et viennent les spectres de mes anciennes incarnations.

Soudain, un Être s'avance et me regarde avec amour. Il me dit que je suis lui et qu'il est moi. Il me prend dans ses bras. Je me fonds en lui. Je…

Consciente que des sensations et des désirs non plus spirituels, mais sensuels lui venaient en même temps que ces images, elle retira vivement sa main glissée entre ses jambes.

Plus elle y réfléchissait, plus elle se disait qu'il n'y avait aucune honte à avoir.

Soudain, elle perçut une présence toute proche…

— Qui est là !

Une silhouette se dessina dans la vapeur d'eau.

— Noem !

Le jeune homme se déshabilla lentement sans la quitter des yeux. Son visage était calme, ses yeux fixes et brillants.

Il entra dans l'eau.

— Mon… protesta la jeune Brugonde.

Dans sa main, Noem tenait un lys d'argent.

— C'est pour toi, dit-il en fixant la fleur dans les cheveux de Solena.

La jeune fille n'aimait pas sa chevelure qu'elle jugeait trop fine, trop bouclée, pas assez blonde et trop indisciplinée. Elle sentit le genou du garçon peser légèrement entre ses cuisses. Il passa un doigt humide sur sa gorge nue.

Ses seins, petits, mais plantés haut, semblaient flotter à la surface de l'eau. La lumière douce et chatoyante des torches baignait la caverne d'un irréel et fascinant clair-obscur.

Noem suivit du doigt le sillon fin et sombre de la blessure qu'elle avait reçue pendant son duel contre le guerrier inconnu.

En réalisant qu'elle haletait sous la caresse et que la cuisse du garçon reposait maintenant contre son aine brûlante, elle tenta de le repousser.

— Griseline ! lâcha-t-elle dans un cri.

Noem sourit, timidement et tristement à la fois.

— Nous ne sommes plus ensemble.

Il expliqua qu'il avait découvert aujourd'hui que Griseline et lui avaient longtemps vécu en couple dans une vie passée. Mais que cette existence-ci étant nouvelle, il entendait vivre un amour nouveau.

Il approcha ses lèvres des mamelons gonflés.

Le visage d'Abralh apparut soudain devant les yeux de Solena. Pourquoi ce grand mulâtre qu'elle connaissait à peine la hantait-il à ce point? Après tout, il ne s'était rien passé entre eux!

Rien du tout, se dit-elle en sachant combien elle pouvait se mentir et se tromper.

Noem embrassait ses seins et Solena ne pouvait s'empêcher de frémir de désir et de joie. Le flot trop longtemps contenu de sa sensualité se déversait dans son corps comme une huile bouillante.

Noem se pressa plus fortement, chercha à s'introduire en elle. Son empressement et sa maladresse, même, n'étaient que beauté, fragilité et volupté. Elle attira son visage vers le sien et l'embrassa à son tour. Elle goûta à ce baiser jusqu'à ce que l'image d'Abralh s'étiole et disparaisse pour de bon

D'ailleurs, où était le mulâtre en cet instant? Et avec qui?

Saisissant Noem par les hanches, elle l'aida à faire d'elle une femme…

Troisième partie

Le rebelle

Terres de Vorénor : an 509-515 après Torance

L'OFFRANDE

Malgré l'air piquant de l'aube, l'odeur de purin était épouvantable. Solinor avait été placé à la queue du convoi de porcs sauvages, et il regrettait amèrement d'avoir retrouvé Amis Néroun et ses Romanchers.

Ils marchaient depuis une heure déjà. Tout ce que voyait le jeune rouquin était des croupes de cochons. Sept des filles de Néroun les accompagnaient aussi jusqu'à ce village près duquel les nomades avaient décidé d'installer leur camp d'été.

Après avoir laissé Solena et Helgi devant les portes du temple-école d'Éliandros, Abralh et Solinor avaient fait demi-tour. Ils n'étaient tombés d'accord sur la direction à prendre qu'après une âpre discussion, mais il en avait toujours été ainsi entre eux. Deux jours plus tard, après s'être égarés, ils avaient croisé la centaine de chariots composant le peuple romancher de la « famille » d'Amis Néroun qui roulait vers le nord.

Abralh et Néroun s'étaient salués comme de vieux amis, ce qui avait réveillé la méfiance naturelle de l'ancien esclave roux.

Avançant derrière une des Romanchères, celui-ci res-sassait ce qu'il appelait sa malchance. Car s'ils avaient apparemment échappé à une vie de prisonniers-étudiants dans les murs du temple, ils erraient maintenant sur les chemins d'un pays inconnu où le danger était omniprésent.

Il tenait son cheval par sa longe. Mais le hongre était chargé de sacs de provisions et d'outres pleines d'eau. Des cailloux pris dans sa galva droite le blessaient à chaque pas. Heureusement, lorsqu'il vit que la fille n'avait pas l'air plus heureuse que lui et qu'elle s'occupait en plus des porcs que son père voulait conduire dans le village de *Néférorq*, il relativisa son désespoir.

— Il va faire chaud, aujourd'hui ! lança-t-il timidement à la brunette.

N'obtenant aucune réponse, il se renfrogna. Là-bas, en tête du convoi, Néroun et Abralh devisaient gaiement tandis que lui pataugeait dans des crottes de cochons !

« Pourquoi votre père tient-il tant à offrir ces bêtes au chef du village ? »

Cette question ne franchit pas le seuil de ses lèvres, en grande partie parce que Solinor se trouvait laid et maladroit. Malgré tout, attiré par la sensualité de la fille, il se rapprocha d'elle…

Néroun et Abralh parlaient de ces Terres de Vorénor qui les accueillaient sous ses brumes froides et humides.

Lors d'une halte où Néroun ordonna que l'on se restaure, Abralh prit dans sa main une poignée de terre. Le vieux Romancher hocha la tête comme si ce geste lui était familier.

— Nous arriverons bientôt ! lui assura-t-il.

« Les Terres de Vorénor sont composées d'une quinzaine de nations regroupées en royaumes, en principautés et en duchés », expliqua un peu plus tard Néroun en marchant à grands pas.

Abralh était attentif au moindre détail. Il écoutait son guide, bien sûr, mais il était aussi conscient des cailloux qui cognaient contre ses bottes toutes neuves, de l'air vif qui entrait dans ses poumons, du soleil chatoyant qui filtrait à travers les frondaisons, du chant d'un oiseau solitaire. Il suivait des yeux le sillon des roues laissé par les carrioles sur le chemin ouvert à travers bois ; entendait l'écoulement d'une rivière qui serpentait en contrebas.

Néroun poursuivait :

— Tahard VII, le haut souverain, est en théorie le suzerain des autres chefs. Ses sujets s'appellent les *Berghoriens*, et sa capitale Berghoria. Le système politique qui régit les Terres de Vorénor est complexe. Disons seulement qu'en ces temps troubles d'invasions, les chefs ont du mal à se rallier à la bannière du haut souverain. Certains peuples comme les Sélénites, les *Bayûléens* et les *Certinéens* menacent même de quitter l'alliance formée par les autres chefs.

Il montra du doigt la file de cochons sauvages piégés sur les terres de ce village où ils se rendaient, et ajouta :

— Nous, les Romanchers, nous ne sommes que des nomades. Quelquefois, on nous traite en invités. Mais le plus souvent, nous sommes des intrus. Je soupçonne ton ami Solinor de se questionner sur mes cochons sauvages…

Abralh recracha la racine qu'il mâchait pour se nettoyer les dents.

— Solinor se questionne sur tout, rétorqua-t-il. C'est une machine à penser et à se faire du souci.

Néroun comprit que malgré son ironie, le jeune mulâtre était dévoré de curiosité.

— Vois-tu, dit-il, si nous avons passé des jours à braconner ces cochons, c'est pour nous nourrir, bien sûr, mais c'est surtout pour constituer un cheptel afin de l'offrir au chef du village qui nous attend.

— Ce village où nous devons également nous rendre ? s'enquit Abralh.

Néroun cracha sa propre racine.

— Les informations que tu m'as données y conduisent tout droit, en effet.

Abralh grimaça en repensant aux cochons.

— En Gorée, braconner sur les terres de l'empereur ou d'un gouverneur est passible de mort.

— Les puissants se protègent ainsi des pauvres gens dans tous les royaumes, répondit Néroun. Mais en chassant pour le chef du village, nous…

Certains porcs s'agitèrent dans le convoi. Les jeunes filles intervinrent aussitôt, car elles étaient aussi belles qu'efficaces. La conversation s'arrêta pendant quelques minutes et Abralh comprit qu'en dépit des paroles de Néroun, ce « don » en nourriture était en fait une taxe déguisée.

Le jeune mulâtre songea tout de même que le chef romancher prenait des risques. Qui pourrait empêcher les villageois de voler les cochons et de faire assassiner Néroun avant de réduire sa famille en esclavage ?

Le Romancher n'était pas né d'hier. Il lut ce raisonnement sur le visage du jeune homme et rit de bon cœur :

— La vie est pleine de risques. Celui qui ne fait rien et ne va nulle part prend le risque de ne pas vivre du tout. Tu as noté, cependant, que j'ai laissé en arrière le reste de mon peuple. Ils attendront mon signal avant de s'approcher à leur tour de ce village.

Ils arrivèrent peu après en vue d'une palissade faite de billots grossièrement taillés.

Néroun laissa tomber que la guerre faisait peur.

— Les mercenaires qui ont détruit le village où nous nous sommes rencontrés sont partout en Terre de Vorénor, même ici alors que nous nous trouvons si loin de la Gorée !

La vue des cochons ou bien celle des jolies filles eut fort heureusement l'effet escompté sur le chcf des villageois, et les portes s'ouvrirent.

Un homme de haute stature apparut sur le chemin de ronde. Néroun donna l'ordre à ses filles de faire entrer la centaine de porcs. Une ovation les salua, sans doute parce que le chef craignait une attaque et que les vivres étaient comptés.

Les cochons furent confiés aux villageois en liesse, puis les filles vinrent se pelotonner contre leur père. Solinor rejoignit Abralh. La populace qui avait pris les cochons les dévisageait maintenant avec méfiance.

— Abralh, mon ami, dit Néroun, nos chemins se séparent ici.

Il prit ses mains dans les siennes et ajouta un peu mystérieusement en le dévisageant avec chaleur : « Du moins pour l'instant. »

Très tôt ce matin, ils avaient parlé de cet indice que Mulgane avait révélé au jeune mulâtre concernant le « trésor ». Laissé encore une fois en dehors de la conversation, Solinor en avait conçu de l'amertume.

C'cst avec un frisson d'angoisse qu'Abralh vit Néroun et ses filles entourés par les gardes personnels du chef. Une curiosité doublée d'un malaise le tenaillait : qu'allaient devenir ces Romanchers qui avaient été si bons pour eux ?

Solinor le tira par une manche.

— Néroun va négocier un droit de passage pour sa famille sur le territoire de ce village ou bien leur louer une terre pour passer l'été. Occupons-nous plutôt de cette stèle gravée dont t'a parlé la vieille Mulgane…

Le visage du rouquin, déformé par les cicatrices et son œil tors, impressionnait d'ordinaire ceux qu'il croisait. Mais au bout d'un moment, Abralh se rendit à l'évidence :

ici, nombreux étaient les hommes, les femmes et même les enfants qui souffraient d'une amputation ou d'une malformation. Le jeune Baïban aperçut des faces brûlées, des moignons purulents, des bouches édentées, des borgnes et des éclopés. Mais il vit surtout que c'était lui, et non pas Solinor, que ces gens dévisageaient avec suspicion.

— À croire qu'ils n'ont jamais vu de mulâtre, ma parole ! ricana le rouquin.

Ils déambulèrent dans l'unique rue boueuse entre des vaches nonchalantes et des animaux de basse-cour laissés en liberté, des chiens errants et des carrioles chargées de foin ou de sacs de grains. Enfin, ils découvrirent le petit monolithe dressé près du cimetière.

Solinor se campa devant la pierre.

— Je crois que cette vieille folle s'est moquée de nous.

Abralh s'accroupit. Il devait y avoir une explication ! Il suivit des doigts les symboles gravés dans le roc.

— Espères-tu vraiment les déchiffrer ? s'enquit Solinor.

— Ce n'est ni du goréen ni du reddrinien.

— Bien sûr ! Tu t'attendais à quoi ?

— Par contre…

Solinor s'agenouilla à son tour.

Mulgane avait parlé d'une pierre de grande valeur.

— Oui ? s'enthousiasma le rouquin.

Le visage d'Abralh se rembrunit.

— Non, décidément, je ne comprends pas.

— Alors, questionnons ces paysans !

Ils passèrent deux heures à aborder des gens. Connaissaient-ils la signification des symboles gravés sur le petit monolithe ? Avaient-ils entendu parler d'une pierre fabuleuse, peut-être un diamant ! La plupart ignoraient l'existence de la stèle. Les autres étaient soit trop pressés, soit franchement menaçants.

Des enfants aiguisaient des lames faites d'os d'animaux sans même leur répondre. Des femmes chargées de fagots observaient le ciel gris, puis adressaient une rapide prière à leurs dieux.

— Tu leur fais peur, conclut Solinor. C'est bien notre chance !

Un moment, ils revirent trois des filles de Néroun ainsi que le Romancher, toujours en discussion avec le chef du village. Abralh vit Solinor rougir et baisser la tête. Son ami avait-il tenté de séduire une des filles ? À son air revêche, c'était bien possible.

Le rouquin, soudain, lui faussa carrément compagnie.

— Où vas-tu ?

— Tu perds ton temps avec cette pierre et ces paysans, rétorqua Solinor. Le trésor n'existe pas !

La nuit tombait quand, lassé de se heurter à l'ignorance ou à l'hostilité des villageois, Abralh trouva refuge dans l'unique échoppe de l'endroit.

Le lieu était enfumé et bruyant. Meublé de tables branlantes et de chaises défoncées, il était chauffé par un foyer installé dans un angle. Sur un comptoir s'alignaient des hanaps de bière tiède et d'hydromel ainsi que des galettes d'orge au miel. Un escalier menait à une mezzanine divisée en petites pièces. En remarquant des filles légèrement vêtues aux visages blanchis à la poudre de quimo, Abralh en déduisit que ces pièces étaient en réalité des chambres où elles conduisaient leurs clients.

Lui ne songeait qu'à se reposer de son épuisante quête, *aussi illusoire qu'infructueuse*, se dit-il en commandant un hanap d'hydromel.

Il en avait goûté une première fois dans le campement des Romanchers, lorsqu'ils avaient débarqué avec Solena, Helgi et Mulgane. Pendant un moment, bercé par le brouhaha des hommes, le jeune mulâtre revit danser Solena.

Elle se laissait emporter par les sistres, les tambourins, les tréborêts.

Il la visualisait distinctement dans sa tête et se surprit même à l'imaginer sous des cieux plus exotiques où il faisait toujours chaud, et où des vagues s'étiraient sur de longues plages. En Terre d'Élorîm, par exemple. Ce pays d'où était originaire sa lignée et qu'il n'avait, lui, jamais vu.

Son cœur cognait dans sa poitrine au rythme de ces tambourins qu'il entendait dans sa tête. Soudain, il réalisa qu'il n'avait toujours pas été servi alors même que la vieille femme édentée qui tenait le comptoir avait pris sa pièce de bronze.

Un silence pesant avait remplacé le brouhaha. Un instant auparavant, les hommes discutaient des risques d'invasions de leur Terre par les « sauvages venus du Sud et de l'Est ». À présent, ils le fixaient avec méfiance.

— Qui es-tu, étranger ? demanda l'un d'eux.

Une fois encore, Abralh devait faire face à cette haine viscérale et arbitraire que l'homme porte à l'homme simplement à cause de leur différence de peau ou de traits.

— Je suis Abralh, déclara le jeune mulâtre en se levant, et je me suis échappé de l'Empire de Gorée pour être libre.

Ces paroles ne rencontrèrent que froideur et mépris. Puis un homme éclata de rire, suivi d'un deuxième. Abralh crut que cela détendrait l'atmosphère. Le ménestrel installé dans un coin allait se remettre à gratter son tréborêt mal accordé. La tenancière allait enfin lui apporter son hanap d'hydromel.

Un autre paysan rétorqua qu'il y avait trop d'étrangers dans les parages et qu'Abralh était trop noir de peau pour être vraiment un homme. Sur ce, il leva sa pique.

Abralh eut une première réaction qui le stupéfia lui-même. Il tendit son bras dans la direction de son agresseur, et sans chercher à le toucher, il s'attendit à le projeter à l'autre bout de la salle.

Ce qui, bien sûr, ne se produisit pas.

Il pivota alors de côté et évita de justesse la lame qui devait l'atteindre en plein visage. Il tira son sabrier de son fourreau et l'enfonça dans la cuisse de son agresseur.

Les événements se précipitèrent.

Abralh vit Solinor à moitié déculotté apparaître à la mezzanine. Une fille le poussait dans l'escalier en riant. D'autres se moquèrent tandis que les amis de l'homme terrassé par Abralh réagissaient : les uns s'armant d'un gourdin, les autres serrant leurs poings de colère.

Ils allaient fondre sur les deux étrangers quand les portes de l'échoppe s'ouvrirent toutes grandes.

— Nous sommes attaqués ! hurla un nouveau venu.

Derrière le paysan rougeoyaient les flammes d'un incendie. Un cor retentit. Nul ne vit qu'un troisième étranger, assis dans un coin, souriait méchamment...

LA PUNITION

Des flèches enflammées trouaient le ciel puis se plantaient dans les toits de chaume. Le sol tremblait sous le galop des destriers. Abralh reconnut immédiatement les méthodes de guerre employées par les armées goréennes. Il remit Solinor sur ses jambes et lui tendit sa tunique et ses braies que la fille de joie avait lancées du haut de la mezzanine.

Occupés à éteindre les flammes ou à rassembler leurs affaires, les clients de l'échoppe ne réalisaient pas qu'ils étaient attaqués.

Les villageois étaient terrorisés par la pluie de feu. Mais ce premier assaut, principalement destiné à saper le moral des assiégés, était terminé. L'officier qui dirigeait cette attaque lançait maintenant sa cavalerie.

Abralh chercha un abri.

— Par ici !

Il tira Solinor par le col de sa tunique. Tous deux se réfugièrent sous une charrette renversée où se trouvaient déjà trois enfants pelotonnés les uns contre les autres.

Tandis qu'Abralh réfléchissait à une idée pour les tirer d'affaire, Solinor semblait subjugué. Dans ses yeux ronds passaient de nombreuses émotions. Le jeune mulâtre y reconnut les plus familières – la frustration et l'incompréhension. Mais également une sorte de fierté vénale à la vue des cavaliers goréens.

Abralh identifia l'emblème du régiment dans lequel ils avaient été enrôlés de force.

Des hurlements montaient de la rue centrale. Ils virent des villageois fauchés par les glaives tendus des cavaliers. Des jeunes femmes sortaient de l'échoppe dévorée par les flammes. Solinor vit parmi elles celle qui avait feint de l'accepter dans sa couche avant de le traîner devant toutes ses amies !

Un des enfants cria :

— Maman !

Abralh considéra la fillette d'à peine cinq ans qui se débattait entre les bras de ses frères plus âgés. Solinor devina quelle folie son ami s'apprêtait à commettre.

— Non ! glapit-il.

Le jeune mulâtre s'élança en direction de la femme à moitié nue abandonnée par ses compagnes.

Un destrier se cabra devant eux.

— Ooooh ! s'écria le cavalier en assénant un coup de gourdin sur la tête du Baïban.

La mère courut vers la charrette, au grand désespoir de Solinor.

Quelques secondes plus tard, les enfants et le rouquin étaient découverts et jetés dans une cage.

Solinor compta, autour de lui, une quinzaine d'autres charrettes surmontées de cages comme la leur. Des grilles s'ouvraient et se refermaient. Des marchands surveillaient la battue.

Ceux-là, songea-t-il, suivent toujours les armées en marche, peu importe l'époque ou le pays.

Sa cage ne comptait pas moins d'une douzaine de personnes, hommes, femmes et enfants confondus. Le rouquin échangea un regard de mépris avec la fille mère qui l'avait repoussée. Puis, il chercha Abralh des yeux.

Il avait l'impression d'étouffer. La fumée âcre lui piquait les yeux. Les prisonniers geignaient, toussaient, crachaient, pleuraient. Mais, plus grave encore, Abralh avait disparu…

Un véritable convoi de prisonniers se formait devant les palissades défoncées. Solinor repéra les porte-étendard : ces jeunes hommes fraîchement enrôlés qui portaient les couleurs de leur patrie. Il reconnut le symbole de l'Empire de Gorée : les deux serpents entrelacés sur une tête de lion, ainsi que les emblèmes du Torancisme : la pierre rouge et ronde avec, gravé dessus, le corps supplicié du Prince Messager Torance stylisé à l'encre noire.

Les trois enfants étaient serrés contre leur mère. Alors qu'ils s'éloignaient lentement du village de Néférorq, Solinor songeait combien la vie était injuste et cruelle.

Esclave, il l'avait été au palais impérial de Goromée depuis l'enfance. Et esclave il redevenait sur cette Terre lointaine où il avait pourtant espéré conquérir la liberté et la richesse.

Sur le chemin qu'il avait parcouru le matin en compagnie d'Amis Néroun, il découvrit les restes fumants du camp des Romanchers. Qu'était-il advenu de ces gens qui les avaient accueillis, nourris et vêtus de neuf ? Mais, il devait se l'avouer, ses véritables angoisses venaient surtout de l'absence d'Abralh.

Étonné par les émotions qui l'agitaient, il avait beau se persuader que le mulâtre n'était qu'un prétentieux toujours prêt à le contredire ou à le contrarier, il demeurait quand même son seul ami.

Avant de quitter le village, les marchands s'assuraient que les villageois entassés un peu partout dans les rues étaient bien morts.

— Ici ! s'écria l'un d'eux en examinant Abralh dont la blessure à la tête saignait abondamment.

Le marchand tenait à ce qu'aucun futur esclave ne soit négligé. Aussi, il fit au jeune homme un bandage de fortune, et il appela deux de ses aides.

— Celui-ci est vigoureux, dit-il. Il s'en sortira.

Un cavalier surgit.

— Cet esclave-là est à nous ! grogna-t-il.

Le marchand voulut protester. Mais l'homme insista.

Comme le négociant ne semblait pas comprendre, le guerrier leva son gourdin et lui défonça le crâne. Puis il hissa Abralh sur sa selle.

Peu après, un second guerrier s'approcha, et les deux hommes se sourirent.

Près de leur maître assassiné, les aides restaient paralysés devant cet acte de barbarie gratuit.

Pleinement satisfaits, les deux guerriers s'éloignèrent sans se préoccuper des autres prisonniers…

Le voyage jusqu'à la cité de Bayût dura plusieurs mois. Pourtant, au cours de la traversée des montagnes, des vallées et des rivières, les esclavagistes ne perdirent pas plus de la moitié de leurs prisonniers. Tantôt marchant, tantôt traînés dans leurs cages, les futurs esclaves étaient nourris une fois par jour, de préférence tôt le matin avant le départ.

Dans le convoi, la liberté de chacun était rigoureusement contrôlée. Les hommes marchaient en rangs de trois et portaient d'épaisses cordes de chanvre aux pieds. Reliées entre elles par des anneaux de cuivre, ces entraves rendaient toute fuite impossible. Afin d'éviter que les prisonniers ne nouent des amitiés ou des complicités indésirables, les hommes comme les femmes ne progressaient jamais plus d'un jour côte à côte. Et des gardes-chiourmes veillaient scrupuleusement à varier la composition des rangs.

Les jeunes enfants ne marchaient pas, mais étaient autant que possible transportés dans les carrioles. Outre les marchands et leurs aides, l'armée goréenne avait dépêché un détachement de soldats pour convoyer les prisonniers qui ne seraient officiellement remis aux marchands qu'une fois arrivés dans la cité de Bayût.

De temps en temps, Solinor retrouvait Abralh dont le crâne était enveloppé dans un épais bandage. Ils se parlaient peu, surtout parce que les surveillants, armés de fouets, étaient sévères.

Malgré cette discipline stricte, les marchands faisaient de leur mieux pour éviter les décès. Ils lavaient les plaies des prisonniers et portaient même quelquefois les enfants sur leurs épaules quand le convoi franchissait des rivières à gué ou bien de profondes ravines.

Le soir, par contre, ces mêmes marchands montaient dans les chariots dévolus aux femmes et choisissaient plusieurs d'entre elles pour les livrer au plaisir des soldats. Il leur arrivait parfois d'entrer dans le campement hâtivement monté à chaque bivouac pour choisir également quelques hommes jeunes et beaux parmi les prisonniers.

Un soir, alors que la cité de Bayût n'était plus qu'à une journée de cheval, Solinor fut ainsi étrangement choisi.

Sachant ce qui l'attendait, le rouquin se rebiffa. On le battit pour qu'il abandonne toute résistance, mais pas assez toutefois pour le blesser sérieusement.

Ce soir-là, Abralh dont aucun soldat ni surveillant ne s'approchait jamais, sortit l'éclat de silex qu'il avait trouvé sur le bord du chemin, trancha ses liens et se jeta sur les surveillants qui venaient de frapper Solinor.

L'attaque fut si fulgurante que nul ne réagit. Expert en srim-naddrah, même s'il n'avait jamais pratiqué cet art martial, le jeune mulâtre se débarrassa aisément des gardes-chiourmes.

Afin de gagner quelques minutes de répit lorsque l'alerte serait donnée, il libéra aussi les autres prisonniers. Mais ils avaient à peine franchi le cercle des feux de camp qu'ils furent rattrapés.

Les jumeaux qui avaient fait prisonnier Abralh se dressèrent devant lui. Le Baïban les contempla, à la fois médusé et en proie à une rage incontrôlée.

Sur leurs faces larges à la peau couperosée ressortaient des yeux gros et verts. Ils avaient des nez turgescents, des bouches auxquelles il manquait plusieurs dents et des chevelures grasses et blondes semées de feuilles et de brindilles. Moins âgés que ne le laissait paraître leur grade, on ne pouvait les différencier que grâce à l'imposante moustache que portait le premier, et à la barbe mal taillée qu'arborait le second.

Un autre détail servait également à les reconnaître. Riurgën possédait une bague sertie d'une émeraude à la main gauche, tandis que Thorgën portait une améthyste en pendentif.

L'homme à la foisonnante moustache paraissait être le plus réfléchi tandis que l'autre, qui supportait mal le climat froid et humide de l'été vorénien, apparaissait plus instable. Ils ne devaient pas avoir cinquante ans à eux deux.

Riurgën considéra Abralh, lança son épée à trois pas et lâcha d'un ton sec :

— À main nue, esclave !

Ils s'affrontèrent, usant chacun de sa propre technique. Le Baïban tournait autour de son adversaire. Quand il voyait une ouverture dans la garde du colosse, il tentait un coup de pied rapide pour tester ses réflexes.

Riurgën esquivait et se révélait très mobile malgré sa corpulence. Il gardait ses poings serrés près de ses côtes et de son visage, prêt, lui aussi, à tenter sa chance à la moindre défaillance.

Pendant ce temps, Thorgën avait posé un pied sur la nuque de Solinor pour l'empêcher de se relever. Bras croisé sur sa poitrine, il étudiait chaque mouvement comme s'il voulait s'en rappeler les détails. Autour d'eux surgissaient des marchands à moitié endormis et des gardes distraits de leurs beuveries.

Les autres prisonniers avaient vite été rattrapés et enfermés à l'intérieur de leur enclos.

Un coup de pied fouetté à la hauteur du visage déséquilibra soudain Riurgën.

Quelques soldats, que ce duel impromptu amusait, plantaient des torches dans le sol autour des combattants.

Le moustachu bloqua deux séries de coups de pieds suivis de furtives, mais saisissantes techniques de poing. Puis il contre-attaqua avec deux massives attaques au corps.

Abralh s'écrasa à cinq pas, le nez près d'une des torches.

Il s'en empara et frappa à la volée, répandant aux alentours des rubans âcres de fumée.

Le duel durait depuis quelques minutes – une éternité pour les deux combattants –, quand trois hommes à cheval entrèrent dans le camp. Deux d'entre eux portaient des casques et une armure frappée du blason goréen.

Le troisième personnage, vêtu d'une toge à parements bleu et or recouverte d'une cape d'hermine blanche, fit un signe de la main. Solinor fut aussitôt traîné sur le sol et jeté dans l'enclos avec les autres.

On amena Abralh devant le tribun.

Thorgën adressa au nouveau venu le salut militaire et dit :

— Voici l'homme, maître.

Le tribun était grand, mais affreusement maigre. Ses tempes grisonnaient, son front était strié de profondes rides. Son crâne chauve, rose et pointu et ses joues caves en faisaient un personnage tiré d'un cauchemar d'enfant. Hélas, Farouk Durbeen était bien réel et son maintien, sa voix et surtout son regard gris aussi perçant qu'une lame lui valaient de la part des soldats une sorte de crainte superstitieuse.

Il mit pied à terre et se révéla debout aussi grand et impressionnant qu'à cheval. Sortant un carreau de tissu blanc en lin, il se tamponna le nez et les yeux avant de tourner autour du mulâtre.

— Est-ce l'homme qui a déserté les rangs de notre armée, erré dans les forêts brumeuses et suivi à la trace une jeune fille portant avec elle un sécralum peint de couleurs chatoyantes ? demanda-t-il.

Les jumeaux acquiescèrent. Riurgën, qui essuyait le sang coulant de sa bouche, baissa les yeux en signe de soumission.

Le grand légide de Bayût poursuivit :

— Est-ce ce même homme que vous avez suivi, celui qui a sauvé la jeune Brugonde des eaux grondantes, celui qui a été recueilli d'abord par un loup, puis par une vieille femme ? L'homme qui devant la porte du temple-école d'Éliandros a refusé d'y pénétrer pour suivre un autre chemin ?

Il leva sa main pour prévenir d'autres acquiescements de la part des jumeaux.

— Je suis venu à votre rencontre dès que j'ai appris la nouvelle, termina-t-il.

Le silence n'était troublé que par le cri des femmes que l'on emmenait sous la tente des soldats et par quelques gémissements de douleur en provenance des enclos.

— Que devons-nous faire, à présent, de l'esclave, Seigneur Durbeen ? s'enquit Thorgën.

— Comment traitez-vous les déserteurs, commandant ?

Le grand légide remonta ensuite sur son cheval et quitta le campement.

Abralh fut poussé sous une vaste tente ronde où les soldats entreprenaient à plusieurs et sans vergogne les femmes qui leur avaient été offertes.

On attacha le mulâtre entre deux piquets. Sa chemise fut lacérée. Riurgën arracha sauvagement un fouet des mains d'un marchand.

Abralh reçut cinquante coups de fouet. Entre chacun d'entre eux, il croyait vivre une transe presque agréable. Parfois, il voyait le vieil Estimène lui assurer qu'il n'était pas seul. À d'autres moments, il distinguait le visage de Solena, présente en esprit sous cette tente, et qui lui souriait avec des larmes dans les yeux.

Lorsqu'ils atteignirent enfin Bayût, Abralh fut séparé des autres esclaves et transféré dans une cellule privée.

Par le judas de la porte apparut le visage disgracieux de Riurgën qui réclamait pour lui les services d'un chirurgien et d'un barbier.

— Je veux que cet esclave soit lavé, rasé et soigné, ordonna-t-il aux deux hommes lorsqu'ils arrivèrent avec leur matériel.

Thorgën arriva sur ces entrefaites. Les deux frères discutèrent à voix basse. À demi conscient, Abralh crut comprendre que les jumeaux parlaient de Solena et de lui.

L'esclave mulâtre, disaient-ils, leur était aussi précieux que la jeune élève brugonde qu'ils avaient dû abandonner devant les portes du temple-école d'Éliandros...

L'apprenti galvassier

Hermanel, le chirurgien, ressemblait à un mulot. Il marchait le dos voûté et gardait son air triste lorsqu'il déambulait dans le camp dressé devant les murs de la cité de Bayût. Ce qui ne l'empêchait pas d'être apprécié de tous. Appliqué dans ses méthodes, doux dans ses gestes, il avait toujours une explication intelligente à donner ou un mot réconfortant au bord des lèvres.

Originaire de la plèbe de Goromée, il s'était enrôlé très jeune dans l'espoir de nourrir sa famille avec sa solde. Hélas, peu après son départ il avait appris qu'une épidémie de peste avait emporté ses parents, ses frères et sœurs, et même sa fiancée. Ayant depuis passé vingt années à soigner les troupes goréennes en campagne, il ne comptait plus les fois où il avait dû, la peine au cœur, trancher un membre ou achever un mourant. Aussi avait-il aiguisé ses sens pour savoir, après un seul regard ou un toucher, si un blessé avait l'étoffe d'un mort ou celui d'un survivant.

Lorsqu'il croisa celui d'Abralh, il reçut un véritable choc.

L'esclave était en piteux état. Son dos était une plaie ouverte et sa respiration haletante. De plus, il brûlait de fièvre.

Mais ses yeux fixes, ses mâchoires serrées et le battement régulier de ses longs cils frangés étaient le signe indubitable que si le jeune homme avait souffert, il possédait aussi ce que Hermanel appelait « un destin » devant lui.

Au fil de ses visites dans la cellule spéciale aménagée pour cet esclave « particulier », il s'intéressa à son sort. Non seulement parce qu'Abralh évoquait d'une voix monocorde des pays mystérieux et exotiques qui faisaient oublier au médecin les mornes brumes des Terres de Vorénor. Mais aussi parce que, étrangement, les paysages imaginés par l'esclave lui rappelaient ceux qu'il s'inventait lui-même, enfant, pour échapper à son quotidien.

Lorsque les fièvres quittèrent le corps d'Abralh, Hermanel entreprit de le remettre sur pieds en lui faisant absorber des potions à base d'herbes de sa composition.

Souvent, avant d'entrer dans la cellule, il le contemplait de dos. Abralh regardait le ciel par la petite ouverture pratiquée dans le mur de pierre. Hermanel savait que le jeune mulâtre n'écoutait ni les plaintes venant du corral des esclaves que les marchands préparaient pour la vente, ni le badinage des femmes qui déambulaient entre les étals du marché planté non loin des palissades du camp. Abralh devait rêver. À la liberté ou bien à cette jeune fille blonde aux cheveux ondulés dont il lui avait brièvement parlé.

Comme chaque matin, le garde fit entrer Hermanel, puis il referma la lourde porte derrière lui.

Abralh salua le médecin avant d'ôter sa chemise pour qu'il vérifie l'état de ses plaies.

— Le camp est en effervescence, aujourd'hui, murmura le petit homme. Ça va bouger du côté du corral aux esclaves…

Depuis la visite des jumeaux, le lendemain de son emprisonnement, Abralh ne les avait plus revus. Pourtant, grâce à

Hermanel à qui il avait soutiré de nombreuses informations sur la vie du camp et celle de la cité, il pouvait se faire une idée assez juste de ce que le chirurgien appelait «les routines de chacun», du plus humble puisatier jusqu'au plus riche marchand.

À deux ou trois reprises, Abralh avait vu le visage de Solinor se découper dans l'encadrement de sa fenêtre. Le rouquin était enfermé la nuit dans le corral avec les autres prisonniers, tandis qu'il vaquait, le jour, à différentes tâches domestiques.

Un matin, alors que les gardes relâchaient leur surveillance le temps de fumer ou pendant la relève, Solinor dit à son ami qu'il avait été choisi pour «amadouer» le cuir utilisé par le *galvassier* du camp.

«Je vais faire des galvas, le soulier traditionnel clouté ou à semelle de corde ou de cuir des soldats goréens!»

Abralh chassa de ses pensées l'image de son ami en train d'assouplir et de tordre le cuir le plus dur à l'aide d'un outil appelé la *glape*, sorte de marteau en bois au bout arrondi, et se concentra uniquement sur le petit homme qui venait d'entrer.

— Tu as l'air d'aller mieux, ce matin! déclara Hermanel avec entrain. Tu devrais commencer à bouger, à faire de l'exercice.

L'homme ouvrit sa besace remplie de sachets en peau, de linges propres et d'instruments chirurgicaux dont deux ou trois étaient issus de sa propre imagination.

Hermanel affirmait qu'être médecin ne se réduisait pas à suivre les écrits des sages et des maîtres, mais à apprendre de ses expériences et de s'en servir pour perfectionner son art.

Abralh considéra le chirurgien. Rond de tête comme de corps, la quarantaine bien sonnée et l'œil éteint, il se dégageait pourtant de lui une incroyable bonhomie. S'il avait eu son lot de drames, Hermanel savait encore regarder le ciel et en apprécier toutes les nuances. Cet état d'âme était une révélation pour Abralh, plutôt porté depuis sa capture à une introspection pessimiste.

Par un sourire, le jeune Baïban tenta maladroitement de remercier le médecin goréen pour ses soins attentifs, et, aussi, pour ses longues conversations philosophiques.

Il lui demanda ensuite ce qu'il se préparait de si extraordinaire dans le corral des esclaves, ce matin.

— Le choix des hommes ! répondit Hermanel en passant la pointe de son couteau de chirurgie sur une pierre à aiguiser.

Il expliqua qu'avant de remettre officiellement les prisonniers aux marchands, les militaires s'arrogeaient le droit de prélever les meilleurs : soit pour en faire des soldats libres, soit pour les intégrer aux différents corps de métiers composant l'armée.

— Solinor sera sûrement choisi, dit Abralh, songeur. Il sait se débrouiller quand cela sert ses intérêts.

Hermanel avait entrevu le rouquin à plusieurs reprises.

— Il travaille avec un galvassier de métier, approuva-t-il. Je l'ai vu manipuler le cuir. Il apprend vite.

Hermanel était ainsi fait qu'il ne pouvait parler en mal d'un homme, même s'il ne l'aimait pas. Ce qui était précisément le cas pour Solinor. Il n'aurait su dire ce qui le gênait le plus chez ce rouquin : son expression toujours angoissée ou bien son œil gauche qui lui donnait un air sinistre.

— Allonge-toi sur le ventre. Je vais retirer les points de tes plaies cicatrisées.

Les gestes du chirurgien bedonnant étaient aussi légers que délicats.

— Les esclaves choisis, poursuivit Hermanel, deviennent apprentis. Ensuite, s'ils travaillent dur, ils reçoivent un salaire qui leur permet de racheter leur liberté.

Il poursuivit en contant l'histoire d'un apprenti tanneur capturé lors d'un raid et qui avait, au bout de quelques semaines de travail seulement, tant impressionné son maître que celui-ci l'avait affranchi.

Abralh songea à ce qu'il pourrait bien faire pour échapper à son sort.

À cet instant, Riurgën et son frère Thorgën passèrent devant la cellule. Les deux officiers semblaient fébriles. En quelques phrases, ils révélèrent à Abralh ce que le jeune mulâtre craignait le plus d'entendre depuis qu'il était de nouveau en état de réfléchir à son avenir : à savoir que jamais ces deux guerriers ne l'autoriseraient à être « choisi » comme disait Hermanel. Car ils le destinaient à un autre usage.

Mais lequel ?

— Soigne-le bien, médecin, gronda Riurgën. Farouk Durbeen a des projets pour lui.

Après le départ des jumeaux, Abralh demanda à Hermanel de lui dire tout ce qu'il savait à propos du grand légide.

Une semaine plus tard, alors que le soleil s'était couché et que la nuit s'installait dans le camp, Solinor vint le trouver.

Surpris de le voir libre, Abralh espéra que son ami était venu le délivrer. Solinor, après tout, avait peut-être imaginé un plan d'évasion !

Le rouquin arborait de nouveaux vêtements : tunique propre, cape de broquard. Et, luxe suprême, une paire de gants en cuir de cerf !

Le visage du Goroméen était lumineux.

— Je me rachète, lui avoua Solinor.

— Je me disais aussi… grommela Abralh.

— Ne sois pas si défaitiste ! J'économise sur mes gages d'apprenti.

— Grand bien te fasse !

— Je vais parler de toi à mon maître. Les galvassiers sont très appréciés dans une armée en campagne. Tu pourrais, toi aussi…

Le rouquin se tut, car une patrouille passait à proximité.

— Riurgën et son frère ne le permettront pas, répondit simplement Abralh.

Solinor grimaça.

— Ah ! Non ! Pas de ça !

— De quoi parles-tu ?

— De ce à quoi tu penses. Je te connais. Tu n'es pas du genre à accepter ton sort.

— Tout comme toi.

— Oui, mais…

Solinor dut se taire à cause d'un garde qui approchait.

Le rouquin calculait que si Abralh tentait de fuir, cette évasion pourrait avoir de graves répercussions sur la nouvelle vie qu'il voulait pour lui-même. Sachant qu'Abralh était l'ami de Solinor, le haut commandement pourrait décider de retirer au rouquin son travail d'apprenti et le priver de son salaire.

— Écoute, dit-il au mulâtre dont les mains serraient les barreaux de sa prison, laisse-moi réfléchir à un plan.

Son visage disparut de l'embrasure.

Abralh passa de longues semaines sans que le rouquin ou Hermanel ne reviennent lui rendre visite. Pour seule consolation, il voyait à l'aube, juste avant d'entrouvrir les yeux, la silhouette diaphane du vieil Estimène qui avait juré en mourant de ne pas l'abandonner.

— Aie confiance, murmurait le fantôme. Ta vie est ailleurs…

Parfois, Abralh rêvait de Solena. La fille riait, puis se pendait à son cou. Pourquoi la blonde enfant avait-elle dans ses rêveries de longs cheveux bruns, une bouche sensuelle et des yeux couleur de sable chaud?

Lorsque Solinor put remplir une bourse de pièces en argent avec, en prime, trois belles pièces en or, il sut qu'il atteindrait son but. Le jour des enchères approchait et la règle était claire pour tous. Les anciens esclaves choisis pour occuper des postes au sein de l'armée pouvaient, s'ils en avaient les moyens, acheter leur liberté… ou bien celle d'un proche!

Sa liberté, Solinor l'avait déjà rachetée le mois passé. Le métier de galvassier était très bien payé, car nulle bataille ne pouvait se remporter si les soldats allaient nu-pieds.

En quelques mois, Solinor avait affiné son œil pour étudier un pied et identifier ses défauts. Il savait en outre quel cuir correspondrait le mieux à tel ou tel type de pied. Ceux qui suaient le plus, ceux qui étaient déformés par quelques anciennes blessures ou par des malformations.

Les soldats l'appréciaient, de même que les officiers dont le confort passait en premier lieu par les pieds. De généreux pourboires avaient grossi sa bourse et son maître, magnanime, ne lui en prenait pas plus de la moitié.

Le jour de la vente arriva. Solinor se précipita dans le corral des esclaves. Pour cela, il prit soin de contourner le bâtiment des cellules.

Il remerciait mentalement Abralh de s'être tenu tranquille durant ces dernières semaines: le temps qu'il remplisse une seconde bourse de belles pièces sonnantes et trébuchantes…

L'hiver approchait. En se glissant dans le corral, il songea qu'il devrait aussi acheter une nouvelle cape. Il choisirait un tissu rouge ou bien jaune avec des dentelles. Oui, les dentelles l'attiraient assez.

Il eut une dernière pensée pour Abralh, puis il s'assit au milieu des autres affranchis qui venaient en ce lieu pour la même raison que lui. Peu après, les premières esclaves furent introduites par un affranchi.

Solinor n'avait pas oublié la prostituée du village de Néférorq. La jeune femme avait été séparée de ses trois enfants dès leur arrivée au camp de Bayût. Depuis, elle n'avait eu que peu de nouvelles d'eux et était affectée aux tâches ménagères les plus rebutantes.

Mais elle n'a pas été donnée aux marchands de Bayût…

Ce qui, pour Solinor, signifiait qu'elle s'était montrée rebelle et retorse. Il l'avait suivie de loin en loin. Il savait entre autres qu'un marchand avait exigé qu'elle lui soit remise. Il l'avait battue et, finalement, s'était lassé d'elle.

Trois femmes furent vendues au plus offrant avant que Valène n'apparaisse enfin.

Solinor ne s'expliquait pas pourquoi cette femme, qui l'avait pourtant humiliée, l'attirait. Était-ce son physique ? Elle était grande et bien faite, ce qui était un atout pour une prostituée. Ses cheveux couleur miel étaient soyeux – il avait pu brièvement s'en rendre compte ! Sa bouche en cœur était agréable à regarder et à embrasser, et ses dents étaient blanches, même s'il lui en manquait deux sur les côtés. Elle avait par contre des yeux bruns frondeurs et un front plissé qui révélait une forte personnalité. Elle n'était âgée que de vingt ans.

Le marchand arracha la chemise de la fille et lui tint fermement les bras derrière le dos pour que tous puissent admirer sa poitrine ferme et dénuée de toute cicatrice.

Solinor se rappelait également ses seins qu'il avait effleurés avec sa bouche juste avant que Valène ne le jette hors de sa couche.

Après y avoir bien réfléchi, le rouquin dut s'avouer que l'attirance qu'il avait pour cette femme ne venait pas uniquement de ses attraits physiques, ni d'ailleurs du fait qu'elle l'ait déjà rejeté.

C'était plus profond que ça.

Valène avait causé dernièrement tout un émoi en se battant contre une autre femme. Cela lui avait valu d'être attachée dans une fosse pendant trois jours et trois nuits sans eau ni nourriture.

Personne n'ayant envie de se retrouver au lit avec une telle furie capable de mutiler un homme durant son sommeil, ce fut une chance pour Solinor qui n'eut pas à débourser tout le contenu de sa bourse pour l'acheter. Il calcula qu'avec l'argent restant, il pourrait offrir à Valène une tunique neuve, une cape doublée pour l'hiver ainsi, bien sûr, que les merveilleuses galvas fourrées qu'il avait faites de ses mains à son intention.

Les femmes ne savaient jamais à qui cllcs avaient été vendues. Valène se demandait sûrement entre quelles mains elle était tombée…

Solinor ne savait pas comment il allait s'y prendre pour lui annoncer qu'il était désormais son maître. Son bas-ventre se tendit dans ses braies à cette seule idée. Il lui restait encore à leur trouver un endroit où vivre, pas très loin du camp.

Ce soir, songea-t-il avec délice, Valène sera enfin à moi.

LES SPECTRES DRESSÉS

La grande salle du trône bruissait de monde. Des quatre coins du vaste épisthodome montaient les effluves acidulés des *amangoyes* suspendues en bouquets dans des paniers en osier sur les colonnes de marbre. La pulpe de ces fruits typiquement goroméens éloignait les guêpes et les moustiques.

Assis sur son siège en or sculpté, l'empereur Sarcolem contemplait son parterre de ministres, de fonctionnaires et de courtisans qui l'acclamaient en ce jour de liesse.

Sa nouvelle femme, la fougueuse Arounda, était drapée dans un magnifique voile de lin blanc liseré d'or, et portait sur le front le *bourmouq* traditionnel. Son faciès non dénué de beauté était celui d'une guerrière. Princesse venue du royaume méridional de *Dvaronia*, son mariage avec l'empereur scellait une alliance qui permettrait aux deux pays de reprendre leur souffle et d'envisager une ère de paix.

Applaudissant à tout rompre, les membres de la cour ne voyaient, comme d'habitude, que la surface des choses. Ils ignoraient quels étaient les tourments intérieurs vécus par les futurs époux et se moquaient, par exemple, des sentiments éprouvés par cette princesse étrangère qui allait devoir partager la couche d'un homme plus âgé, qu'elle n'aimait pas.

L'empereur Sarcolem contemplait son nouveau joyau et ne doutait pas de pouvoir facilement plier cette jeune femme à sa volonté. Le fait que l'on racontât qu'Arounda était, chez elle, autant enviée des femmes que crainte par les hommes avec lesquels elle pouvait se montrer aussi cruelle qu'une tigresse ajoutait au plaisir anticipé du monarque. Habitué aux femmes dociles, il avait hâte de se retrouver seul avec elle…

Cette dernière pensée, ajoutée à l'image des courtisans massés devant le trône impérial, culmina en une douleur presque insupportable dans l'esprit de Solinor qui s'éveilla en sueur et le cœur battant.

Peu à peu, il oublia ce rêve fou et étrange, et se remémora plutôt les derniers événements.

La vente aux enchères. Valène. Son manteau de peau tout neuf. Les trois petites pièces que j'ai louées dans le quartier des artisans de Bayût…

Ce n'était pas la première fois qu'il rêvait de palais, de colonnes monumentales, de dorures et d'acclamations. Mais, en inspirant lentement, il recouvra vite son calme.

Par une trouée dans le mur de chaux vive scintillait la lune pleine et luminescente. Les veilleurs annonçaient la deuxième heure de la nuit. Pendant une ou deux secondes, Solinor ne sut pas s'il se trouvait à Goromée ou dans la cité nordique de Bayût. S'il était allongé auprès de Valène ou bien si son pied nu effleurait la chair tendre d'une autre jeune femme – celle, peut-être, sauvage et imprévisible, de son rêve.

Par l'embrasure de sa fenêtre lui apparaissait la silhouette des bâtiments officiels du gouvernement bayûléen. Sise sur une langue de terre enserrée entre les bras d'une même rivière, la cité de Bayût s'étalait sur le long et semblait à l'étroit à l'intérieur de ses murailles. Bâti sur une éminence, le château du seigneur de l'endroit dominait une multitude de petits immeubles construits les uns sur les autres et toujours prêts à s'écrouler. À l'extérieur des murs était installé le camp de l'armée goréenne, venue, « officiellement », afin de protéger le roi de Bayût contre les menaces de ses voisins de l'ouest qui voulaient lui ravir son trône.

Mais, Solinor le savait pour avoir entendu des officiers en parler entre eux, la vérité était que le roi de Bayût figurait au nombre des souverains de Vorénor qui cherchaient une alliance avec la Gorée.

Revenant à ses préoccupations du moment, Solinor essuya la sueur qui coulait de son front. Malgré le froid piquant de ce début d'hiver, il avait chaud.

Dans la pénombre, il sentait la présence de Valène. Ils n'avaient en tout échangé que quelques paroles. Et si le rouquin se questionnait encore sur les origines de son rêve de cette nuit, il préférait se rassurer en songeant au manteau acheté pour l'offrir à sa compagne.

L'étoffe était pliée sur le dos d'une chaise en osier, de même que la robe et les sous-vêtements de celle qui, après tout, lui appartenait !

Il n'osait cependant bouger un seul muscle de peur de toucher la cuisse ou le ventre de l'ancienne prostituée.

Gêné comme jamais auparavant et plus conscient des cicatrices qui ourlaient ses joues et déformaient son œil gauche, Solinor cherchait désespérément un moyen d'attirer l'attention de la jeune femme.

— Je connais des gens, à Bayût, dit-il finalement. À propos de tes enfants, eh bien…

Comment annoncer à la jeune mère qu'il y avait encore de l'espoir pour ses deux fils et sa petite fille enlevée en même temps qu'eux !

Un mouvement, sur la couche, lui révéla qu'il avait l'oreille de la femme.

— Je sais que… ça a dû être dur, pour toi…

Les mots venaient mal. Pis que tout, ils ne venaient pas comme il le souhaitait.

Il s'était imaginé offrant à Valène une nouvelle vie. Il avait dans l'idée de racheter également ses enfants et de former ensemble, pourquoi pas, une sorte de famille.

— Je ne suis pas…, reprit-il.

Pas quoi ? Valène se le demandait peut-être. Tout comme lui, d'ailleurs !

Solinor dressa mentalement la liste de ses défauts et de ses qualités. Le mot « traître » apparut en premier. Il songea en effet à Abralh qu'il avait abandonné à son sort. Mais il chassa cette pensée et se concentra plutôt sur le mot « générosité ». Car c'était faire preuve de générosité que de racheter celle qui l'avait rejeté, de la vêtir de neuf et de s'engager, comme il s'apprêtait à le faire, à lui rendre ses enfants.

Une impulsion venue de ce Solinor torturé qui souffrait et était jaloux du bonheur des autres le terrorisa. Il avait envie de toucher la jeune femme, de la caresser. Et, si besoin était, de l'attacher aux montants du lit pour abuser d'elle à sa guise.

Sa main glissa sous le drap. Il frôla l'aine chaude de la jeune femme.

Celle-ci se dressa soudain dans la pénombre. Un rayon de lune éclairait à moitié son visage et ses traits crispés. Un éclat de métal scintilla dans sa main. Solinor s'empara *in extremis* de la lame du sabrier.

— Espèce de porc! cracha-t-elle en essayant de le poignar-der. Tu ne me toucheras pas! Personne ne me touchera!

Un liquide chaud et huileux coulait de la paume de Solinor. Il grimaça de douleur en essuyant son propre sang.

— Je t'assure que je… plaida-t-il en tentant d'attraper ses poignets.

Valène leva son sabrier au-dessus de son visage. Ses yeux étincelaient de fureur.

— Mes enfants sont morts, laissa alors tomber la jeune femme d'une voix glaciale.

Puis, sans ajouter un mot, elle s'enfonça la lame dans le cœur.

Solinor resta hébété de longues minutes, frissonnant et transpirant malgré le froid, incapable du moindre geste.

Au même moment, Abralh vivait des heures presque aussi sombres. Plongé dans un demi-sommeil cataleptique, il ressentait aussi de la peur, de l'effroi même. Son cerveau embrumé cherchait la différence entre ses deux maux, si minime soit-elle. Et, en même temps, la voix du vieil Estimène murmurait à son oreille.

— Reste calme. Les murs d'une cellule et ceux d'une ville ne sont que des illusions. Les véritables barrières sont uniquement en toi. Décide de te libérer et tu seras libre.

Mais cela fait un an et demi que je suis enfermé! voulut s'écrier Abralh. De plus, qu'y a-t-il de plus réel qu'une paroi de pierre! Frapper les murs avec les poings ne sert à rien d'autre qu'à se blesser, et à dilapider, ainsi, le peu de forces qu'il me reste.

Si le fantôme entendit ses pensées, il ne répondit rien.

Hermanel était prompt, lui aussi, à parler philosophie. Qu'avaient-ils, tous les deux, à vouloir lui faire croire qu'il n'y avait de chaînes que dans sa tête et que les murs de sa prison n'étaient que des illusions !

Aussi vives qu'elles lui étaient venues, les images d'un prince enfermé dans une cellule se dissipèrent. L'impression d'étouffer, celle d'être enseveli vivant et celle, plus dérangeante encore, de souffrir d'une grave blessure au cou s'estompèrent également.

Il recouvra l'usage de ses muscles. Une lune opaline éclairait la nuit. Le camp était assoupi.

Abralh songeait aux jumeaux. Leurs visages, si identiques, si ce n'était de leur pilosité, le hantaient. Pourquoi ces deux guerriers ainsi que le grand légide les avait-ils espionnés, Solena et lui, durant leur périple jusqu'à Éliandros ? Et pourquoi tenaient-ils tant à s'emparer d'eux ?

À plusieurs reprises, l'envie lui avait pris de forcer les jumeaux à le mener devant Farouk Durbeen. Abralh aurait su les faire parler. Il aurait ainsi découvert pourquoi il semblait avoir de la valeur à leurs yeux.

Il s'était ouvert de ce projet à Hermanel qui, pratique avant tout, avait modéré ses ardeurs.

« Durbeen est un homme fourbe et cruel, lui avait-il assuré. Il feint d'observer les dogmes du Torancisme dont il est le représentant officiel. Mais je sais que les cellules de son palais regorgent de prisonniers politiques. De plus, certains de ses ennemis le soupçonnent de pratiquer la cristalomancie morphique. »

Contrairement à ce que croyait Estimène, Abralh ne restait pas les bras croisés à attendre que les jumeaux le conduisent devant le grand légide.

Il sortit de sous son matelas la lime qu'il avait demandée à Hermanel et que celui-ci avait fini, après des jours d'hésitations, par lui amener.

Avec des gestes appliqués, le jeune Baïban reprit son ouvrage. Cela faisait des semaines qu'il limait chaque nuit la base du barreau qui lui paraissait le plus fragile. L'avant-veille, il l'avait enfin senti venir dans sa main.

Il ignorait quelles étaient ses chances de sortir du camp vivant, et ne voulait pas s'encombrer l'esprit avec des angoisses supplémentaires. Cela faisait des mois qu'il était retenu prisonnier. Ses plaies étaient complètement cicatrisées et il consacrait chaque jour plusieurs heures à pratiquer des exercices d'assouplissement, des techniques de respirations, des mouvements de jambes et de bras, et qu'il réchauffait ses articulations.

Ce soir était le soir idéal. Il ne neigeait pas encore, un contingent de nouvelles troupes venait d'arriver de Gorée. Les soldats qui connaissaient Bayût et ses environs étaient repartis. Et, par-dessus tout, les officiers, dont Riurgën et son frère Thorgën, fêtaient dans le palais du grand légide des retrouvailles avec certains de leurs camarades venus de l'empire.

Le barreau tomba dans sa main. Abralh se glissa hors de sa cellule et se dirigea de mémoire dans le camp.

Il atteignit l'endroit que lui avait décrit Hermanel et y trouva les vêtements et le glaive promis par le médecin.

Lorsqu'il laça le nœud de sa ceinture et qu'il effleura le fourreau de son arme, il se sentit de nouveau un homme libre.

Un bruit suspect le fit sursauter. Une silhouette courbée en deux avançait dans sa direction…

Abralh leva sa lame.

— Non !

Le mulâtre reconnut la voix d'Hermanel.

— Fou que tu es ! glapit-il. J'ai failli t'égorger !

— Chut…

Abralh vit que le médecin était vêtu d'une peau d'ours et qu'il portait un gros sac de daim en bandoulière.

— Je viens avec toi, décida-t-il.

Une patrouille composée de trois soldats passa près d'eux. Caché derrière une mangeoire destinée aux cochons, Abralh n'avait aucune envie de s'adjoindre un équipier.

— Tu n'as aucune chance de survivre, murmura-t-il. Si tu es pris… Et puis, je ne sais pas où aller, je n'ai nulle provision et les portes du camp sont fermées.

— Bref, tu es aussi fou et imprévoyant que d'habitude !

Les deux hommes se retournèrent en entendant cette troisième voix surgie de la pénombre.

— Toi ! s'écria Abralh, à la fois ravi et secrètement contrarié.

— Moi ! répliqua Solinor sur le même ton.

Le rouquin leur tendit deux paires de galvas neuves et ajouta en feignant d'ignorer le chirurgien :

— Je me doutais bien que tu préparais quelque chose…

Gêné ou bien intimidé par la présence de Solinor – présence qui lui apparaissait hautement suspecte –, Hermanel ouvrit son sac et en tira une carcasse de lapin séchée.

— J'en ai d'autres dans mon manteau.

Ils s'entreregardèrent. Lorsque Solinor exhiba la clef qui ouvrait la porte du camp, ils hochèrent la tête. Après tout, que risquaient-ils, à part leur vie ?

Solinor affirma connaître un passeur qui leur ferait traverser le bras d'eau pour une piécette d'argent chacun.

Ils gagnèrent une artère achalandée, le jour, par les caravanes amenant à Bayût les soieries, les épices, le sel et les onguents en provenance de l'Empire de Gorée – le prix, aux yeux des opposants du seigneur des lieux, de son adhésion à la Gorée.

Les kénoabs gris, dont la floraison est la plus tardive des arbres de cette espèce, étaient en fleurs. Une brise glacée arrachait des branches leurs pétales bleus et mauves, et le ciel déjà noir en paraissait encore assombri. Abralh sentait les corolles duveteuses effleurer son visage.

— Alors? interrogea-t-il.

Solinor émergea de ses pensées et répondit qu'ils ne craignaient rien. Les postes de garde étaient vides et le rivage, où était amarrée la barge qui les ferait traverser, situé à seulement une verste de distance.

Soudain, alors même qu'Abralh ressassait dans sa tête le projet fou de se présenter au palais de Durbeen, des gémissements déchirèrent la nuit.

— Oh! s'exclama le jeune mulâtre en distinguant, dans la pénombre et la pluie de pétales parfumés, une multitude de poteaux plantés dans le sol, le long de la route déserte.

— Qu'est-ce? demanda-t-il à mi-voix en posant une main sur le premier poteau.

Il la retira aussitôt, les doigts pleins de sang. Il leva les yeux, étouffa un cri d'horreur.

Un corps était ligoté à une dizaine de mètres du sol. Sur chaque épieu souffraient des suppliciés. Certains étaient encore en vie. D'autres, victimes de la faim, de la soif et des corbeaux, n'étaient déjà plus que des squelettes.

— Farouk Durbeen a convaincu le seigneur de Bayût que ces hommes étaient ses ennemis, expliqua Hermanel. En vérité, ils n'étaient que des nobles de la cité et leur seul crime a été de ne pas vouloir renier leur foi dans les préceptes de vie tels qu'enseignés par les Fervents du Feu bleu.

Lorsqu'ils atteignirent enfin la rive, Solinor réveilla le passeur assoupi contre son embarcation. Du camp goréen s'élevaient des cris d'indignation. Des ordres fusaient de toutes parts.

— Ils ont découvert ta fuite, Abralh ! dit le rouquin. Il faut traverser, et vite !

LE CONVOI

Ils rallièrent l'autre rive sans encombre. Mais, presque aussitôt, ils entendirent les aboiements des chiens.

Abralh dégaina son épée et regretta de ne pas tenir le kaïbo offert par Solena et que Riurgën lui avait confisqué.

— Nous aurions dû nous tremper dans la rivière avant d'accoster, haleta Hermanel.

Le jeune mulâtre craignait que le médecin ne puisse tenir le coup. Solinor, qui n'avait toujours pas desserré les dents depuis leurs surprenantes retrouvailles, les poussait à courir toujours plus vite.

— Ça ne sert à rien de se plaindre, dit-il. Il faut continuer d'avancer jusqu'au prochain point d'eau.

Abralh imaginait leurs geôliers et les chiens de chasse. Sans doute ces derniers se guidaient-ils grâce à quelques haillons abandonnés dans sa cellule !

Les aboiements se rapprochaient. Le sol était semé de racines noueuses. Le jour tardait à se lever et tous les buissons se ressemblaient.

— Tu es sûr qu'il y a un autre point d'eau de ce côté ?

Abralh dévisagea Solinor et comprit que le rouquin n'en savait trop rien. Le galop sourd de plusieurs destriers résonnait dans la forêt. Abralh colla son oreille contre le sol.

— Ils sont quatre.

— Avec plusieurs chiens féroces qui les précèdent, ajouta Hermanel en reprenant son souffle.

Le chirurgien connaissait bien les chiens utilisés par les soldats, car il en avait soigné plusieurs. Ils étaient gros, féroces, rapides et entraînés pour saisir leurs proies à la gorge.

— Trouvons une clairière ! décida Abralh en soutenant le médecin par un coude.

Solinor marmonna qu'il leur fallait au contraire s'enfoncer plus profondément dans le bois.

Le raisonnement du rouquin se tenait. Embusqués, ils auraient plus de chance d'abattre les cavaliers un à un. Hélas, la présence des chiens changeait la donne.

Un jappement guttural fendit l'air. Abralh indiqua les fourrés du doigt.

— Débarrassons-nous d'abord d'eux !

Parvenu à une clairière, il tendit sa lame et se campa sur ses jambes.

— Allez devant. Je vous rejoins !

Il nota que Solinor s'enfuyait sans égard pour Hermanel à bout de force, qui resta près d'Abralh.

Le mulâtre égorgea le premier chien du tranchant de son épée.

Attentif au moindre son, le jeune noir attendit le prochain assaut…

Deux autres chiens jaillirent en même temps du fourré. Abralh dévia l'attaque du premier, mais fut renversé par son poids. Il ressentit une douleur aiguë à la jambe droite lorsque le deuxième molosse y referma ses crocs. Du pommeau de son glaive, il fractura le crâne de la bête.

L'animal qui l'avait manqué lui sauta dessus. Arc-bouté, Abralh le saisit à la gorge et lui ouvrit la jugulaire.

Il entendait le piétinement des chevaux. Les soldats rappelaient leurs bêtes. Hermanel s'approcha et examina sa blessure.

— Je vais te faire un pansement.

Il fouilla dans sa besace, mais Abralh lui ordonna de rejoindre Solinor.

Un cavalier sortit du sous-bois. Aussi menaçant qu'un spectre, il portait un capuchon et un manteau de peau sur sa cotte de mailles. Abralh reconnut le kaïbo étincelant.

— Riurgën !

Au bruit que faisaient les autres soldats en se taillant un chemin dans le sous-bois à coup d'épée, ses chances de vaincre étaient minces. Pourtant, Abralh était persuadé de pouvoir désarçonner le guerrier et se hisser sur l'encolure de son destrier.

Riurgën exultait. L'heure était venue de donner une bonne leçon à cet esclave prétentieux.

Il brandit le kaïbo… Puis, soudain, il hurla de frayeur.

Le moustachu écarquillait les yeux en fixant un point devant lui, par-dessus l'épaule de son adversaire. Il ouvrit la bouche et cria de nouveau. Forçant son cheval à se cabrer, comme s'il voulait se protéger d'une menace invisible, il tomba lourdement au sol.

À moitié assommé, il sentit peser sur sa gorge la pointe du kaïbo récupéré par Abralh.

Le jeune mulâtre pouvait à l'instant lui trancher la carotide.

Au lieu de cela, il récupéra le cheval, agrippa Hermanel au passage et partit au galop. Entre les branches d'un kénoab gris se tenait la silhouette fantomatique d'une jeune fille blonde qui lui souriait.

Quelques instants plus tard, Thorgën arriva sur les lieux. Il mit pied-à-terre et courut vers son frère recroquevillé sur lui-même.

— Tu les as laissés s'enfuir ! s'emporta le barbu.

Riurgën saisit le poignet de son jumeau. Ses yeux étaient toujours écarquillés, ses lèvres blêmes.

— Le monstre… bredouilla-t-il.

Tandis que les hommes découvraient leurs chiens égorgés, Thorgën tentait de comprendre les paroles de son frère. En entendant les mots «loup géant», il crut que Riurgën avait été victime d'une hallucination.

À moins, se dit-il, qu'il ne s'agisse d'un ensorcellement…

Leurs soldats remontaient la piste des fuyards. Dix minutes plus tard, n'entendant plus aucun bruit dans la forêt, ils se dévisagèrent, la mine sombre.

— Durbeen sera furieux, laissa tomber Riurgën en claquant des dents.

Après avoir retrouvé Solinor qui les attendait non loin de la clairière, Abralh et Hermanel se débarrassèrent de leurs poursuivants et trouvèrent finalement le point d'eau dont leur avait parlé le rouquin.

Ils se trempèrent dans l'étang et frottèrent vigoureusement leurs vêtements au cas où d'autres chiens seraient lancés à leurs trousses. Blessé lors du combat entre Abralh et Riurgën, le cheval dut, hélas ! être abattu.

Ce n'est qu'à la tombée du jour qu'ils tombèrent sur un convoi de réfugiés.

Hermanel loua pour quelques pièces de bronze le droit de monter dans une carriole tirée par deux hongres gris poussifs.

Abralh avait perdu beaucoup de sang. Ses compagnons l'étendirent sur une couverture aux côtés d'un vieil homme au regard vitreux. Deux autres personnes s'entassaient dans la charrette au milieu de meubles et de sacs de toile contenant sans doute tout ce qu'il leur restait d'effets personnels.

Ils gémissaient au moindre cahot. Parfois, ils frissonnaient ou toussaient. Jamais ils ne parlaient.

Tandis que, penché sur l'essieu, Solinor considérait la file de carrioles et d'indigents qui s'étirait sur plusieurs kilomètres, Hermanel donnait à boire aux malades.

Un jeune garçon expliqua au médecin que des soldats goréens étaient venus dans leur village. Après avoir exécuté le moine-servant du Feu bleu, ils avaient incendié les chaumières. Jetés sur les routes, les survivants avaient croisé d'autres malheureux. En vue de la cité de Bayût, on leur avait refusé l'entrée. Ils cheminaient depuis dans l'espoir d'atteindre Berghoria, la capitale du haut souverain.

Hermanel calcula que la route, surtout à ce rythme-là, prendrait encore plusieurs semaines s'ils n'étaient pas attaqués par des brigands. Mais ne voulant pas alarmer Solinor qui gardait la mine basse, il se tut.

Le rouquin vint s'asseoir près de lui et mâcha sans enthousiasme la viande salée que le médecin distribuait également aux hommes malades et au garçon.

Personne ne vint les trouver; ne serait-ce pour leur demander qui ils étaient et ce qu'ils faisaient dans le convoi.

Solinor décréta d'un ton morne :

— C'est chacun pour soi. Je ne donne pas cher de ces gens-là. Dès que l'eau manquera, ils s'entretueront. Nous devrions aller de notre côté.

Pour une fois, Hermanel dut admettre que ce rouquin antipathique avait raison. Cependant, il montra Abralh qui avait sombré dans un sommeil agité, et dit :

— Il est trop faible pour marcher. Mieux vaut attendre qu'il ait recouvré des forces.

Il alluma un feu dans un creuset en étain avec de l'huile et une mèche, et fit bouillir un peu d'eau. Il y trempa un linge propre sorti de sa besace, ôta le bandage de fortune qu'il avait noué autour de la jambe d'Abralh et nettoya la plaie.

La nuit tombait. Les cahots réguliers les faisaient sommeiller.

Soudain, Solinor secoua le chirurgien.

— Réveille-toi !

Le visage du rouquin était tendu.

— Nous devons partir.

Hermanel tendit l'oreille. De partout dans le convoi montaient des cris et des hurlements.

— Les vivres commencent à manquer, dit Solinor. Les plus forts veulent survivre.

Mais ce n'était pas ce qui l'inquiétait le plus. Dans la carriole, le garçon pleurnichait.

— Son père est mort, expliqua le rouquin en montrant le cadavre de l'homme.

Il jucha Abralh sur ses épaules et sauta de la carriole.

Pris d'un doute, Hermanel inspecta la gorge du cadavre. La peau était livide et desséchée. Le médecin déchira le tissu de la chemise du mort et observa les ganglions mauves, noirs et purulents qui déformaient ses aisselles.

Il étouffa un cri d'horreur, tendit les bras vers le jeune garçon :

— Viens !

Mais celui-ci se pelotonna contre le cadavre.

Comprenant qu'il était perdu, Hermanel rejoignit le rouquin.

Devait-il lui dire que la peste infectait le convoi ?

Solinor coupa par le bois. Hermanel y perdit rapidement le souffle. Il toussa, mit sa main sur sa bouche… et réalisa toute l'horreur de son geste.

Pour sa part, Solinor ne songeait qu'aux derniers moments de Valène.

Lui avait-elle crié: «Tu es laid! Je te maudis! Je te déteste!»

Peu importait. Sa froideur, son mutisme et son air dégoûté avaient crié haut et fort qu'elle le méprisait.

Solinor repassait chaque seconde du drame dans sa tête. Aurait-il pu la sauver? Avait-il commis une erreur?

Au bout de quelques heures, il s'affaiblit et demanda l'aide d'Hermanel. Mais celui-ci refusa catégoriquement.

— Je ne peux pas, avoua-t-il en s'étranglant dans une nouvelle quinte de toux.

Le rouquin prit enfin conscience du danger. Le mot «peste» flotta devant ses yeux et lui donna des sueurs froides. Il revit les cadavres empilés le long de la route qu'ils avaient suivie, les hommes qui les brûlaient.

Puis, à bout de force, il s'écroula sur le sol.

LE CRISTAL BLANC

L
a nuit était froide et coupante. Pourtant, Abralh ne s'en préoccupait pas. Il marchait. De cela, il était à peu près sûr. Le reste : la campagne mouvante et grise, et les deux hommes qui avançaient à ses côtés, était une surprise pour lui, tant sa fatigue s'était évanouie et ses facultés intellectuelles étrangement aiguisées.

Le vieil Estimène avançait sur sa gauche tandis qu'Hermanel discourait sur sa droite. De temps en temps, le fantôme hochait la tête. Souvent il grimaçait, car il trouvait les propos du médecin « dissonants ».

Abralh restait silencieux. À un moment, pourtant, il s'étonna :

— Je ne te savais pas si impliqué dans cette… religion, Hermanel !

Depuis son enfance, le jeune mulâtre avait vu bien des hommes et des femmes souffrir à cause de ce simple mot.

— Les concepts de religion, de philosophie ou simplement les préceptes de vie ou de vérité, précisa Estimène, ne devraient pas être imposés aux gens, mais librement choisis par chacun d'eux.

Hermanel écarquilla les yeux.

— Je crains, hélas, que les hommes ne soient pas assez grands, d'âme et de cœur, pour choisir de vivre en paix les uns avec les autres. Ils ont besoin d'être guidés et encadrés.

Estimène sourit finement tout en caressant les anciennes blessures qui rougissaient toujours sa tunique.

— Ne sous-estime pas l'humain, Hermanel. Les puissants aiment considérer l'homme du peuple comme un enfant. Ainsi, ils peuvent le prendre par la main et le conduire où ils veulent.

Abralh réalisa tout à coup que les deux hommes n'avaient pas été présentés. Il s'empressa de corriger cet oubli, un peu gêné tout de même d'appeler par son prénom celui qui avait été le grand pontife des Fervents du Feu bleu.

Hermanel partit dans une nouvelle discussion philosophique et insinua que les Fervents faisaient de l'ombre au Torancisme officiel. Qu'ils scindaient en quelque sorte les âmes et les cœurs en deux religions cousines, mais, hélas! opposées l'une à l'autre. Ce qui favorisait chez certains peuples le retour aux anciennes croyances païennes

— Crois-tu, Hermanel, répondit doucement Estimène, que l'homme est plus heureux depuis qu'il a transformé l'âme de la Terre, qui est notre mère à tous, en un dieu mâle au visage de sage?

Abralh commençait à trouver le discours de ses compagnons pompeux et ennuyeux. Déçu, il se concentra sur ce qui se passait autour d'eux.

Quelle ne fut pas sa surprise en voyant se dessiner la silhouette de Solinor qui peinait à porter un corps sur ses épaules!

Estimène perçut l'étonnement de son jeune ami et s'excusa auprès de Hermanel, coupé en pleine envolée philosophique.

— Sais-tu qui il transporte ainsi? demanda le fantôme.

Abralh s'approcha plus près du rouquin.

— Mais… c'est moi! s'écria-t-il, incrédule.

Abralh comprit enfin qu'il était en train de rêver.

— Le Torancisme est à mon sens la voie la plus salutaire pour l'homme, disait Hermanel. Cette foi m'a soutenu lorsque j'ai appris la mort de toute ma famille. Savoir mes parents vivants auprès du Messager Torance dans son monde de lumière m'aide énormément à supporter la vie.

Estimène tapota l'épaule du médecin.

— La vie, mon bon ami, n'a nul besoin d'être «supportée». Chacun de ses instants doit être vécu pleinement, car l'âme est en voyage d'études, sur Terre, dans le corps de chair.

Voyant que ces deux-là étaient prêts à repartir dans une discussion purement théologique, Abralh fit remarquer que Solinor avait l'air triste.

— Il ne vous en a rien dit, mais la femme qu'il avait choisi d'aimer l'a repoussé, expliqua Estimène. «Qu'ai-je qui ne va pas?» Cette question le hante. Il en rejette la faute sur les cicatrices de son visage. Mais son âme porte elle aussi des cicatrices! Et on connaît toujours mieux qu'on le croit les gens croisés dans nos vies.

Devant eux, Solinor ne marchait plus, mais s'était tout bonnement écroulé de fatigue. La nuit s'éclaircissait peu à peu. Le jour commençait à poindre.

Abralh vit alors une jeune femme penchée sur son propre corps. À cause des nappes de brume qui montaient du sol, il ne pouvait voir son visage et ne distinguait que sa silhouette et ses mains.

— Que fait-elle?

Les deux autres s'abstinrent de répondre, car il était évident que la fille le déshabillait et lavait ses joues, sa gorge, son torse, ses bras, son ventre.

Lorsqu'elle sortit de son sac en bandoulière un éclat de cristal blanc qu'elle posa sur son front, le mulâtre murmura d'instinct un prénom.

— Solena…

Était-il possible que l'élève Fervente soit venue jusqu'ici en rêve pour le soigner ?

— Il est un fait certain, Abralh, dit Estimène : tu connais cette personne comme elle te connaît. Tu as choisi ta propre route en refusant d'entrer comme novice au temple-école d'Éliandros. Et cette âme fait partie de cette route.

La jeune femme entonnait un chant à une seule note. Le cristal blanc luisait tel un diamant.

— Il absorbe le mal qui est en toi, poursuivit Estimène. Les cristaux, vois-tu, portent en eux la synthèse de l'âme de Gaïa. Ils sont en résonnance avec nous.

Hermanel soupira en entendant le mot « Gaïa » et le remplaça aussitôt par celui de « Gaïos ». Il parla du Fils sacrifié, Torance, et de sa résurrection pour le Salut et la Gloire de tous les hommes. Là était, pour le médecin, l'espoir des hommes alors que la foi en un caillou, si beau soit-il, n'était à ses yeux que pure superstition.

Estimène, pas fâché pour si peu, répondit doucement que les superstitions des uns étaient les élixirs de santé des autres, et que le résultat seul devait importer.

— Et le résultat, ajouta le fantôme, c'est que…

Abralh se rapprocha de la fille pour entendre les mots que lui-même prononçait pendant son délire.

— La pierre, disait-il, est le trésor. Elle est bleue, veinée de noir. Elle possède de grands pouvoirs. Je dois la retrouver à tout prix. La vie de milliers d'hommes en dépend. Le destin d'une femme exceptionnelle y est rattaché.

Estimène hochait la tête, l'air de dire que c'était bien vrai.

Au même moment, l'« Abralh qui rêvait » disparut comme poussière au soleil, tandis que l'« Abralh de chair et de sang » s'éveillait. Sa bouche était si sèche qu'elle lui semblait faite de roches brûlantes.

— Attends, dit la fille…

Elle souleva sa nuque et plaça le goulot d'une vessie en peau de chèvre contre ses lèvres. Une eau tiédasse coula dans sa gorge.

Elle caressa une de ses mèches bouclées et sourit.

Alors seulement Abralh sut que cette fille n'était pas Solena. Ses yeux étaient noirs, fascinants de mystère et effilés sur ses tempes. Sa peau tirait sur le jaune. Ses pommettes étaient hautes et ses cheveux aussi sombres que des ailes de corbeau. Sa bouche, plus que le reste peut-être, donna un choc au jeune homme. Un souvenir puissant émergea d'un passé lointain. Une furieuse envie de l'embrasser le prit au corps.

La fille lut ce désir en lui et sourit davantage. Puis elle se pencha jusqu'à le frôler.

— Je me nomme Keïra, dit-elle. Et toi?

Solinor s'éveillait à son tour. La fille ne répondit à aucune de ses questions – il voulait savoir qui elle était, d'où elle venait, où ils étaient.

Elle aida Abralh à se relever.

— Tu vas te sentir désorienté. C'est normal.

Elle fit sauter son cristal blanc dans sa main et ajouta:

— Cet éclat de *goromite blanc* t'a sauvé la vie.

Elle portait une cape de laine brute sur une tunique en daim, des bottes fourrées et une ceinture dont la boucle était en bois sculpté. À sa taille pendait un petit sac de cuir. Comme Abralh le contemplait, elle déclara que ce sac contenait des cristaux de toutes les couleurs. Elle y rangea d'ailleurs son cristal de guérison, qu'elle glissa au préalable dans une gaine de velours noir.

— Tu es une sorcière ?

— Une Hurelle, précisa la fille, sans gêne.

Elle ajouta, sans s'être un seul instant intéressée à Solinor, que les alentours n'étaient pas sûrs. Que des réfugiés fouillaient la forêt et les collines à la recherche d'eau ou de nourriture.

— Il faut partir.

Elle ramassa son sac, puis planta ses yeux dans ceux d'Abralh. Solinor les observa l'un et l'autre en silence. Le long regard qu'ils échangèrent l'agaça. Et quand la fille évoqua la pierre précieuse qu'ils cherchaient, il eut carrément un mauvais pressentiment.

— J'ai entendu parler d'une pierre comme celle que tu évoquais pendant ta fièvre, dit-elle.

Elle posa sa botte sur la nuque d'un cadavre allongé face contre terre.

— Celui-là était déjà mort quand je vous ai trouvés.

— Hermanel ! s'étrangla Abralh.

Il voulut s'agenouiller près de son ami, mais Keïra était pressée.

— Il faut partir.

— Mais nous devons l'enterrer !

— À ta guise, mais moi, je pars.

Solinor, qui pourtant n'avait pas aimé le médecin, fut encore plus irrité de voir son ami obéir au caprice de cette belle fille inconnue.

Ce même jour, alors que le soleil était déjà haut dans le ciel, des cavaliers goréens atteignirent la crête de la colline. Riurgën mit pied-à-terre et retourna le cadavre d'Hermanel du bout de sa galva.

— Ils sont passés par là, laissa-t-il tomber.

Sous l'œil étonné de son jumeau, il fouilla les herbes autour du corps.

— Ah! s'écria-t-il en ramassant ce qui ressemblait à un caillou.

Il le montra à son frère.

— C'est une *citrine*.

Thorgën fronça le nez: il n'aimait pas quand son jumeau le narguait ainsi avec des connaissances que lui ne possédait pas. S'il avait pu s'emparer du petit cristal mordoré et le jeter, il l'aurait fait. Au lieu de cela, il serra les dents et vit son frère poser l'éclat de roche sur son front, fermer les yeux et se concentrer.

— Oui, ils sont passés par là, confirma-t-il. Abralh a été soigné, ici. Il est en vie. Tant mieux.

Il resta quelques secondes à marmonner comme un vieux magicien, assura qu'il savait où ils allaient. Un spasme de colère déformait pourtant son visage. Qu'avait-il bien pu lire, dans ce cristal, qui le contrariait à se point?

Il ajouta que l'esclave noir était à eux et à personne d'autre.

— Nous le rattraperons bientôt, promit-il. Et maître Durbeen sera content de moi.

Ce «moi» impérieux irrita Thorgën, car cette affirmation grandissait son jumeau aux yeux des soldats qui les accompagnaient. Et c'était une façon supplémentaire, pour Riurgën, de montrer qu'il lui était supérieur.

Le moustachu remonta sur son nouveau cheval et ordonna de poursuivre les recherches.

Thorgën ne broncha pas davantage quand son frère rangea précautionneusement le cristal mordoré dans la bourse suspendue à son cou, avant d'ordonner:

— En route!

Riurgën savait cependant que s'il ne ramenait pas rapidement Abralh pieds et poings liés à Bayût, il devrait retourner à Éliandros pour y capturer Solena.

LA CITADELLE DE MIÜR

S olinor trempa ses mains dans l'eau et se lava le visage. L'aube se levait péniblement après une nuit glacée. Le paysage, découpé par des lacs, des forêts de conifères noirs et des collines escarpées était grandiose. Mais le jeune rouquin était à la fois trop affamé et trop fatigué pour en profiter. Le reflet de sa figure dans l'eau l'effraya.

Trois années s'étaient écoulées depuis leur fuite du camp militaire de Bayût et la mort d'Hermanel. Tout ce temps perdu à vivre dans des hameaux, à se fondre dans la population des cités ou à se terrer dans des grottes pour échapper aux jumeaux avait-il volé sa force et sa jeunesse?

Pas étonnant, songea-t-il, que Keïra préfère s'éloigner du campement pour faire ses ablutions matinales.

La nuit de leur rencontre, Keïra avait prétendu savoir où trouver la pierre bleue qu'ils recherchaient. Mais au fil des mois, pourchassés, forcés de se cacher et de travailler pour survivre, ils en avaient oublié jusqu'à son existence. Ce n'est que dernièrement que la fille en avait reparlé. D'après elle, la pierre les attendait au pays de Miür…

Les mains dans l'eau glacée, Solinor laissa le froid et les souvenirs l'envahir. Souvent, au début tout du moins, il avait dû reprendre son métier de galvassier pour payer leur logis et leur nourriture. Puis Abralh s'était lancé à la recherche de petits emplois, dont un – cela fit sourire le rouquin – d'apprenti cuisinier dans une gargote malfamée où à cause de la couleur de sa peau on le sous-payait, quand on le payait ! Pour sa part, Keïra s'employait à concocter des potions pour soulager les indigestions, les maux de tête, la stérilité des femmes et l'impuissance des hommes, et les douleurs en général.

Mais travailler et fuir, se cacher, travailler encore et oublier ses rêves de fortune n'avait pas été le plus difficile pour Solinor…

Il se trempa la tête au complet dans l'eau et retint un désagréable frisson. Il cligna des paupières, embrassa enfin le paysage du regard et sourit.

Après tout ce temps, finalement, ils approchaient enfin de leur but.

En chemin, ils avaient assisté à de nombreuses attaques ou escarmouches menées par l'armée goréenne. Villages ravagés, temples des Fervents du Feu bleu démantelés, hommes et femmes torturés attachés à des poteaux.

Abralh demandait parfois, au coin d'un feu ou bien terrés dans une grotte, pourquoi les hommes tiraient gloire et plaisir à écraser leurs semblables. Solinor gardait le silence. Mais Keïra, toujours aussi vive de corps que d'esprit, se lançait dans de longues discussions qui mélangeaient sans distinction la philosophie et la stratégie militaire. N'était-elle qu'une apprentie guérisseuse jetée sur les routes par la guerre ?

Solinor en avait plus d'une fois douté.

Il urina contre un arbre. Les matins, dans ces forêts nordiques, vibraient d'un silence mystique quasi cristallin qui, tour à tour, l'apaisait et l'inquiétait.

Au fil de ces années écoulées, ils avaient été pourchassés et rattrapés à plusieurs reprises. La liberté, ils la devaient avant tout à leur instinct de survie. Malgré cela, des questions hantaient souvent le rouquin.

C'est toujours quand on croyait être enfin à l'abri, dans une ville ou dans un village, que Riurgën et Thorgën nous tombaient dessus à l'improviste...

Keïra n'était-elle, comme eux, qu'une rescapée? se demanda-t-il encore.

« Les Hurelles connaissent l'envers des choses mieux que les hommes du commun », répondait la jeune femme quand Solinor osait lui poser la question.

Le rouquin songeait justement à toutes ces occasions où ils avaient failli retomber entre les griffes des jumeaux quand, de retour au campement pour faire réchauffer leur bouillon de la veille, il surprit Keïra en train de manipuler un éclat de cristal ambré.

Pour quelle raison n'alla-t-il pas lui demander ce qu'elle faisait, accroupie et la nuque penchée vers l'arrière, son cristal posé sur le front et marmonnant des sons d'une voix grave?

Il se cacha plutôt derrière un massif d'épineux et observa le manège de cette jeune femme qui paraissait avoir maintenant vingt ans, mais qui faisait preuve de trop de talent et d'expérience pour n'être pas en vérité plus âgée. Sa transe était profonde. Et, entre ses soliloques, le jeune homme croyait entendre des mots, malheureusement incompréhensibles. Se parlait-elle ou bien s'adressait-elle à une présence invisible?

Quelque peu réchauffé par sa promenade matinale, il admira une fois encore les courbes de la guérisseuse. Son visage en triangle, ses traits exotiques et ses yeux en amande exerçaient sur lui la plus étrange des attirances. Mais, comme il l'avait avoué un jour à Abralh, c'était la bouche des femmes qui le fascinait le plus. Le mulâtre riait quand Solinor prétendait que les bouches des femmes parlaient au cœur et au corps des hommes plus encore que leurs yeux.

Dans sa transe, Keïra ouvrait et fermait les poings. De temps en temps, un pli sévère barrait son front sur lequel scintillait l'éclat de cristal. Ce spectacle émouvait Solinor sans qu'il en sache la raison.

Sa gorge était desséchée autant par la peur que par l'excitation. Le soleil se levait au-dessus des frondaisons et découpait la silhouette de la fille. Le rouquin voyait se dessiner la forme de ses seins nus sous l'étoffe de coton.

Pourquoi, après tout ce temps passé ensemble, n'y avait-il jamais rien eu entre eux?

Après une année de repli sur lui-même à cause du suicide de Valène, Solinor avait entrepris la conquête de plusieurs jeunes femmes. Mais ses tentatives s'étaient toutes soldées par de cuisants échecs.

«Je suis maudit, se plaignait souvent le rouquin, les larmes aux yeux. Elles me haïssent toutes.»

Abralh n'en croyait rien. C'était son approche qui n'était pas la bonne. Son attitude.

Solinor n'avait jamais osé s'en prendre directement à Keïra. Pourtant, ils étaient si proches qu'une aventure avec elle le tentait depuis longtemps.

Il jeta un regard vers le bois où ils avaient attaché leurs chevaux, un autre dans la direction qu'avait prise Abralh quelques minutes plus tôt.

Il avait suivi depuis le premier jour la danse de séduction que Keïra avait entreprise auprès d'Abralh. Pour quelle raison le mulâtre, après tout ce temps et les efforts répétés de la fille, n'avait-il pas encore succombé? C'était incompréhensible et, pour Solinor, carrément contre-nature. Mais puisque son ami ne répondait pas aux avances de Keïra, le rouquin ne voyait pas pourquoi il ne profiterait pas du tempérament fougueux de la fille.

Une branche craqua sous son pied. Keïra battit des paupières comme pour sortir de sa torpeur. Elle tenta de se relever. Solinor la prit dans ses bras, la renversa au sol et chercha sa bouche.

Il souleva sa tunique, chercha l'aine tendre et chaude, pesa sur ses genoux pour écarter ses jambes.

Soudain, la pointe d'un sabrier lui piqua la gorge.

— Je me disais bien que tu t'essaierais un jour. Recule, espèce de porc!

Solinor pensa qu'Abralh avait surgi. Mais cette voix grave était bel et bien celle de Keïra.

La jeune femme dévisagea froidement le rouquin pendant qu'il remontait ses braies. Ce laideron avait interrompu sa transe, et ce contretemps l'irritait au plus haut point.

Heureusement, Abralh déboula dans la clairière. Il renversa les bûches du feu d'un coup de pied et poussa ses compagnons dans les fourrés.

— Des guerriers! lança-t-il.

— Combien? s'enquit Solinor, trop heureux de n'avoir aucune explication à donner.

— Ils arrivent, répondit sourdement le mulâtre.

Encore! songea le rouquin. Combien d'années les jumeaux les traqueraient-ils? Et pourquoi?

Les cavaliers surgirent des taillis. Un destrier renversa le poêlon. Abralh se lança à l'attaque. Keïra ne put s'empêcher d'admirer tout haut son courage. Piqué au vif, Solinor imita son ami.

L'algarade fut de courte durée : sans doute parce qu'Abralh était un expert dans l'art de manier le kaïbo et Solinor trop orgueilleux pour le laisser faire tout le travail.

— Nous voici donc avec quatre chevaux supplémentaires, se réjouit le rouquin.

Abralh essuya le sang de ses lames sur de longues feuilles. Puis, intrigué par l'uniforme que leurs agresseurs portaient sous leurs kaftangs de peau, il laissa tomber :

— Et ce sont bien des soldats goréens !

Depuis le début de l'année, ils avaient été attaqués à cinq reprises. Solinor se rappela les précédentes tentatives des jumeaux et ajouta que cela faisait beaucoup trop de coïncidences.

Abralh se tourna vers la jeune femme qui fixait leur paquetage sur son cheval.

— Miür est-il encore loin ?

— Un jour de cheval vers le nord, derrière ces collines.

Abralh lui posa une couverture sur les épaules. Solinor nota le sourire de la fille ainsi que la pression qu'exercèrent ses doigts sur ceux d'Abralh. Son ami se laissait-il finalement séduire ?

Le rouquin ouvrit la bouche pour mentionner la transe de la jeune femme, mais celle-ci le mit au défi de le faire.

Juste avant de remonter à cheval, Solinor profita néanmoins de l'absence de Keïra pour s'approcher d'Abralh.

— Je sais qu'elle te plaît, fit-il en renonçant à trahir la guérisseuse. De son côté, depuis notre rencontre, elle n'attend qu'une occasion. Alors quoi ?

Abralh le dévisagea avec rudesse.

— Qu'est-ce que j'ai dit de mal ? s'offusqua Solinor.

Le mulâtre lui tourna le dos. Au lieu de se vexer, le rouquin le rattrapa.

— Nous ne savons toujours à peu près rien d'elle. Ne trouves-tu pas toutes ces embuscades étranges?

Cette discussion n'était pas nouvelle.

— Qu'essaies-tu encore de me dire? Qu'elle a envie de moi ou bien qu'elle cherche à nous faire assassiner?

Ils s'affrontèrent du regard en silence. Au bout de quelques secondes, Abralh retrouva sa bonne humeur.

— Serais-tu jaloux par hasard?

— Je dis simplement que nous ne savons rien d'elle.

— Tu penses qu'elle nous ment depuis tout ce temps?

Keïra revint et Abralh l'aida à monter à cheval.

Solinor avait préparé des longes pour tirer les autres chevaux. Il feignit de s'occuper d'eux, flattant leurs encolures et les consolant d'avoir perdu leurs maîtres, tandis qu'Abralh et Keïra discutaient comme si de rien n'était...

Le lendemain, ils arrivèrent enfin en vue de la citadelle du seigneur de Miür, exactement comme l'avait promis la fille. Le rouquin montra l'enceinte de pierre défoncée, les toits écroulés, les murs noircis par les incendies. Nul ne fit de commentaire. Mais lorsqu'ils découvrirent des dizaines de corps autour du château et dans la cour principale, aucun doute ne fut plus permis.

Abralh évita de parler de massacre ou même de bataille.

— Et tu dis que ce seigneur possède une pierre de grande valeur? interrogea-t-il plutôt.

Consciente du regard torve de Solinor posé sur elle, Keïra redressa la tête.

— Je suis née dans le village voisin, et...

— Tu t'es enfuie lorsque tes parents ont voulu te vendre à un noble plus âgé, tu nous l'as déjà raconté, fit Solinor d'un ton bref. Et tu ne crains pas, en revenant chez toi, de subir le courroux de ton père ?

Elle le dévisagea méchamment.

— J'ai changé. Je n'ai plus peur.

— Mais… la pierre ?

Abralh assistait sans intervenir à cette joute verbale.

— Mon père racontait que l'ancêtre du seigneur de Miür avait reçu de Mérinock une pierre qui devait l'aider à faire régner l'ordre, la paix et la justice sur ses domaines.

— Le Mage errant des prophéties ! s'étonna Solinor.

Il avait lu dans les rouleaux d'ogrove de la bibliothèque du palais impérial de Goromée de nombreuses références à ce Mage ou Vénérable d'Évernia qui avait peut-être autrefois aidé, guidé ou manipulé le Prince Messager Torance.

— Et pourquoi ne nous as-tu pas parlé de Miür et de ce seigneur plus tôt ?

— Assez, vous deux ! intervint Abralh. La pierre a-t-elle eu le pouvoir de maintenir la paix ? demanda-t-il brusquement.

Keïra plaça son cheval près du sien.

— Oui. Miür a connu le bonheur durant près d'un siècle. Quand je suis née, il faisait bon vivre ici malgré le froid de l'hiver et parfois la famine. Mais quand je me suis enfuie, on racontait déjà que la pierre avait perdu son pouvoir.

— Pourquoi, à ton avis, la forteresse a-t-elle été attaquée et tous ses habitants et défenseurs assassinés ?

Keïra restait sans voix. Comprenant qu'elle était sans doute bouleversée par la mort de ces gens qu'elle connaissait peut-être, Abralh mit pied à terre.

— Cherchons s'il y a des survivants, dit-il.

Avant de partir de son côté, Solinor prévint une nouvelle fois son ami :

— Je ne crois pas un instant à son histoire de pierre magique. Pourquoi avons-nous perdu ces trois années à nous cacher au lieu de venir directement ici?

— Elle m'a guéri de la peste, le rabroua Abralh. Elle nous a suivis et aidés durant tout ce temps. Elle a partagé nos chevauchées, nos feux de camp, nos abris de fortune. Elle a travaillé pour nous. Encore une fois, Solinor, si tu as des preuves contre elle, parle. Sinon, tais-toi et cherche.

Abralh découvrit une salle au plafond fait de voûtes humides. Quelques trouées dans les parois laissaient entrer une lumière parcimonieuse. Il y avait des bancs de bois renversés, des cadavres égorgés. Des traces de sang déformaient les arabesques gravées sur les dalles. Clignant des paupières pour habituer ses yeux à la pénombre, Abralh se dirigea vers ce qui ressemblait à un autel.

Il reconnut la lourde pierre ronde placée contre le mur, et grimaça devant la silhouette torturée du Prince Messager Torance sculptée dans le grès rouge. De hauts bougeoirs en fer forgé avaient été jetés au sol. Deux statues décapitées à coups de hache gisaient également par terre.

Abralh se méfiait depuis toujours des endroits sombres et confinés. Une envie de hurler ou de fuir le prenait au corps, qu'il avait du mal à maîtriser.

Une voix résonna sous les voûtes.

— Tu as remarqué, sans doute, que ces gens ont été égorgés, n'est-ce pas?

Keïra se tenait, menue et frissonnante devant lui.

— Reconnais-tu certains d'entre eux?

Elle baissa la tête. Il se racla la gorge.

— Je comprends que tu ne veuilles pas en parler.

Comme toujours lorsqu'ils étaient seuls, une gêne malsaine travaillait à les éloigner l'un de l'autre. Un menuet subtil, fait à la fois d'attirance et de répulsion, réglait une sorte de chorégraphie dont ils improvisaient les pas. À plusieurs reprises au long de ces trois années, Abralh avait eu l'impression d'étouffer comme s'il vivait avec elle et que, déjà, il voulait rompre. De son côté, Keïra piquait des colères noires pour des riens ; attitude qui cachait en fait sa certitude qu'Abralh ne voulait pas d'elle pour compagne. Pourtant, elle avait usé de tous les artifices et des jeux qu'une femme pouvait imaginer pour séduire un homme.

Abralh s'éloigna et examina les statues décapitées.

— Ce sont celles de Shanandra et du Mage errant, dit Keïra. Et ces mosaïques couvertes de cendre représentent des scènes de la vraie vie de Torance et de Shanandra.

Le Baïban renifla.

— Le seigneur de Miür n'a jamais caché ses sympathies pour les Fervents du Feu bleu, dit-elle encore en lui prenant la main.

— Pardonne-moi, fit-il. Je n'ai jamais eu l'esprit religieux.

Elle l'attira soudain vers une alcôve.

Le jeune mulâtre lui dit qu'il n'était pas d'humeur à entendre parler de la supposée vraie vie de Torance, fils de Gaïos. Que, pour lui, ces personnages, s'ils avaient réellement existé, n'avaient sans doute jamais accompli ce que prétendaient les légides ou bien les mystiques du Feu bleu. Que, plus vraisemblablement, les prêtres avaient brodé, autour de la vie de ces personnages, des histoires qu'ils utilisaient depuis pour maintenir les peuples dans une obéissance qui servait avant tout l'intérêt des riches et des puissants.

Sans attendre, Keïra jeta une couverture sur le sol et s'assit dessus. Abralh n'aimait pas cet endroit où tant de gens avaient trouvé la mort. Il se laissa néanmoins tomber près d'elle, lui parla encore. Mais elle saisit ses mains et les plaça sur ses seins qu'elle venait de dénuder. Elle détacha ensuite la ceinture du jeune homme, caressa son bas ventre.

— Je t'en prie, ne dis plus rien...

Elle l'embrassa avec fougue. Puis, trop impatiente, elle s'installa sur lui.

Abralh ne résista plus. Ce moment, qu'il avait si long-temps retardé et qui devait fatalement survenir, se déroulait sous ses yeux sans qu'il sache vraiment s'il aimait ou s'il n'aimait pas.

Comment une telle chose était-elle possible?

Par une ouverture, il crut voir durant quelques instants la silhouette assise d'une adolescente blonde qui paraissait mélancolique.

Puisque son amant ne faisait pas preuve de plus d'entrain, Keïra lui griffa les épaules avec colère. Alors, l'image de Solena s'effaça et le désir d'Abralh explosa avec violence.

La cage

Encore étourdi, surpris et quelque peu effrayé par la soudaineté de leurs ébats amoureux, Abralh marchait dans les couloirs du château quand il déboucha dans la salle de banquet. Du plancher et des murs montait une odeur âcre de fumée. Des tréteaux, des bancs et des bols en bois répandus sur le sol témoignaient de la violence des combats. Une grosse pierre abandonnée sur les dalles fit jaillir dans la tête du jeune homme l'image terrifiante d'une boule de feu qui s'écrasait sur les convives encore attablés. Là comme ailleurs dans la citadelle se trouvaient des corps inanimés. Certains avaient été victimes de l'incendie. La plupart portaient de nombreuses blessures.

Abralh répertoria plus d'hommes que de femmes et ne trouva que deux enfants. Ces derniers étaient morts asphyxiés. Il huma l'air et comprit que cette attaque, aussi soudaine que barbare, n'avait tout de même pas été menée à la légère.

Un appel retentit.

Reconnaissant la voix de Solinor, il laissa avec soulagement la grande salle derrière lui et pénétra dans une seconde pièce longue et étroite ornée de colonnes torsadées. Éclairée des deux côtés par des fenêtres en forme d'ogives, elle ressemblait à une chapelle. Le jeune Baïban aperçut d'ailleurs la silhouette familière de la pierre ronde sur laquelle était sculpté le corps du Prince Messager.

Un deuxième lieu de culte, se dit-il en songeant que le seigneur de Miür avait cru, en érigeant deux sanctuaires dans son château, se concilier à la fois les faveurs des légides du Torancisme officiel et celles des moines appartenant aux Fervents du Feu bleu.

Erreur grossière, car les religieux en guerre tolèrent rarement ceux qui ne partagent pas leurs croyances.

Solinor l'appela de nouveau. À son ton péremptoire, le jeune mulâtre devina que son ami avait fait une découverte intéressante.

Il courut de pièce en pièce et parvint à un vestibule hypostyle. Il considéra les lourdes colonnes plantées en demi-cercle et se dit que les bâtisseurs avaient dû s'inspirer des temples construits jadis en Gorée.

— Solinor?

Le rouquin apparut au sommet d'une volée de marches.

— As-tu trouvé quelque chose? s'enquit Abralh comme s'il s'attendait à ce que les colonnes prennent vie.

Un bruit déchira le silence. Le jeune homme releva son kaïbo, mais fut à moitié assommé par une masse de cordages qui tomba sur sa tête.

Lorsqu'il revint à lui, il était emprisonné dans un filet de lianes et Riurgën le contemplait, l'air satisfait.

— Enfin, je te tiens!

L'officier ordonna à ses hommes de fouiller les lieux pour y trouver des victuailles et d'autres survivants qu'ils pourraient vendre comme esclaves.

Une forte odeur corporelle baignait la cage de bois dans laquelle Abralh était enfermé. Malgré la pénombre et le tangage continuel qui lui donnait mal au cœur, il fit le point sur la dizaine de personnes, hommes et femmes confondus, enfermés avec lui.

Solinor saisit son poignet.

— Les jumeaux nous ont finalement capturés, soufflat-il. Nous avons été trahis.

Abralh inspira rapidement et à plusieurs reprises pour s'éclaircir les idées. Cette technique respiratoire, qu'il avait souvent pratiquée, lui avait toujours été salutaire. Mais, cette fois-ci, elle le fit cracher et tousser.

Solinor expliqua :

— Nous sommes sous la bâche d'un chariot, en route vers je ne sais où.

Il répéta qu'on les avait donnés. Qu'il avait vu le danger trop tard pour l'avertir. Que la malchance les poursuivait. Que leur fuite même du palais impérial avait été une erreur.

— Ne dis pas ça ! le fustigea Abralh.

Une ancienne maxime philosophique lui revenait en mémoire.

« Rien, jamais, n'est inutile. Chaque événement est une pierre utilisée pour bâtir la maison de ton âme. »

Le mulâtre avait encore dans la bouche le goût des baisers de Keïra. Pourquoi, au juste, avait-il tant tardé avant de répondre à l'ardeur de la jeune femme ?

Il l'avait laissée étendue sur la couverture dans l'alcôve de la première chapelle, endormie et souriante. Il avait pensé faire quelques pas pour se dégourdir les jambes et mettre de l'ordre dans sa tête.

— Elle nous a trahis, lâcha finalement Solinor. Je t'avais prévenu, pourtant !

— Si tu prononces encore une fois le mot « trahison », je t'assomme, l'avertit Abralh.

Un peu plus tard, le chariot s'arrêta et deux soldats leur distribuèrent une sorte de mélasse tiède dans des écuelles en bois.

Abralh avait cru compter dix personnes dans la cage. Mais, en fait, il n'y en avait que six en plus de Solinor et lui : deux femmes d'une quarantaine d'années, une jeune mère et son bébé et deux vieillards, dont un qui n'arrêtait pas de se plaindre.

Le second vieillard s'excusait auprès des deux « étrangers » pour le dérangement causé par son « maître ». Agacée d'entendre les soupirs de ce dernier, une des femmes s'emporta :

— Nous ne sommes plus dans votre château, Monseigneur ! Nous ne sommes plus vos servantes !

Abralh avait remarqué que les autres prisonniers semblaient épouvantés par la couleur de sa peau. Pour la première fois de sa vie, il n'était pas mécontent que le sang des Baïbans qui coulait dans ses veines lui procure ainsi gratuitement plus d'espace.

Le chariot se remit en route. Les cahots recommencèrent, encore plus désagréables maintenant qu'ils avaient un peu mangé et bu.

Intrigué par le vieillard gémissant, Abralh repoussa le domestique et s'approcha de lui.

— Qui êtes-vous ? demanda-t-il sans détour.

L'homme était, comme il s'en doutait, le seigneur de Miür. Dans son visage rond, gras et couperosé brillaient deux yeux fiévreux. Le mulâtre reconnaissait cette lueur glauque. Le vieillard avait sans doute été vaincu à la fois par une vie dissolue et la destruction de sa citadelle.

— Que s'est-il passé ?

— Vous fatiguez mon maître, s'interposa le domestique.

Solinor l'éloigna sans douceur.

Conscient d'effrayer le malheureux souverain de Miür, Abralh sourit.

— Nous venons de loin, Monseigneur, et nous voudrions savoir…

Il avait côtoyé assez de courtisans et d'ambassadeurs, à la cour de l'empereur Dravor II, pour savoir d'instinct comment parler aux gens et, malgré la couleur de sa peau, capter leur attention.

Le comte de Miür évoqua d'abord sa jeunesse glorieuse et les règnes de son père et de son grand-père, qui avaient été des seigneurs doués à la fois pour la guerre et pour l'amour.

— Ils ont construit une ville et une citadelle où il faisait bon vivre…

Abralh transformait aisément les paroles du seigneur en images. La langue vorénienne, quoique dure et aux accents gutturaux, avait pour lui de moins en moins de secrets, car tout le monde ou presque depuis son arrivée utilisait ce langage.

La voix du comte se brisa.

— … et puis un jour, la prophétie s'est réalisée.

— La prophétie? s'étonna Abralh.

— Celle de la pierre, expliqua Solinor.

Le rouquin s'était réveillé plus tôt qu'Abralh et avait entendu les divagations du seigneur qui tournaient toutes autour de cette fameuse pierre.

Autour d'eux, les femmes s'agitaient. Le bébé pleura. La jeune mère se détourna pour lui donner le sein. Solinor essayait depuis quelques minutes de soulever un pan de la bâche pour voir s'il faisait encore jour ou bien si la nuit était venue.

Le seigneur de Miür expliqua, en haletant et en crachant souvent du sang, que cette pierre avait été offerte à son arrière-grand-père par Mérinock, le Mage errant. Cette pierre avait un grand pouvoir. Entre autres celui d'exaucer les projets qui étaient destinés au bonheur non pas d'un seul homme, mais d'une communauté tout entière.

En utilisant l'énergie et la sagesse de la pierre, les ancêtres du Seigneur de Miür avaient instauré une société plus libre, plus heureuse et plus juste que celles qui prévalaient dans les Terres voisines.

Mais le Mage errant avait également prévenu les comtes de Miür. Si leurs descendants perdaient un jour de vue l'intérêt de leurs sujets ou s'ils tombaient dans la paresse et le despotisme, le pouvoir de la pierre disparaîtrait.

Plus grave encore! Si elle était un jour volée, ce serait la fin de la prospérité.

— Et la pierre nous a été volée, avoua le vieillard en pleurnichant comme un enfant. C'est de ma faute…

Les deux matrones le considéraient avec mépris.

Abralh devina sans peine, à sa silhouette corpulente et à son teint rougeaud, qu'il avait abusé de la bonne chère et des femmes, et négligé les affaires de ses États.

— La décadence, souffla Solinor qui se targuait de connaissances en matière de gouvernance. Tout royaume s'écroule avec le temps.

À son œil sombre, on aurait pu croire qu'il en avait lui-même fait la rude expérience!

Abralh se retint de sourire. Ainsi, se dit-il, la pierre existe réellement!

Il se rappela combien il avait souhaité la posséder.

Qu'en ferait-il, désormais? Il avait l'impression d'avoir été ballotté comme un cerf-volant au gré d'un vent capricieux.

Il considéra la misère qui l'entourait, songea plus que d'habitude encore à Éliandros et à ce qu'il avait dit un jour à Mulgane.

« Je sors de prison. Je ne vois aucune utilité à m'enfermer de nouveau. »

Il se tourna vers Solinor qui avait plaqué son visage contre les barreaux.

— Peu importe l'endroit où l'on se trouve et où on va dans la vie. Si on est captif dans sa tête et dans son cœur, on demeure partout prisonnier.

Le rouquin faillit répéter que Keïra les avait attirés dans cette forteresse pour leur tendre un piège. Que la seule différence entre Miür et les autres endroits où ils avaient vécu, c'est que cette fois ils s'étaient laissé prendre. Mais Abralh n'était pas d'humeur à supporter ses sarcasmes. Aussi le Goroméen resta-t-il, le corps tordu, à inspirer quelques bouffées d'air entre les barreaux.

Abralh en venait à regretter la présence fantomatique d'Estimène. Où était passé ce vieux fou ?

Il ne m'a jamais dit pourquoi il nous avait conduits en Terre de Vorénor. Pourquoi il nous a jetés sur la piste de ce trésor chimérique. Et où cela nous a-t-il menés ?

Parfois, ils entendaient parler les soldats. Y avait-il d'autres prisonniers et d'autres chariots couverts à proximité ?

Soudain, le domestique poussa un cri rauque. Son seigneur venait de mourir.

Le chariot s'arrêta. Deux gardes sortirent le cadavre. Avant de le jeter sans ménagement sur le bord du chemin, ils lui tranchèrent la tête, sans doute pour la garder comme trophée. Les cahots reprirent et les heures s'ajoutèrent aux heures. Au matin, on leur redonna un bol de bouillon et ils furent autorisés à assouvir leurs besoins naturels.

Abralh réalisa qu'ils traversaient une forêt dense où la lumière ne pénétrait jamais complètement. Des soldats ne les quittaient pas des yeux. En apercevant Riurgën qui faisait une démonstration de kaïbo devant ses hommes, Abralh frémit.

Je récupérerai le kaïbo qu'il m'a encore volé!

Comme s'il avait compris l'angoisse de son prisonnier, le guerrier blond à moustache lui décocha un sourire mauvais. Son jumeau le rejoignit et tous deux eurent un bref conciliabule.

Peu après, les captifs furent poussés dans leur cage respective. Seul changement, à part l'absence du seigneur, la jeune mère et son bébé avaient été transférés dans un autre chariot.

Une heure plus tard, alors qu'Abralh se demandait ce qu'il avait bien pu advenir de Keïra, les cahots cessèrent de nouveau. Un soldat souleva la bâche de cuir et ouvrit la cage. La nuit était tombée. On entendait partout résonner le hurlement des loups.

Une silhouette furtive se glissa dans la cage. Abralh fut à la fois heureux et stupéfait de reconnaître sa jeune amante.

Solinor vit la fille et tendit les mains pour la saisir à la gorge.

— Traîtresse! Qui es-tu pour nous avoir vendus aux jumeaux?

Abralh le repoussa.

— Arrête!

Aussi fière, mais beaucoup moins arrogante, Keïra exhiba son visage tuméfié. Ses joues portaient des marques de gifles. Ses avant-bras étaient en sang.

— Tu as été torturée? s'enquit Abralh.

Elle se blottit contre lui et se mit à pleurer.

— Que s'est-il passé?

Solinor se renfrogna, car ce revirement de situation contrariait sa théorie du complot. Autour d'eux, les ronflements des dormeurs composaient un arrière-fond sonore et régulier.

La jeune femme avoua alors à son amant les vraies raisons de leur rencontre et de leur vie aventureuse.

— Ce n'était pas un hasard. Je suis en fait une érudite du Feu bleu. Mais je me suis enfuie de mon temple-école.

Elle montra ses cristaux que les gardes lui avaient laissés.

— Je suis une apprentie cristalomancienne.

Abralh prit son visage entre ses mains calleuses.

— Tu as dit que notre rencontre n'était pas due au hasard…

Keïra essuya ses paupières rougies.

— Quand j'étais petite, on m'a fait une prédiction. Je rencontrerai… un homme noir.

— Et? voulut savoir Abralh.

La jeune femme posa une main sur sa bouche, sourit avec difficulté et éluda la question:

— Les gardes. Je leur ai volé quelque chose, mais ils ne se sont aperçus de rien. Ils ont simplement cru que je tentai de m'échapper.

Elle sortit deux objets de la pochette suspendue à sa ceinture.

— Voici la clef qui ouvre la cage, dit-elle. Et…

Elle exhiba un morceau d'étoffe – une soie délicate – et lui montra ce qu'il y avait d'enveloppé.

— Un caillou! s'étrangla Solinor.

Le rouquin resta pourtant bouche bée devant la pierre bleue veinée de stries noires.

Abralh la soupesa.

— Serait-ce la pierre dont parlait le seigneur de Miür?

— Je l'ai volée à celui auquel obéissent les jumeaux, chuchota Keïra.

— Cet homme est ici? demanda Solinor, suspicieux.

— Oh! Abralh, fit la jeune femme en se pelotonnant dans les bras du mulâtre. Quand je t'ai vu, la première fois, j'ai su… Je suis si heureuse que cette prédiction se soit accomplie!

Le jeune homme réalisa tout à coup que Keïra ne lui avait rien révélé de cette fameuse prédiction, à par le fait qu'ils devaient se rencontrer.

Elle susurra dans son cou que tout ce temps à attendre qu'il l'aime enfin l'avait conduite au bord de la folie. Qu'ils n'étaient pas des étrangers l'un pour l'autre. Qu'autrefois, dans une ancienne vie, ils s'étaient connus intimement.

— J'étais une esclave et tu étais mon maître. Je massais ton corps rudoyé par les combats. Déjà, je t'appartenais…

Elle l'embrassa, et malgré leur situation, Abralh sentit le désir monter de nouveau en lui.

Solinor le secoua rudement.

— Qu'est-ce qu'on attend ?

Abralh comprit où son ami voulait en venir.

— Nous ignorons où nous nous trouvons. Nous n'avons ni arme ni vivres !

— Peut-être ! Mais je refuse de rester enfermé une seconde de plus.

Ils profitèrent d'une halte pour se glisser hors de la cage. Épuisé et affaibli, aucun des prisonniers ne s'éveilla.

Terrés dans un buisson, ils regardèrent les chariots repartir. Abralh avisa les deux soldats à moitié endormis qui formaient l'arrière-garde du convoi et eut une idée.

— Tu es fou ! déclara Solinor en devinant ses pensées.

Le mulâtre bondit sur les hommes et les assomma. Keïra prit doucement les chevaux par leur bride. Lorsque tout danger fut écarté, Solinor sortit du fourré, étonné qu'ils aient pu s'en tirer à si bon compte.

Keïra serra la main d'Abralh et lui avoua, les yeux brillants de larmes :

— Je t'aime tant !

— Mettons le plus de distance possible entre les jumeaux et nous, fit le jeune homme.

L'ENCHANTEMENT

Il avait plu tout le jour et le sol était trop détrempé pour allumer un feu. De toute façon, Abralh ne tenait pas à révéler leur position à d'éventuels poursuivants.

De temps à autre, il s'arrêtait et tendait l'oreille. Mais ils avaient pris à travers les montagnes en direction du sud-ouest et s'étaient enfoncés sous le couvert des grands kénoabs gris. Solinor se contentait de suivre en silence, tout en mâchant les morceaux de viandes séchées trouvées dans la besace fixée sur la croupe du cheval volé au garde-chiourme. Keïra parlait maintenant ouvertement d'amour. Si Abralh était d'accord, ils monnaieraient la pierre de Miür. Puis, ils trouveraient un village reculé et s'y installeraient. La jeune femme n'osait encore aborder le sujet, mais Solinor l'imaginait déjà en train d'évoquer la possibilité d'avoir des enfants.

Ainsi, se disait le rouquin, dégoûté, Abralh a succombé. Ils ont fait l'amour et nous avons été capturés !

Le mulâtre s'arrêta et leur demanda de l'attendre.

— Que se passe-t-il ? s'enquit Keïra.

— La courbure de ces arbres indique que nous approchons de l'orée de la forêt, expliqua Abralh.

Solinor haussa les épaules. En quoi la forme d'un feuillage pouvait bien… Mais, sans accorder un regard pour Keïra qui semblait attentive au moindre son, il revint à ses contrariétés.

Elle veut vivre en couple avec Abralh! (Il sourit à cette idée incongrue.) *Soit elle est trop amoureuse pour se rendre compte du ridicule de son projet, soit elle est vraiment folle.*

N'avait-elle pas compris, durant ces trois années d'errance, combien Abralh était différent d'eux! Combien la couleur de sa peau déplaisait aux Voréniens! Et qu'envisager de s'unir à lui était insensé et même dangereux!

Le rouquin se prit à étudier la jeune femme. Elle était certes vive et capricieuse, mais sûrement pas irresponsable au point de n'être pas consciente de ces choses-là.

Qu'avait-elle vraiment derrière la tête avec ses: « Je t'aime, Abralh! » Et ses: « Nous avons déjà vécu ensemble autrefois! »

Une bourrasque amena des fumerolles grises dans le ciel. Abralh revint au triple galop.

— Une attaque à une demi-verste d'ici! haleta-t-il.

Ils cachèrent les chevaux dans la futaie. Des hurlements s'élevèrent derrière une colline.

— Eh bien? voulut savoir Solinor.

— Une forteresse est assiégée. Les gens ont peur et s'enfuient de tous les côtés.

Keïra restait silencieuse. Les deux hommes se tournèrent vers elle.

— Si je me fie à mon instinct et à ma mémoire, déclara-t-elle, nous devons nous trouver maintenant sur les Terres du duc Igmar. Ce seigneur est un de ceux qui résistent encore aux nouvelles pressions du grand légide de Bayût.

— Quelles nouvelles pressions ? demanda Solinor.

La jeune femme fit claquer sa langue d'agacement. Il était plus urgent, à son avis, de quitter les lieux.

Abralh insista et elle fut obligée de répondre.

— La plupart des seigneurs de Vorénor ont parmi leurs proches conseillers un moine issu des Fervents du Feu bleu. Il s'avère qu'Angus Siponne, le Premius de Goromée, a décrété que tous les fidèles du Feu bleu étaient désormais des hérétiques. Et, comme tels, eux et leur croyance devaient être éradiqués.

— Si je suis ton raisonnement, dit Solinor qui se demandait aussi comment la jeune femme avait bien pu apprendre tout cela, les seigneurs ont reçu l'ordre de se débarrasser de ces moines. Ceux qui refusent sont attaqués.

Keïra faisait la moue. Elle se tourna vers Abralh et le supplia de repartir.

Soudain, un homme en guenilles portant deux gros sacs sur les épaules et tenant un enfant par la main jaillit de la futaie où étaient cachés les chevaux.

Solinor réagit à la seconde.

— Holà ! s'écria-t-il. Ces destriers sont à nous !

Abralh le retint par le bras.

— Bonjour, lança-t-il à l'homme qui brandissait craintivement un marteau en bois au bout arrondi.

Solinor reconnut l'instrument traditionnel utilisé par les galvassiers et se détendit. Il jeta un coup d'œil de biais à Keïra qui ne pouvait manquer de constater à quel point Abralh détonnait dans le paysage.

Le mulâtre s'agenouilla près de l'enfant effrayé.

— Tu as faim ?

Il sortit de sa propre besace un carré de viande séchée. Au-dessus des frondaisons montait la fumée dégagée par les incendies. Les rumeurs de batailles faiblissaient. Les cris aussi. Un bout de ciel virait au rouge.

Le galvassier accepta la nourriture pour son fils et fut plus enclin, malgré la crainte que lui inspirait Abralh, à répondre aux questions de Solinor.

Cette forteresse n'était pas une place militaire, mais un temple-école comme Éliandros. Des soldats goréens venus de la cité de Bayût avaient forcé le seigneur de l'endroit à faire exécuter en public le moine du Feu bleu qui était pourtant son plus proche conseiller depuis une vingtaine d'années.

Le rouquin lança un nouveau regard en direction de Keïra qui cherchait à amadouer l'enfant, et conclut :

— Ce temple-école va être rasé. Les professeurs seront brûlés vifs. Les élèves, tués ou réduits en esclavage.

Abralh donna au galvassier ce qu'il restait de sa propre ration de viande séchée, puis il se remit en selle.

— Partons !

Le soir, ils n'osèrent pas allumer de feu. Perdu dans ses pensées, Abralh était impénétrable, même pour Keïra qui tentait pourtant de lui remonter le moral.

Elle entraîna son amant à l'écart des chevaux près desquels Solinor avait choisi de dormir – sans doute parce qu'il y ferait plus chaud et que leur compagnie lui permettrait d'oublier combien il était seul.

Il ne se passa pas une demi-heure avant que le rouquin n'entende les halètements et les gémissements de la jeune femme. Il imagina le couple enlacé, et il serra les dents.

La guérisseuse étouffa plusieurs petits cris aigus. Puis ce fut le silence.

Keïra était épuisée, mais pas aussi sereine et repue qu'elle s'y était attendue. Blottie dans les bras d'Abralh elle tentait malgré l'obscurité de déchiffrer son expression.

Elle commença une caresse qu'elle n'acheva pas et dit :
— Tu es ailleurs, ce soir encore. À quoi penses-tu ?
À qui ?

✱

Le rêve que fit le Baïban cette nuit-là ressemblait à certaines de ses anciennes rêveries du temps où il était encore esclave dans les cuisines du palais impérial.

Il marchait sur une plage de sable blanc et entendait se dérouler à l'infini les longues vagues d'écume floconneuse. Un homme se tenait près de lui. D'habitude, il s'agissait d'une sorte de maître dont le visage était caché par une longue quiba. Mais Abralh ne fut pas surpris de rencontrer cette fois-ci le vieil Estimène.

Il se rappela ses angoisses de la journée et se fit amer.

— Pourquoi m'avez-vous conduit en Terre de Vorénor ? Pourquoi Farouk Durbeen nous veut-il, Solena et moi ?

Estimène sourit.

— Ta présence en Terre de Vorénor n'est effectivement pas due au seul hasard. Tout comme la quête qui t'a mené jusqu'à cette pierre.

Abralh exhiba la gemme bleue que Keïra lui avait remise dans la cage.

— Cette gemme te rappelle-t-elle des souvenirs ? demanda Estimène.

Des images cherchaient à poindre dans l'esprit du rêveur. Mais il ne savait ni comment les stabiliser ni s'il avait vraiment envie de les découvrir.

— Cette pierre, dit le fantôme, est celle que le Prince Messager Torance portait autrefois cousu sur son plexus solaire et que Shanandra, sa compagne, délivra lors de leur première initiation survenue dans le temple de Nivène.

Abralh lui fit signe de continuer.

— Cette gemme est en fait une clé qui a servi à révéler les pouvoirs endormis des deux messagers. Elle a aussi permis le nettoyage des égrégores subtils des douze royaumes, pollués par les pensées de haine et d'orgueil que les hommes avaient accumulées au long des siècles passés.

« Il fallait, continua Estimène, que cette pierre te revienne. Elle est aussi importante aujourd'hui qu'elle l'était jadis. Et tu devais parcourir le monde pour la retrouver. »

Le Baïban renifla.

— Pourquoi moi ?

— Cette réponse t'est offerte dans une de ces images que tu refuses obstinément de voir. Nous sommes tous plus grands, plus sages et plus âgés que nous le pensons.

— Je ne crois pas que l'on vive plus d'une fois, vieil homme ! répliqua Abralh.

Estimène lui redonna la pierre.

— Sens-la vivre dans ta main. Écoute-la te parler de toi, de nous tous.

Brûlé par la pierre, Abralh lâcha un cri et la laissa tomber dans le sable.

— Résister à ce que tu es et à qui tu as été ne fera que te torturer davantage.

Abralh se rapprocha si près du fantôme que celui-ci recula.

— Ne crois pas m'abuser avec ta philosophie et réponds clairement à ma question, vieil homme. Que…

À cet instant, plusieurs de ses angoisses ressurgirent en même temps. Il sentit la main de Keïra sur son ventre, revit le sourire timide de Solena. La pierre bleue grandit devant ses yeux et il eut l'impression qu'elle voulait l'avaler.

Estimène l'exhorta à rejoindre ses véritables amis qui avaient tant besoin de lui et de cette pierre qui portait en elle les vibrations les plus élevées.

Abralh s'éveilla à demi entre les bras de Keïra et bredouilla un nom : « Shanandra ».

La jeune Vorénienne vit son amant frissonner, puis se détendre à nouveau.

La mine triste, elle sortit un éclat de cristal noir de son étui en cuir. Avec mille précautions, elle en tira également une petite fiole en verre. Elle fit tomber quelques gouttes sur les lèvres d'Abralh, toujours endormi, et attendit quelques minutes. Puis, avec une petite lame au bout recourbé elle entailla délicatement la nuque et la poitrine du jeune homme. Elle recueillit un peu de sang dans une seconde fiole, mélangea le tout, en imbiba l'éclat de cristal.

Elle posa ensuite la gemme sur le front d'Abralh et récita un enchantement. Lorsqu'elle eut terminé, ses yeux étaient gonflés de larmes.

Solinor jaillit soudain de l'obscurité.

Tiré de son sommeil par les cris de la fille, Abralh contempla ébahi Keïra nue et Solinor qui la maintenait contre lui en hurlant qu'il l'avait surprise en train de l'empoisonner.

— Il ment ! se défendit la jeune femme. Il voulait me violer !

Abralh palpa son torse douloureux. Keïra lâcha enfin le couteau que Solinor tentait de lui arracher. Le mulâtre le ramassa et en appuya la lame sur le cou de la jeune femme.

— Parle. Et, cette fois-ci, ne mens plus.

LE RETOUR

Une pluie fine avait recommencé à tomber.

— J'ai froid, murmura Keïra en se couvrant les épaules de ses bras.

— Commence par me dire d'où tu viens vraiment, demanda Abralh.

Elle est au pied du mur, se dit Solinor en contemplant sans pudeur la poitrine de la fille.

— J'avoue, répondit-elle d'une voix enrouée, que je n'ai pas grandi en Terre de Miür.

Abralh plissa les yeux.

— Ça, je l'avais déjà deviné. Mais encore…

— Je n'ai pas menti en parlant de nos vies antérieures. J'étais ton esclave dans un pays où il faisait toujours chaud et où tu étais un noble.

La bruine se changeait en averse. Keïra claquait des dents. Elle demanda si elle pouvait se rasseoir dans leur couche encore défaite. Le jeune rouquin marmonna qu'elle méritait de rester où elle était.

— J'ai également dit la vérité à propos de la prédiction qui m'a été faite, ajouta-t-elle. Je devais rencontrer un homme noir. Un homme de commandement. Un grand seigneur à sa façon. Et c'était toi !

— Pourquoi m'as-tu soigné ?

— Oui ! insista perfidement Solinor. Et que nous veut Farouk Durbeen ?

— Rien de toi, assurément ! persifla Keïra.

Plus rapide qu'un magicien de foire, elle fit soudain apparaître un éclat de cristal rouge dans sa main. Solinor sentit venir le danger. Il poussa son ami dans les taillis à l'instant où jaillissait le rayon mortel.

Keïra visa de nouveau tout en accusant le jeune mulâtre :

— C'est toi qui m'as trahie ! Tu avais pourtant le choix ! Ne t'ai-je pas donné mon amour et la pierre que tu cherchais !

Bouleversée, le visage inondé de larmes, elle n'était plus ni belle ni mystérieuse.

— Tout ce temps passé à tes côtés ! J'ai été folle de t'aimer.

Abralh dégaina son épée. Mais, aussi agile qu'un écureuil, la fille saisit au vol sa ceinture et une couverture avant de détaler dans le sous-bois en lançant ce qui ressemblait à une malédiction :

— Je t'ai redonné la vie ! Prends garde, je peux aussi la reprendre ! menaça-t-elle encore.

Abralh voulut la poursuivre, mais le rouquin tenait les trois chevaux par leurs brides.

— Seule et nue, dit-il, elle n'ira pas loin.

— Tu as raison. Et le temps presse.

— Le temps ? s'étonna Solinor en s'assurant que Keïra avait bien fui et qu'ils étaient hors de portée de son terrible cristal de combat.

Abralh monta à cheval.

— Oui. Éliandros est menacé.

Avant de partir, il insista tout de même pour laisser à Keïra de quoi manger pendant deux jours.

— Pas les deux poissons que j'ai réussi à assommer! rechigna Solinor.

Heureusement, songea-t-il, il nous reste la fameuse pierre…

Il ignorait encore pourquoi, mais il sentait naître entre lui et ce caillou bleu et noir un lien à la fois subtil, merveilleux et angoissant.

Il ne fallut que quelques heures à Riurgën et à ses hommes pour retrouver la trace de Keïra. Lorsque le guerrier blond à moustaches la vit, emmitouflée jusqu'au cou et assise sur une couverture devant un feu de camp qu'elle avait du mal à garder allumé, il eut envie de rire. Mais même s'il se délectait du spectacle, il savait depuis longtemps qu'il était dangereux de se moquer de cette jeune femme.

Elle le dévisagea avec froideur.

— Tu as pris ton temps !

Riurgën se détendit, car il avait décelé, malgré le tragique et le ridicule de la situation, un soupçon d'humour dans sa voix.

— C'est toujours un plaisir de te revoir.

Thorgën arrêta son cheval devant celui de son jumeau. Le barbu avait l'air contrarié.

— Les traces se perdent sur des bancs de roches à une verste de distance, laissa-t-il tomber.

— Inutile de les suivre, dit-elle. Je sais où ils vont.

Riurgën se pencha sur sa selle.

— La question n'est pas là. Où est la pierre?

Devinant que la conversation allait prendre un tour mystique, Thorgën fit mine de se rapprocher, mais son frère l'envoya remonter le moral des hommes.

Lorsque le barbu se fut éloigné en serrant les poings, Keïra montra un éclat de cristal bleu.

— Tu sais très bien de quelle pierre je parle, rétorqua Riurgën en exhibant un cristal identique.

Ils échangèrent un sourire crispé : souvenir de l'ancienne complicité qui les avait unis à l'époque où ils étudiaient tous les deux la cristalomancie morphique sous la férule de leur maître. Des années de rudes apprentissages qui avaient permis à la jeune femme de devenir une experte dans l'art de tromper l'ennemi. Au point, même, d'accepter de se laisser battre ou de se battre elle-même pour le bien d'une mission.

— La pierre ! répéta Riurgën en craignant de deviner la réponse de Keïra.

Puisqu'elle continuait à le fixer sans même cligner des paupières, il se frappa le front.

— Ne me dis pas que tu la lui as laissée !

— Qu'importe ! De toute manière, il ne saura pas l'utiliser.

Riurgën s'emporta :

— Lui peut-être ! Mais les professeurs d'Éliandros, eux, sauront ! Te rends-tu compte du temps que ta folie nous a fait perdre ! Ta mission est un fiasco. J'espère que tu en es consciente.

— Elle ne l'est pas pour moi.

Riurgën lui tendit la main pour l'aider à monter en croupe, mais elle réclama un cheval.

— Tu auras des comptes à rendre, reprit sourdement le guerrier blond.

Il montra le cristal bleu de communication télépathique qu'il avait utilisé pour la retrouver une fois encore, et ajouta :

— Notre maître sait très exactement tout ce qui s'est passé.

— N'aie crainte, je me chargerai de lui expliquer les choses à ma façon.

Riurgën, qui n'en doutait pas, hocha la tête et avisa son sergent :

— Donne ton cheval à Lady Keïra.

Trois jours plus tard, Abralh et Solinor arrivèrent, fourbus, devant les portes du temple-école d'Éliandros. Mouillés par les embruns de la cascade voisine, ils frissonnaient.

En apercevant les murailles, les trois pitons rocheux qui les surplombaient et la myriade d'arches, de tourelles, de bâtiments et de ponts suspendus, le Baïban reconsidéra son jugement et convint qu'Éliandros, même sortant de la brume comme en cet instant, n'avait rien d'une prison.

On voit les choses comme on veut les voir, et le temps fait mûrir les hommes, se dit-il avant de lever la tête pour s'adresser au garde en faction.

— Je suis Abralh, de Goromée, et je voudrais voir…

L'image de Solena apparut naturellement à son esprit. Mais un loup hurla dans le sous-bois voisin et il se reprit :

— … la sage Mulgane !

Le garde hésitait.

— C'est de la plus haute importance !

Une silhouette apparut entre deux lambeaux de brume. Toute de blanc vêtue, Solena s'appuyait aux merlons de pierre.

— Je vais vous conduire, dit-elle.

Quatrième partie

Éliandros

Grand duché d'Urghonen, an 515 après Torance

LE MESSAGER DE L'OMBRE

Deux yeux de braise allumaient les ténèbres. Et ils n'étaient pas le fruit de l'imagination de Solena, descendue dans la caverne une heure plus tôt pour prendre un bain relaxant. Depuis quelque temps, l'apprentie cristalomancienne se sentait fébrile. Pourtant, cette présence au milieu des vapeurs diaphanes et de la chaleur humide qui montait du vieux volcan endormi était rassurante.

Plongée dans l'eau chaude jusqu'au cou, concentrée sur sa respiration, la jeune femme cherchait à atteindre cette zone située au cœur de son Être qui existait à la fois au moment présent et aussi de toute éternité dans les sphères lumineuses de la déesse.

— Nous sommes tous en danger. Les signes ne trompent pas ! Dis-moi ce qui m'attend… demanda-t-elle, une crispation douloureuse au creux du ventre.

Elle ne cherchait pas à trouver d'avance les réponses de son prochain examen. Elle sentait confusément qu'un moment approchait. Que *le* moment approchait…

Un pli déforma son beau visage. Les yeux rouges allumés à quelques mètres d'elle se plissèrent un instant.

Soudain, alors même qu'elle commençait à se questionner sur le bien-fondé de sa démarche, un remous perturba la surface du bassin.

La jeune femme fixa les deux lueurs de braise. Puis, tandis que ces yeux mystérieux se plissaient et que la mèche posée dans le creuset en étain rempli d'huile d'évrok grésillait, elle retourna à son principal souci : la menace qui pesait sur Éliandros malgré le dôme d'énergies subtiles qui enveloppait le temple-école.

Notre protection faiblit même si nous la nourrissons chaque matin de nos pensées...

Le remous l'atteignit. Cette fois-ci, Solena se raidit. Bien des choses avaient changé dans son quotidien depuis qu'elle avait pris cette habitude, lorsqu'elle était inquiète ou bien d'humeur amoureuse, de gagner les cavernes pour se dérober à la pesante discipline d'Éliandros.

Elle chercha une silhouette dans le halo de lumière dispensé par son creuset d'huile. Des bruits, il y en avait plusieurs dans l'immense caverne. Des écoulements d'eau, des chutes de cailloux dans les bassins, des cris de petits rongeurs ou des mouvements inquiétants sous les voûtes.

Deux mains blanches effleurèrent ses hanches. Elle reconnut enfin Noem et se rasséréna.

Pourtant, au lieu d'ouvrir ses bras à son amant, elle le repoussa gentiment.

— Non ? s'étonna-t-il.

Solena eut un hochement de tête à la fois charmant et catégorique.

— Je sens pourtant que tu en as très envie, protesta le jeune homme.

Mais ils n'étaient plus ni des enfants ni des adolescents. Et Solena savait que même si son corps avait besoin de celui de Noem, son cœur et son âme étaient perturbés.

Déjà presque aussi sage que Camulos lui-même, Noem recula sans grimacer ni même chercher à lui montrer combien il la désirait. Car s'il était beau, doué pour guérir et poser des diagnostics précis, Noem n'était pas romantique pour trois piécettes de bronze.

— Je suis inquiète, murmura-t-elle.

À ses angoisses secrètes, il opposa cette rigueur toute mathématique qui le faisait parfois ressembler à Natrel.

— Tu ne devrais pas.

— Rassure-toi, je ne t'en veux pas de revoir de temps en temps Griseline…

L'ancienne petite amie de Noem revenait effectivement entre eux tel un fantôme du passé. Et c'était bien, d'après le jeune blond, ce que Griseline était désormais. Il voulut parler encore : Solena l'en empêcha d'un geste et se leva.

Il admira les lignes pures de son corps tandis qu'elle se séchait et se rhabillait. La toge orange et liserée d'or de leur charge d'apprentis professeurs lui allait à ravir.

Pris d'un doute à propos de Griseline qui s'accrochait à lui, Noem insista :

— Tu es certaine ?

— Mes angoisses ne viennent que d'Éliandros.

— Ton Âme supérieure s'est-elle manifestée à toi ?

Solena fit non du menton. Aujourd'hui, elle n'avait pu atteindre en pensée son temple personnel.

— Il faut que je remonte, dit-elle encore. On m'appelle…

Elle revêtit sa toge *vulgarea* en lin blanc. Le loup qui la suivait partout lui emboîta le pas.

Solena regagna le temple-école comme une somnambule. Tempête dodelinait de sa lourde tête grise à droite, puis à gauche. Le loup avait l'habitude, plus encore que ses frères et sœurs et que Noem lui-même, de déchiffrer les humeurs de sa jeune maîtresse. En ce moment, alors qu'elle gravissait un escalier de pierre d'un pas pressé, il la sentait en attente. Son cœur battait sourdement dans sa poitrine. Son sang courait dans ses veines. Signes, non seulement d'un trouble du corps, mais d'un malaise de l'âme. Aussi intrigué qu'un humain, le jeune loup grogna.

Parvenue sur le chemin de ronde de la première enceinte, Solena salua aimablement le factionnaire armé de son kaïbo. Elle se pencha sur le merlon.

Deux cavaliers se tenaient devant les portes : un mulâtre aux yeux verts foncés et aux cheveux crépus et un rouquin de mauvaise humeur au corps empatté.

— Ils veulent voir Mulgane, lui dit le garde.

Solena sourit : son pressentiment, dans le bain, s'avérait juste.

— Je vais vous conduire, fit-elle.

Les deux voyageurs portaient sur le visage l'impétuosité et la fougue de la jeunesse. Tempête sut tout de suite qu'il détesterait le roux… et qu'il se méfierait de l'autre.

— Je vous suis, répondit Abralh en ne cachant pas le soulagement que lui procurait l'apparition impromptue de la jeune femme.

Solena guida Abralh et Solinor jusqu'à la salle du conseil des sages.

Que le mulâtre ait réapparu ce jour-là et à l'heure précise où se réunissait le haut conseil – mais plus encore alors que son père décédé venait, en pensée, de la prévenir d'un grand changement dans sa vie – tenait du miracle.

— Attendez ici que l'on vienne vous chercher, dit-elle en souriant, à la fois heureuse de revoir le Goroméen et gênée par son regard scrutateur.

Que cherchait-il en la dévisageant ainsi?

Elle avait changé, certes, et beaucoup plus que lui! Se rendant enfin compte qu'elle avait complètement ignoré Solinor, la cristalomancienne inclina la tête devant lui et s'excusa:

— Désolé, mais Abralh seul sera reçu. Sa venue est d'ailleurs attendue.

Les deux amis échangèrent un regard surpris.

— Attendue?

Solena était espiègle. Si son père l'avait avertie du retour d'Abralh, il avait aussi prévenu le haut conseil!

Elle sépara les deux amis d'un geste symbolique de la main. Abralh haussa les épaules par solidarité envers le rouquin qui prenait une mine renfrognée.

— Mais nous... protesta Solinor pour la forme, car il avait après tout autant le droit qu'Abralh de se présenter devant Mulgane et les autres.

Solena ne lui laissa pas le loisir de poursuivre et disparut par une poterne. Les deux amis se retrouvèrent seuls en compagnie des gardes dans le corridor sinistre. Par une large voûte entraient les rayons du soleil couchant qui dessinaient de merveilleuses arabesques sur les dalles. Mais les voyageurs, épuisés, n'étaient pas d'humeur à s'émerveiller.

Enfin, les portes s'ouvrirent.

Solinor fit mine d'avancer, mais les gardes l'éconduirent aussitôt.

Quel ne fut pas l'embarras d'Abralh en pénétrant dans l'hémicycle!

Ce qui le dérangeait ne tenait ni dans les colonnes dressées, ni dans les statues représentant les anciens Camulos d'Éliandros, ni même dans la beauté opaline des fresques racontant les grandes dates de l'histoire du temple-école au fil des siècles. L'attitude sévère des douze professeurs drapés dans leurs toges rouge et or ne pesait en rien, non plus, sur son émotivité intérieure. Il y avait bien la présence étonnante des quatre loups couchés aux pieds de Mulgane qui souriait à demi et le silence intimidant de ses condisciples. Mais il y avait surtout Solena, assise sur la première rangée de gradins, derrière la longue table où se tenaient les sages proprement dits.

Elle n'était pas seule. Illuminé par un flot de toges orange, le fond de la salle était peuplé de paires d'yeux qui le considéraient avec méfiance.

Camulos ordonna un recueillement général.

— Ce jeune homme nous est envoyé par un sage, dit-il. Il vient du nord où se sont déroulés maints combats dernièrement. Il vient nous décrire les heures sombres qui nous guettent.

Abralh n'avait aucunement l'impression d'avoir été envoyé par quiconque et se retint de corriger le doyen des professeurs. Ces hommes et femmes lui apparaissaient bien étranges dans leurs vêtements trop larges !

Pourtant, conscient de vivre un moment palpitant de son existence, il parla avec conviction de ce qu'il avait vu et entendu.

— Partout, dans les Terres de Vorénor, les seigneurs locaux se retournent contre leurs proches conseillers Fervents. Ils les tuent ou les livrent aux légides envoyés par Farouk Durbeen.

Abralh avait tendance à s'exprimer avec dureté. Comprenant qu'il était sur le point de se montrer impoli, il reprit avec moins de hargne :

— Hélas, de partout dans les Terres, les écoles du Feu bleu brûlent. Les seigneurs de Vorénor qui résistent sont anéantis par des troupes goréennes venues de la cité de Bayût. Elles sont conduites par deux officiers jumeaux, Riurgën et Thorgën, qui agissent au nom de Durbeen.

Camulos fronça les sourcils à la répétition de ce nom. Le grand légide Durbeen était en poste à Bayût depuis la première des invasions goréennes, survenue une vingtaine d'années plus tôt.

Les professeurs écoutèrent poliment le récit d'Abralh. Certains souriaient cependant, car les propos du mulâtre ne leur apprenaient rien de plus que ce qu'ils avaient déjà vu en transe.

Lorsque, guidé par les questions de Camulos, Abralh parla de la déportation systématique des élèves du Feu bleu survivants, Mulgane frissonna. Frëja, la compagne de Camulos, s'en aperçut tandis que le doyen lui-même semblait au contraire entièrement concentré sur le récit du Baïban.

Abralh insistait sur la menace réelle qui, à son avis, pesait sur Éliandros. Il leur conseillait tout bonnement une évacuation immédiate, lorsque Camulos leva les bras.

— Ami, tu as rempli ta mission, dit-il.

Il allait ajouter quelque chose, mais un des étudiants assis dans les gradins demanda respectueusement la parole.

Il était blond, beau et paraissait aussi fragile qu'un arbrisseau dans sa toge plissée d'apprenti. Cependant, sa voix était posée et son propos tout à fait légitime, vu les circonstances.

— Maître, clama-t-il, devant la gravité de ces paroles, nous, futurs professeurs d'Éliandros, voulons savoir si cet étranger est recommandé au conseil !

La démarche faisait partie des règlements du temple depuis des siècles. Tout inconnu qui se présentait devant le haut conseil devait en effet être «recommandé» pour que tous sachent que son cœur était pur et ses propos dignes de confiance.

Considérant la couleur de la peau d'Abralh, cette question était en effet sur toutes les lèvres.

Camulos étendit sa grande main calleuse, tandis que d'autres enseignants semblaient offusqués par la demande de l'apprenti Noem.

Celui-ci avala difficilement sa salive. Indignée, Solena était aussi impassible qu'une statue.

Puisque aucun des membres du haut conseil ne pouvait, selon la coutume, recommander un non-initié, la jeune cristalomancienne se leva.

— Je le recommande, déclara-t-elle d'une voix ferme. Je connais son âme.

Imitant leur amie, Helgi et Euli se levèrent à leur tour.

— La cause est entendue, trancha Camulos.

Il annonça ensuite que la séance était close et qu'il était temps, à présent, d'aller se restaurer.

Dans les rangs des toges orangées, certains, dont Varoumis et Belgrane, chuchotèrent que les amas de nuages noirs dont parlaient les prophéties du Mage errant s'approchaient dangereusement d'Éliandros. En sortant, ils ne se gênèrent pas pour dévisager froidement Abralh et Solena.

La surveillante des dortoirs, cette femme avare de paroles, vint chercher les deux voyageurs pour les conduire dans l'aile réservée aux invités. En la circonstance, cette apparition étonna Solena. La cristalomancienne avait toujours soupçonné cette femme d'être davantage, à Éliandros, qu'une simple domestique.

Alors que s'éloignaient Abralh et Solinor, deux autres personnes les suivaient des yeux. Noem semblait infiniment triste, et Mulgane vraiment satisfaite du retour du mulâtre…

L'examen Lemnique

D ans la chapelle des Messagers, la tension était palpable. L'oracle du jour était choisi parmi les étudiants. La personne désignée s'agenouillait sur la dalle dite de Divination, copie conforme de celle utilisée par le sage Mérinock dans la Géode sacrée, et fermait les yeux. Après avoir respiré des vapeurs de *venouil épicé*, une plante reconnue pour ses propriétés relaxantes, elle tombait en transe. Ses condisciples attendaient son signal pour avancer.

L'oracle se concentrait, prenait les mains de l'élève qui se présentait et lui donnait la leçon de vie du jour: une tradition qui trouvait sa source dans le culte des anciens géants et géantes, enfants de la déesse Gaïa.

À sa grande surprise, Belgrane fut choisie ce matin-là comme oracle. Debout sur la dalle devant la pierre ronde du Prince Messager et sous le regard compatissant de sa compagne Shanandra, la jeune rousse se pencha sur le creuset en pierre où brûlait le venouil, et inspira profondément.

Étaient présents Camulos, Frëja et Mulgane qui devaient conduire, tout de suite après la cérémonie de l'Oracle, l'examen des cristaux de Lem ou lemniques.

Connaissant la personnalité complexe de la rouquine, Euli, Helgi et Noem prirent des paris sur ses capacités à jouer son rôle d'oracle. Mais Solena et Natrel, plus portés vers l'indulgence, savaient que Belgrane possédait également de grandes qualités : entre autres une persévérance qui confinait à l'obsession ainsi qu'un talent naturel, voire du génie, pour tout ce qui touchait à la cristalomancie.

Exceptionnellement invités à l'événement, Abralh et Solinor hésitaient sur la conduite à tenir. Les transes, les cérémonies occultes et ce qu'il appelait avec mépris le «baratin spirituel» avaient toujours laissé Abralh froid comme de la glace. Solinor et lui avaient été forcés, durant leur enfance, de pratiquer les rites du Torancisme officiel. Ce qui avait profondément révolté et dégoûté Abralh, et donné au rouquin cette facilité de feindre la curiosité ou l'obéissance alors même qu'il se désintéressait complètement d'une question.

Abralh guettait un regard de Solena. Lorsque Solinor le lui fit remarquer, le mulâtre chercha une bonne excuse.

— Elle nous a soutenus dans la salle du conseil, et je n'ai toujours pas pu la remercier.

Belgrane reçut un à un ses condisciples. Puisant dans ce que Camulos nommait «les faces cachées de l'Âme supérieure», la jeune femme devait décrypter ses visions et donner à l'étudiant la nature du sentiment, du défaut ou de la qualité que les événements de sa journée allaient le forcer à travailler.

Qu'il s'agisse de la patience envers soi-même ou autrui, de la compassion ou bien du courage ou de l'optimisme face à un de ses démons intérieurs connus, l'étudiant promettait de prendre garde et remerciait l'Oracle.

Lorsque Solena s'assit devant elle, Belgrane tressaillit. Malgré les années écoulées, l'agressivité et la jalousie de la rousse n'avaient pas complètement disparu. Solena en était à la fois consciente et triste, mais elle refusait désormais de supporter les humeurs de sa compagne de classe. Elle avait cessé, aussi, d'être aimable avec elle le jour où Natrel lui avait avoué que Belgrane considérait cette attitude comme de la pure condescendance à son égard.

« Il y a des comportements innés qui ne s'expliquent pas », avait dit Natrel sans se rendre compte que leurs études spirituelles prouvaient au contraire que toute conduite obsessive avait une origine ancrée dans la vie présente ou dans une existence passée.

Lorsque chaque élève eut reçu sa directive du jour, des petits groupes se formèrent et une certaine nervosité s'installa. Mulgane sépara les étudiants qui allaient subir leur examen de ceux qui l'avaient déjà passé.

Le mulâtre vit Belgrane et Varoumis agacer Solena et Natrel qui se préparaient mentalement, assis sur une natte d'écorce tressée. Les attitudes serviles, à son avis, de tous ces étudiants le confortèrent dans son idée : il avait bien fait, autrefois, de choisir de ne pas rester à Éliandros pour étudier en leur compagnie.

Le soleil se levait au-dessus des montagnes. Ses rayons illuminaient la silhouette du Prince Messager sculptée sur la roue en grès rouge. Abralh détestait ce symbole religieux même si, chez les Fervents du Feu bleu, Torance souriait benoîtement sur sa pierre alors que sur les statues le représentant dans les églises du Torancisme officiel, il semblait souffrir le martyre.

Solinor poussait Abralh vers la sortie quand Mulgane leur fit signe de rester.

Des apprentis occultèrent les hauts vitraux avec des toiles de jute. Une pénombre apaisante tomba dans la salle dominée par les statues des premiers compagnons des deux messagers, la pierre ronde et la belle sculpture de Shanandra qui contemplait les « fidèles » avec son éternel regard doux et compatissant.

Mulgane s'approcha des deux jeunes hommes et leur murmura qu'ils allaient assister à un événement rare et « extrêmement significatif ».

Non loin de là, Solena s'apprêtait à faire la démonstration de ses connaissances. Assis sur des sièges en bois devant l'imposante pierre ronde du Prince Messager, Camulos, Frëja, Philamek et Mulgane, les principaux professeurs de la jeune femme, feraient office de juges.

L'étudiante sortit un à un de leurs étuis les sept cristaux de base de la cristalomancie dite « lemnique » : c'est-à-dire celle axée sur la guérison des corps et des âmes, et qui s'opposait à l'école « morphique » radicalement orientée vers la manipulation, la domination et la destruction des êtres.

Abralh admirait la grâce de ses gestes. La jeune femme semblait déjà évoluer dans un autre univers ; le sien propre fait de silence, de paix et de confiance en soi.

Il se leurrait, bien sûr, car aucun élève, même parmi les meilleurs comme Belgrane ou Solena, ne faisait face à un moment de vérité aussi intense que celui-là sans ressentir une peur viscérale à l'idée de décevoir ses maîtres.

Camulos désigna le cristal blanc. Solena se leva et vint lui donner, à l'oreille pour que les autres étudiants n'entendent pas, la symbolique précise de ce cristal de Goromite blanc ainsi que ses multiples usages lemniques. Frëja montra ensuite du doigt le cristal bleu. Mulgane enchaîna en demandant des explications sur le cristal rouge. Et ainsi de suite pendant une heure entière.

Abralh se sentait mal. À ses côtés, Solinor se prenait au jeu de l'examen et lui décrivait d'instinct à mi-voix les utilisations de base de chacun des cristaux. Le jaune pour l'espionnage à distance, le bleu pour la télépathie, le rouge pour la domination... sans se rendre compte qu'il donnait là non pas les usages lemniques, mais ceux des Hurelles de Vorénor, et même, en cachette, de certains légides du Torancisme officiel.

Lorsque Mulgane demanda à Solena de lui expliquer les fonctionnements multiples et complexes du cristal de *carbonèse noir*, le jeune mulâtre dressa l'oreille.

Solinor toucha son épaule.

— Ça va?

La tête du Baïban oscillait. Ses lèvres tremblaient. Le Goroméen se rappela alors la dernière nuit passée en compagnie de Keïra.

— Est-ce que ta blessure...

Abralh se tâta instinctivement le cou.

— Attends, fit Solinor, je vais te...

Il voulut le tirer dans un angle de la salle, mais Abralh ne bougeait pas. Éberlué, il considérait la paume de sa main et le liquide noirâtre et visqueux qui tachait ses doigts.

Solinor se pencha sur la nuque de son ami et retint une exclamation d'horreur.

— Une de tes blessures s'est rouverte, répéta le Goroméen, et...

Ils sortirent de la salle tandis que l'on amenait devant l'estrade un vieil homme malade que Solena devait à présent ausculter, puis soigner.

— Quel est le cristal qui convient à ce cas précis? entendirent-ils Mulgane lui demander.

Belgrane et Varoumis virent se retirer les deux étrangers et ils échangèrent quelques mots à voix basse. Devant ses professeurs, Solena passait lentement son éclat de cristal vert sur la poitrine du malade...

À l'extérieur de la chapelle, l'air n'était pas moins étouffant. Des pans entiers de montagnes et de hautes frondaisons se dévoilaient par les étroites meurtrières. Le ciel, qui s'était couvert, était maintenant gris, lourd et bas. Les gardes eux-mêmes l'observaient avec une crainte superstitieuse dans les yeux.

Solinor amena son compagnon dans une alcôve et l'adossa contre la pierre brute.

— Ta blessure s'est infectée. Je n'ai jamais rien vu de pareil. Ce n'est ni du sang ni vraiment du pus.

Solinor jeta un regard méfiant autour d'eux, puis il chuchota :

— Je ne crois pas que l'on doive attendre de l'aide de la part de tous ces gens.

Abralh leva un sourcil, étonné.

— N'as-tu pas remarqué que nous étions surveillés ! ajouta le rouquin. Partout où nous allons, des gardes nous suivent. Et la nuit, un homme dort en travers de notre porte.

Un lointain coup de tonnerre retentit. Du sanctuaire leur parvinrent une salve de hourras et d'applaudissements. Sans doute Solena venait-elle de réussir son examen ! Si Abralh se rappelait les propos de Mulgane, il ne restait qu'une seule épreuve avant que la jeune femme et plusieurs de ses amis ne soient autorisés à porter la toge des maîtres.

Frustré de voir son ami rêvasser, Solinor lui répéta sombrement :

— Ces gens se méfient de nous.

Il montra la pierre bleue qu'ils portaient depuis la fuite de Keïra à tour de rôle autour du cou.

— Tu as voulu jouer les grands seigneurs et les préve-nir du danger qui les menace. Mais qu'est-ce que ça nous rapporte ? Nous aurions mieux fait de vendre la pierre et de quitter ces Terres qui sentent la guerre et la souffrance.

Abralh grimaça, car sa blessure suintait toujours. Il rétorqua néanmoins que c'était lui, Solinor, qui ne comprenait rien. Qu'ils devaient au contraire rester.

— Riurgën et Thorgën ne vont pas tarder à arriver, rétorqua le rouquin. Keïra était de mèche avec eux. Si tu penses que Camulos et Mulgane vont te protéger, tu te trompes.

Des élèves sortirent de la chapelle en chahutant.

Solinor reprit, un ton plus bas :

— Nous tournons en rond depuis notre arrivée sur ces Terres. Tous les autres temples-écoles du Feu bleu ont été détruits ou le sont en ce moment. Éliandros tombera aussi. Si nous voulons survivre, il faut partir.

— Je vais parler à Mulgane, s'entêta Abralh.

Varoumis se planta devant lui. Un sourire mauvais déformait ses traits. Jouant avec son kaïbo, le jeune étudiant dit sur un ton moqueur :

— Solena prétend que tu te défends bien au kaïbo. Te mesureras-tu à moi, ce soir ?

Solena sortait à cet instant de la salle d'examen. En voyant Varoumis et Abralh face à face, elle eut une vision effrayante. Elle repoussa Noem qui voulait la féliciter et se précipita vers les deux combattants…

LA GRANDE ÉPREUVE

— Ce garçon me déteste sans autre raison que la couleur de ma peau, murmura Abralh.

— Si l'on devait combattre tous ceux qui ont une dent contre nous, répondit Solinor…

Mais l'heure n'était ni à la philosophie ni à l'introspection. Entouré de Belgrane et d'un ami, Varoumis se livrait à quelques exercices d'échauffements. Son témoin exhiba un kaïbo que le rouquin manipula entre ses doigts avant de le tendre à Abralh.

— Il n'est pas parfaitement équilibré. Cependant, il devrait te convenir.

La journée s'était écoulée à la vitesse de l'éclair et ils se retrouvaient, passé l'heure du couvre-feu, dans une salle étrange où s'élevait une impressionnante fontaine de pierre.

Le mulâtre posa sa main sur le grossier bandage qui enveloppait son cou.

Après que Varoumis – il avait du mal à appeler son adversaire par son prénom – soit venu me défier en duel, Solena est arrivée… se rappela-t-il.

La jeune femme avait surgi, essoufflée. Le blond qui avait demandé dans la salle du conseil s'il était « recommandé » la suivait de près.

Il a pris Solena par le bras et l'a tirée vers lui…

Solinor fit claquer sa langue d'agacement.

— Ça va être à toi !

Le rouquin jeta un regard circonspect au-delà la couronne lumineuse dispensée par les torches, et étudia l'étrange salle choisie par Varoumis. Le mur de colonnes paraissait sévère. Les trouées ouvertes dans la paroi opposée n'étaient pas découpées comme de véritables fenêtres, mais plutôt taillées n'importe comment, au burin. Et que dire de cette fontaine dont l'écoulement paisible était, outre le souffle angoissé des jeunes, le seul bruit perceptible !

— Prenez vos marques, dit sourdement Belgrane.

Un coup d'œil suffit pour convaincre Solinor : Varoumis et sa petite amie ne les aimaient pas, et franchement, cette aversion était partagée.

Les deux kaïbos se positionnèrent l'un sur l'autre. Très bas sur leurs jambes, les combattants attendaient le signal.

Au dernier moment, Solena arriva accompagnée par trois de ses amis.

— Arrêtez ! s'écria-t-elle d'une voix tremblante.

Présent au même titre qu'Helgi et son fiancé Euli, Noem la retint par le coude.

— Pourquoi empêcher ce combat ?

Solinor venait d'avoir une idée.

— Oui, pourquoi ?

Car, pour le Goroméen, les choses étaient simples. Si Varoumis perdait, Abralh et lui seraient sans doute chassés d'Éliandros. Ils quitteraient les Terres de Vorénor avant que Riurgën et son jumeau ne les rattrapent.

— Tout combat est ridicule, souffla Solena, les lèvres pincées.

— Laisse ! Ils sont assez grands pour régler leur différend en homme, répliqua Noem.

Euli voulut protester encore, mais son ami l'en empêcha d'un regard.

Abralh et Varoumis échangeaient à présent quelques techniques de base pour mesurer leur force. Solinor admira en connaisseur leurs différents styles. Sautillant et nerveux pour le jeune prétentieux, plus subtil et réfléchi pour Abralh.

L'émerveillement gagnait une fois encore le jeune roux. Comment Abralh et lui pouvaient-ils être si experts au kaïbo en n'ayant jamais rien fait d'autre que d'assister autrefois, de loin, à des combats entre seigneurs ?

Les attaques étaient précises et puissamment portées. Les esquives, les ripostes et les « tournoiements de sol » comme on appelait les rapides mouvements de pieds, de très haut niveau. Malgré la peur d'être découverts, les spectateurs retenaient leur souffle.

Belgrane avait édicté les règles : le combat devait cesser au premier sang versé.

Une des lames de Varoumis accrocha la tunique d'Abralh. Belgrane approcha sa torche. Mais, la chair n'ayant pas été atteinte, le combat devait se poursuivre.

De temps en temps, Abralh replaçait son pansement. Solinor regrettait de ne pas avoir assez serré la cordelette de chanvre.

L'affrontement durait depuis quelques minutes, déjà, quand Helgi remarqua l'expression figée de Solena. Elle passa une main devant ses yeux et comprit que son amie avait une vision : la même, sans doute, que celle qui lui était venue le matin.

Euli et Noem s'enquirent :

— Que voit-elle cette fois ?

Solena balbutiait :

— Une petite église de montagne. Il fait froid. Des guerriers surgissent. Ils sont montés sur des destriers. Un jeune villageois et un des guerriers s'affrontent. Le toit du bâtiment s'écroule…

Les garçons s'entreregardèrent. Leur amie voyait-elle une scène en train de se produire ailleurs, ou bien cette transe était-elle la réminiscence d'un événement surgi du passé ?

Belgrane lâcha un cri de stupeur.

L'épaule droite de Varoumis était tachée de sang et l'élève à genoux. Un coup bien ajusté lui arracha son kaïbo des mains. Abralh posa sa lame sur sa gorge.

Humilié, mais forcé de respecter le code de l'honneur, Varoumis dut s'avouer vaincu.

Belgrane et le témoin du garçon le relevèrent et l'emmenèrent sans adresser un mot au vainqueur.

Euli laissa alors éclater son indignation :

— C'est de l'inconscience d'avoir accepté ce duel ! Ignorez-vous que les règles d'Éliandros sont très strictes ?

Il ne put se retenir d'adresser aussi des reproches à Noem :

— Et toi aussi !

Solinor rétorqua avec morgue qu'il n'était pas dans leur nature de refuser les défis.

Encore sous l'émotion causée par sa vision, Solena retira délicatement le pansement d'Abralh et retint une exclamation de surprise en découvrant la plaie.

— Helgi, dit-elle, prévient Mulgane tout de suite…

La maîtresse des loups d'Éliandros déclara sans ambages qu'il s'agissait bel et bien d'un empoisonnement morphique au cristal de carbonèse noir.

Abralh avait été ramené dans sa cellule. Malgré son nom, cette pièce était de dimension convenable. Elle disposait de tapis en laine d'évrok sur le sol et sur les murs, et d'une armoire en bois massif. Une petite alcôve attenante servait pour les ablutions.

Noem accrocha sa torche au support de cuivre. Allongé sur le ventre, le jeune Baïban avait à la fois froid et chaud.

— Keïra, laissa tomber Solinor en frappant ses mains l'une contre l'autre.

— Keïra? s'étonna Solena.

Forcé de répondre, Solinor expliqua qu'au long de leur vie d'aventures ils avaient rencontré une jeune femme qui s'était présentée comme une Hurelle vorénienne. Elle les avait baladés à travers toutes les Terres avant, finalement, de les trahir.

— … et d'empoisonner Abralh, ajouta-t-il. Je l'ai surprise, un cristal noir dans une main et une minuscule lame à bout recourbé dans l'autre. Elle l'a blessé à la poitrine et à la nuque. Ensuite…

Mulgane l'interrompit d'un geste.

— Les empoisonnements au cristal de carbonèse se font toujours par le biais d'un enchantement, dit-elle.

Elle sourit à ses élèves éberlués, car elle ne leur avait encore jamais parlé de l'utilisation morphique de ces cristaux qu'eux utilisaient uniquement pour guérir.

Abralh gémissait. Son corps était parcouru de frissons. Son cou présentait un aspect gonflé et violacé. La blessure était encore ouverte et ne semblait pas vouloir se cicatriser normalement. Le liquide visqueux ne coulait plus, mais l'air de la pièce en était empuanti.

Le moment était venu pour Abralh de poser ses questions. Sentant qu'il serait sans doute obligé de mentionner la pierre bleue, Solinor tenta de gagner du temps.

— Est-ce mortel?

— Il existe de nombreux enchantements, répondit Mulgane. Le tout est de savoir ce que cherchait à faire cette Keïra. Tant que nous ne le saurons pas, le charme ne pourra être combattu efficacement, et la blessure ne guérira pas.

Au bout de quelques minutes, Solinor ne savait plus que dire ou faire pour éviter de leur montrer la gemme qu'il portait autour du cou ce soir-là. Soudain, la maîtresse des loups se tourna vers Solena.

— Ma chère enfant, dit-elle, l'heure est venue pour toi de subir ta dernière épreuve. Je voulais attendre encore, mais il est temps.

La jeune cristalomancienne hocha la tête. Mulgane prit ses mains.

— Il s'agit de la lecture de ton âme, Solena, et de celle d'Abralh. Ce faisant, tu redécouvriras un de tes pouvoirs assoupis et tu m'aideras à identifier le charme qu'a utilisé cette fille pour empoisonner notre ami.

Euli, Helgi et Noem s'écartèrent respectueusement. Cette dernière épreuve était ordinairement pratiquée dans la chapelle des Messagers et impliquait un décorum et un cérémonial précis. Ils avalèrent leur salive et songèrent que «l'heure» dont parlait Mulgane devait être solennelle pour justifier un tel manquement aux règles d'Éliandros.

Lire seule à seule son âme et la décrypter signifiait entrer en contact intime avec son Être supérieur et passer en revue les existences antérieures en rapport direct avec la vie actuelle. Sans jugement, frayeur ou remords. Une étape que seuls les meilleurs apprentis pouvaient franchir en conservant leur intégrité.

Mulgane donna alors un ordre qui frustra les jeunes réunis.

— Retournez vous coucher. Demain, à l'aube, je verrai quelle décision prendre en rapport avec le duel de cette nuit.

Solinor dut se faire répéter à deux reprises qu'il devait lui aussi vider les lieux avant de tourner les talons.

Solena dénoua les cordelettes du col de sa tunique, inspira profondément, se vida l'esprit de toute attente ou contrariété. Dans un sens, elle était soulagée de ne pas subir cette épreuve dans la chapelle. Se dévoiler ainsi devant tout le monde sous le regard serein de la statue de Shanandra lui paraissait au-dessus de ses forces.

Aidée de Mulgane, elle retourna Abralh sur le dos.

L'enseignante sortit un cristal blanc de la besace de cuir qui ne la quittait jamais. Avant de commencer, elle prit le visage de Solena entre ses mains et la dévisagea longuement.

— Pour avancer dans ta mission de vie, il est nécessaire que tu saches qui tu es et qui tu as été, et que tu l'acceptes pleinement.

Elle posait son quartz de goromite sur le front pâle d'Abralh quand les cors d'Éliandros mugirent dans la nuit.

Par la meurtrière, Solena vit s'allumer des feux dans la forêt. Les loups du clan de Tonnerre hurlèrent à la mort. Au même moment, les hautes branches des plus proches Sentinelles frémirent. Des bruits de pas résonnèrent dans le corridor.

On frappa à la porte. Noem passa la tête dans l'embrasure.

— Venez voir !

Mulgane ordonna à Solena de demeurer auprès du blessé. Mais, s'appuyant sur la jeune femme, Abralh insista pour l'accompagner.

— J'ai un mauvais pressentiment, dit-il.

— Nous avons le même, je crois, répondit Solena en souriant.

Les défenseurs d'Éliandros étaient déjà en place sur le chemin de ronde. La pâleur du ciel prenait tout le monde par surprise. L'aube était-elle si proche ?

Un martèlement sourd venu de la forêt faisait vibrer la pierre des merlons. À une centaine de mètres, les frondaisons s'agitaient, comme victimes d'une secousse sismique.

Camulos et Frëja arrivèrent en courant.

— Mérinock nous a prévenus en rêve, dit le maître.

Un capitaine fit son rapport :

— Les ponts-levis ont été remontés, les portes cadenassées, les meurtrières basses bouchées.

Mulgane se pencha. Entre les rubans de brumes et le ciel rougi par les incendies, elle voyait les villageois affolés envahir l'esplanade du temple-école.

— Par les anciens dieux ! s'exclama-t-elle d'une voix blanche.

L'ULTIMATUM

Camulos rappela son capitaine et lui demanda de rouvrir la porte principale.

—Vous êtes fou ! s'exclama Solinor, une lunette d'observation en corne à la main. Derrière ces fuyards se presse l'avant-garde d'une armée !

Le regard froid que lui jeta le maître des Mystères remit le rouquin à sa place. Ce qui ne l'empêcha pas, à demi-mot, de traiter le doyen d'imbécile.

Sous le mur d'enceinte se pressait une meute de paysans. Des hommes dans la force de l'âge, mais aussi des groupes de femmes, d'enfants et de vieillards. Certains portaient sur leurs épaules des sacs contenant tous leurs biens ; d'autres tiraient des charrettes à main.

Solena reconnut parmi eux les éleveurs qui apportaient chaque jour le lait, le fromage et la viande au temple-école. Plusieurs de ces hommes amenaient également leurs bêtes de somme, qu'ils fouettaient pour qu'elles se pressent. Au milieu des villageois se faufilaient des poules, des oies, des limandros et des cochons.

Camulos s'assura auprès de Mulgane que les loups étaient bien enfermés dans la seconde enceinte.

— Il faut aider ces gens à dresser leur campement, dit-il.

Euli s'écria :

— Ils arrivent !

Helgi lui serra le bras, car son fiancé, anxieux de ne plus recevoir de nouvelles de sa famille romanchère, apercevait enfin les carrioles peintes et les fanions de couleur accrochés aux mats.

— Vous n'allez pas accepter ces voleurs dans vos murs ! s'indigna Solinor.

Camulos ordonna à ses archers de prendre position. Le fracas assourdissant de l'armée goréenne faisait vibrer le sol. Et, déjà, l'avant-garde annoncée par Solinor rattrapait les fuyards.

— Que vos flèches accomplissent leur devoir ! clama Camulos en levant les bras.

Il ajouta un peu mystérieusement « qu'ils n'étaient pas seuls ». Paroles que Solinor et Abralh ne comprirent vraiment que lorsque les flèches, parties en essaim maladroit, furent dirigées de main de maître sur leurs cibles. Ne touchant que des soldats ennemis, elles épargnèrent les réfugiés et leurs bêtes.

Solena suivit Euli et Helgi qui descendaient dans la cour pour accueillir les Romanchers.

Il semblait à la jeune fille que par-delà le crissement des essieux, les lamentations, les pleurs ou les exclamations de joie perçaient des notes de musiques. Elle repéra plusieurs des filles d'Amis Néroun, chercha le patriarche des yeux, le retrouva dans les bras de son fils.

Ses sœurs entourèrent Euli. Parmi les hommes, les mines étaient basses. Plusieurs d'entre eux étaient blessés. Solena les imaginait aux prises avec des guerriers aussi féroces que celui qui avait tenté de l'enlever.

Elle n'eut pas à se retourner pour sentir la présence d'Abralh.

Le mulâtre donna l'accolade au doyen des Romanchers comme s'ils étaient de vieux amis. Le rouquin avoua du bout des lèvres qu'il était heureux que Néroun et les siens aient survécu à l'attaque du village de Néférorq.

Le cor d'Éliandros sonna. De nouvelles volées de flèches jaillirent des créneaux.

Le capitaine vint faire son rapport à Camulos. Mais, déjà, le maître des Mystères regagnait le mont du centre. Ses longs cheveux blancs voletaient devant son front. Il déclara que le ciel s'était assez assombri, selon les termes mêmes de la prophétie, pour qu'ils tiennent un conseil d'urgence.

— Mandez des représentants de tous les groupes de réfugiés, ordonna-t-il. Nous allons avoir besoin de l'avis et de l'aide de tout le monde.

Solinor s'écria qu'Éliandros, même protégée par ses trois rangs de murailles, ne pourrait résister longtemps à l'armée goréenne.

Tu le sais aussi bien que moi ! ragea-t-il en voyant Abralh lui tourner le dos pour suivre Solena et les professeurs.

Le coursier goréen se présenta peu avant midi. Grand, les épaules larges, le torse bombé, sous son armure de campagne, il avait été choisi dans la piétaille. Ce détail avait son importance, car il donnait d'entrée de jeu le ton du rapport qui allait s'établir entre l'état-major des assiégeants et le doyen du temple-école.

Solinor prétendit que dépêcher un simple soldat comme messager était la preuve que le chef de l'armée goréenne ne leur témoignait aucun respect.

— Tais-toi, le somma Abralh.

L'homme marcha entre une haie de paysans mêlés à des soldats, des élèves et des professeurs. Camulos l'attendait, les mains posées à plat sur les appuis-bras de son siège en bois sculpté.

— Bienvenue à toi, dit-il en indiquant un tabouret que le soldat dédaigna.

Il y avait sur le visage du coursier plus de peur et de gêne que de mépris ou de colère. Les professeurs et les élèves finissants comprirent que ses supérieurs l'avaient envoyé en pensant qu'il ne reviendrait pas.

— Les Goréens nous prennent vraiment pour des barbares, ironisa Noem.

Le jeune blond cherchait en vain l'attention de Solena, tout entière concentrée sur les négociations à venir.

La cristalomancienne remarqua la mise piteuse du messager. Sa cape était imbibée d'eau et de boue, ses braies déchirées, son plastron en métal taché de sang. Ses galvas laissaient entrevoir des doigts de pied déformés par la corne qu'il s'était faite en marchant jusqu'à Éliandros.

Intimidé par le maître des Mystères, il ôta son casque et lui remit un rouleau d'ogrove.

Camulos le parcourut. Puis il déclara à voix haute :

— L'officier commandant l'armée goréenne nous somme de nous rendre. Si nous ouvrons nos portes, il nous promet la vie sauve… et la mort assurée si nous résistons.

Un silence accablant suivit ces paroles. Le coursier lui-même déglutit, effrayé. Des paysans qui avaient assisté, impuissants, à la destruction de leur village et de leurs champs levèrent le poing. Un vacher avait vu des soldats éventrer ses bêtes, les découper en morceau, puis les emmener. Avant de quitter les lieux, ils avaient ensuite assassiné sa femme et deux de ses enfants. Il disait avoir encore dans les narines l'odeur de leurs chairs qui brûlaient.

Un autre menaça le coursier de sa lance.

— Assez! tonna Camulos.

L'autorité émanant du maître des Mystères était si grande, ses pouvoirs si respectés que le calme revint aussitôt.

Alors, sous le regard éberlué d'Abralh, de Solinor et de la moitié de l'assistance, Camulos demanda à un étudiant de laver les pieds de l'homme et à Solena de soulager, avec son cristal de goromite blanc, les douleurs qui le faisaient grimacer.

Les étudiants obéirent. Pendant ce temps, le maître réclamait un creuset en étain rempli d'huile d'évrok. Il y mit aussi une mèche qu'il alluma avant de brûler le rouleau d'ogrove.

En prenant le coursier par les épaules, il lui donna sa réponse.

— Dis à ton officier qu'Éliandros ne se rendra pas et ne tombera pas. Dis-lui qu'il existe des forces inconnues, invisibles et intelligentes. Que ces forces ne laisseront impunies ni les violences ni les haines.

En ressortant, le coursier était mal assuré sur ses jambes. Ses pieds, pourtant, ne lui faisaient plus mal et il avait senti des mains de femmes sur sa peau pour la première fois depuis des mois. Conscient d'avoir parlé avec un sage, il balbutia la formule de circonstance en vigueur dans l'Empire de Gorée.

— Que la volonté de Gaïos, le dieu unique, s'accomplisse!

Propos qui firent sourire les professeurs et indignèrent certains apprentis.

Lorsque le coursier fut ressorti, le vacarme envahit la grande salle.

Solena remettait de l'ordre dans les pans de sa tunique. Soudain, elle lâcha un cri et se précipita vers une trouée.

Devant l'esplanade où se massaient les machines de guerre ennemies, des bûcherons coupaient des arbres centenaires.

Noem et Abralh se précipitèrent aussi... juste à temps pour recevoir Solena dans leurs bras !

— Les Sentinelles pleurent sur la folie des hommes, dit-elle d'une voix étranglée.

Solinor haussa les épaules. Pour lui, Riurgën et son jumeau ne faisaient rien d'autre qu'élargir la base sur laquelle ils allaient installer leurs bataillons.

Viendront ensuite les lignes de piques pointées vers le ciel, les talus remblayés, les fossés. Et, derrière, les tours d'assaut.

Dans sa tête se déployait l'ordre habituel de bataille de l'armée : une stratégie qui en Gorée avait érigé la guerre en un art complexe et fascinant.

Camulos demanda à chacun des représentants de venir s'asseoir à la table. L'heure était venue d'organiser la résistance.

Abralh y suivait Mulgane quand Solinor lui agrippa le bras.

— Cette guerre n'est pas la nôtre. Il doit sûrement exister un moyen de sortir d'ici avant que les jumeaux ne bouclent le périmètre.

Abralh ne répondit pas.

— Tu sais que j'ai raison ! insista le rouquin. Éliandros sera réduit en cendre. Pourquoi t'entêter à rester avec ces gens ? Nous sommes des Goréens, après tout !

Le mulâtre leva son poing. Ses yeux verts étaient fixes, sa respiration haletante.

— Nous avons la pierre, se rebiffa Solinor. Et il y a tant d'autres richesses à conquérir, de villes à visiter ! Pour cela et pour tant d'autres choses, encore, restons en vie !

Déjà assise, Solena les observa à la dérobée. Se rendait-elle compte du bras de fer qui se jouait ?

Certainement, songea Solinor. Cette fille est une magicienne. Elle ressent tout !

Abralh répondit finalement :

— Pars, si tu veux, mais cesse de geindre.

— Tu es fou ! Éliandros va tomber.

Le mulâtre sourit. Alors, Solinor cracha :

— C'est la fille, n'est-ce pas ? Keïra ne t'a-t-elle pas servi de leçon !

Pauvre Solinor. Ayant été repoussé par Valène (le rouquin parlait tout seul durant son sommeil) il croyait sans doute que toutes les femmes se ressemblaient.

— Elle a une belle bouche, d'accord, mais c'est tout !

Abralh le prit à la gorge.

— Tu pourrais étrangler ton seul ami ? railla le rouquin en soutenant le regard injecté de sang du Baïban.

Le mulâtre arracha la pierre bleue que Solinor portait au cou.

— Va-t'en si tu veux, répéta-t-il sourdement.

Camulos réclama le silence. Le cor d'Éliandros sonna de nouveau.

Avant de quitter la salle, Solinor prophétisa :

— Si tu leur montres la pierre, tu t'enfermes dans une nouvelle prison. Cette fille te trahira un jour. Et, quand ça arrivera, tu seras seul et désespéré.

Les révélations de Mulgane

amulos et son capitaine observaient les opérations, tandis que les autres professeurs et les étudiants les plus doués s'étaient retirés dans la chapelle des Messagers pour méditer. Le terme, en une aussi périlleuse situation, aurait eu de quoi étonner un officier normal. Mais le capitaine savait tout ce que l'adresse de ses archers devait à la magie des Fervents du Feu bleu.

Chaque flèche semblait posséder assez de clairvoyance pour choisir son homme et l'atteindre à tout coup. Les archers ennemis ripostaient, bien sûr, mais leurs carreaux se heurtaient à une sorte de paroi invisible et impénétrable.

Malgré cela, Camulos n'était pas tranquille.

— Pour les décourager, dit-il, il faut les attaquer sans répit et les empêcher de s'organiser.

Le capitaine pinça ses lèvres charnues. Dans toute l'histoire du *Ferventisme* en Terre de Vorénor, c'était la première fois que les temples-écoles étaient directement visés. Jamais vraiment menacés (même lors de la première invasion survenue dix-huit années plus tôt), les Fervents se retrouvaient cette fois dans la mire des *Toranciens*.

Camulos remarqua la mine contrite de son officier.

— Doutes-tu de moi, mon ami?

— Maître, nous sommes si peu nombreux, répondit le capitaine avec diplomatie.

Camulos éclata de rire. Les archers n'étaient en effet qu'une centaine, et le chemin de ronde si long qu'il n'était défendable que sur une infime partie de sa superficie. Et si les paysans savaient manier la fourche et que quelques Romanchers étaient de fins escrimeurs, un combat dans les règles serait inévitablement à leur désavantage.

— Fröja a demandé des renforts à Igmar, dit encore Camulos.

Le capitaine grogna des paroles incompréhensibles. Pour lui, le duc d'Urghonen ne valait pas mieux que les autres souverains des Terres de Vorénor. Ces nobles étaient soit faibles et terrorisés, soit malades dans leur cœur. Ces seigneurs n'avaient fait aucun effort pour venir en aide aux autres temples-écoles. Ils ne bougeraient pas pour sauver Éliandros.

Camulos lisait dans l'esprit de l'officier et ne pouvait décemment lui tenir rigueur, car le militaire ne faisait qu'être objectif.

Seulement, se dit le maître des Mystères, ici à Éliandros, être réaliste ne signifie pas grand-chose....

Pendant que les Goréens s'échinaient à répondre coup pour coup et à pointer leurs catapultes sur les remparts, Camulos observait le ciel, plus noir et menaçant que jamais alors que le jour aurait dû être levé depuis longtemps.

Fröja vint les retrouver. Sachant que cette femme était à la fois une puissante cristalomancienne et l'amante de Camulos, le capitaine la salua avec déférence.

La grande brune se lova contre le flanc de son compagnon. Son visage si beau reflétait l'inquiétude.

— Des réponses d'Igmar? s'enquit Camulos pour la forme.

Frëja battit des cils.

— Il fallait tout de même essayer…

Le duc possédait un cristal bleu de communication. Frëja avait tenté de le joindre par télépathie. En vain. Enfant, le duc avait pourtant passé trois années à étudier les bases de la cristalomancie, et il avait longtemps gardé près de lui un moine-conseiller formé au temple-école.

Camulos soupira en voyant, derrière le rang de catapultes et celui des archers, s'aligner l'infanterie goréenne.

— Notre capitaine a raison de croire que notre magie ne durera pas éternellement, murmura Frëja.

— Toutes les conditions de la prophétie sont donc réunies.

Frëja hocha la tête.

— Le Mage errant aussi m'a prévenu, reprit le maître des Mystères. Nulle forteresse, nulle institution n'est immortelle et impérissable. Où en sommes-nous ?

Cette question, alors que le siège n'était même pas encore installé, avait de quoi démoraliser le plus brave. Mais les deux professeurs voyaient au-delà des apparences.

Frëja lui parla des élèves effrayés, cloîtrés dans leurs dortoirs, des domestiques terrorisés qui se demandaient ce qui allait arriver, des réfugiés attentifs au moindre signe de faiblesse.

Les archers tiraient toujours leurs carreaux à un rythme régulier. Leurs pointes s'allumaient spontanément d'une flamme bleue issue du pouvoir de concentration de Mulgane et des nouveaux professeurs – dont Solena, promue en catastrophe.

Alors que la plupart des flèches abattaient des soldats, celles dirigées par la jeune cristalomancienne blessaient uniquement les bûcherons. Solena cherchait en effet à protéger les vénérables Sentinelles dont elle entendait la colère et l'indignation.

Soudain, plusieurs cors goréens sonnèrent. Les archers cessèrent de tirer et les catapultes furent chargées. En entendant le craquement de leurs structures qui ployaient sous le poids des pierres, Camulos songea aux écritures du sécralum de Cristin. Le Prince Messager aurait pu, debout sur les remparts, repousser d'un seul geste toutes ces machines de guerre !

Frëja capta sa pensée et sourit. Les deux messagers n'étaient-ils pas aujourd'hui, en quelque sorte, présents parmi eux !

Elle avait tant de fois raconté à ses élèves les exploits de Torance devant les murs de Médino que chacun d'eux s'attendait peut-être à ce que semblable miracle se produise et sauve Éliandros du désastre.

Mais le ciel ressemblait trop aux descriptions qu'en donnaient les prophéties de Mérinock pour que la magie qui protégeait encore le temple-école perdure encore longtemps.

Les pierres vrombissaient au-dessus de leurs têtes. Certaines étaient détournées par la force de concentration de Mulgane et des professeurs ; d'autres s'écrasaient contre la paroi de cette immense bulle d'énergie invisible qui enveloppait Éliandros ; d'autres, encore, la transperçaient et faisaient voler en éclat, là un pan de mur, là une rangée de colonnes.

— Si nous ne faisons rien, la bulle cédera, s'inquiéta Frëja.

Son visage était si blanc qu'il ressemblait à du marbre clair.

Camulos ordonna au capitaine de se replier derrière la seconde enceinte.

L'officier rechigna pour la forme, car un repli de cette nature signifiait l'abandon de près d'un quart de la superficie du temple-école.

— Aidez aussi nos amis les paysans à mettre leurs familles et leurs bêtes à l'abri !

Une énorme pierre percuta la muraille à quelques mètres d'eux. Le choc fractura le mur sur toute sa hauteur.

— Repliez-vous ! répéta Camulos.

Il ajouta plus bas pour Frëja :

— Voyons si Mérinock a raison de penser qu'Abralh et Solena ne sont pas venus à Éliandros pour rien…

Mulgane était seule avec Solena et le mulâtre. Recueillis dans des cellules voisines, les autres professeurs ainsi que quelques étudiants de grand talent continuaient à diriger les flèches ou à détourner les rochers lancés à l'assaut des murailles.

La maîtresse des loups sentait que le temps filait entre leurs doigts. Remarquant qu'Abralh et Solena étaient toujours aussi mal à l'aise devant les représentations de Torance écartelé sur sa pierre ronde et de Shanandra compatissante et souriante, elle décréta :

— Le moment à la fois craint et attendu est venu.

Elle contempla elle aussi la pierre du sacrifice et les statues de Shanandra, de Mérinock et celles des autres compagnons. Lolène la guérisseuse, Gorth le mercenaire sans âme, Pirius, Ylotte, Alimas. Celle d'Erminophène, bien sûr, qui était le fondateur du temple-école. Et aussi celle de Cristin qui avait été le principal témoin de la vie et de l'œuvre des deux messagers.

Mulgane les regardait et leur souriait en amie. Ce qu'ils étaient, en vérité, et plus que cela, même !

— Tous ces héros sont revenus, eux aussi, dit-elle. En cet instant, ils sont dans ces murs à nos côtés. Ils ont été les compagnons des deux messagers et ils sont de nouveau à l'œuvre. La plupart vivent comme vous et moi. D'autres ne sont encore présents qu'en esprit.

Abralh fronçait les sourcils. À son avis, la vieille femme s'épuisait en rêves inutiles. La réalité, c'était ces secousses de plus en plus violentes, ces cris de guerre qui montaient de l'esplanade, ce ciel si lourd qu'il pesait comme du plomb.

— Solinor avait raison, laissa-t-il tomber à mi-voix.

Une main douce se posa sur son bras. Il en ressentit un tel bien-être qu'il rougit.

— Écoute ce que dit Mulgane, l'encouragea Solena.

Il la dévisagea. La fillette d'autrefois avait fait place à une jeune femme à la beauté troublante.

— Il faut que vous accomplissiez votre destin, continua la maîtresse des loups.

Le mot « destin » et son cortège de sous-entendus agacèrent le mulâtre.

L'enseignante montrait du doigt la pierre ronde et les statues. Et, dans leurs alcôves de pierre, les étagères de manuscrits, les précieux rouleaux d'ogrove empilés.

Dans la pénombre éclairée par les incendies naissants, Abralh croyait être victime d'hallucinations. Les statues des anciens compagnons se mettaient à bouger. Cristin d'Algarancia sautait à terre. Gorth se dressait derrière lui. Lolène et Alimas souriaient. Torance en personne se décrochait de sa pierre.

Je perds l'esprit ! s'inquiéta Abralh.

Un coup d'œil à Solena le rasséréna, car la jeune femme semblait de son côté vivre une transe éveillée qui la laissait sans voix.

Seule Mulgane parlait.

— Le grand légide Farouk Durbeen veut vous capturer depuis des années. Solena, depuis avant que tu n'arrives à Éliandros. Et toi, Abralh, durant ta quête de la pierre du seigneur de Miür. La raison en est simple. Il voulait empêcher que vous ne soyez réunis, aujourd'hui, ici à Éliandros. En cela, il a échoué dans sa mission.

« La vérité a toujours fait peur aux hommes, et plus encore à ceux qui ont créé des dogmes pour enfermer leurs semblables dans la peur et l'ignorance. »

Mulgane s'empara du manuscrit en peau d'évrok que tenait la main de la statue de Mérinock.

— Voici le texte d'introduction des prophéties dites de la « dernière cristalomancienne », déclama Mulgane.

Et elle lut :

« Lorsque d'épais nuages s'amoncelleront sur Éliandros, que les autres temples-écoles auront été détruits par la perfidie des légides, et que les deux messagers seront réunis dans le Saint des Saints, s'ouvrira la *porte de bromiur*. Disparaîtra alors la menace qui pèse sur la Vérité. »

— Je vous passe les détails, mais en clair cela signifie que tous ces rouleaux, ces manuscrits et ces artefacts qui composent en quelque sorte notre trésor de connaissance doivent échapper aux Toranciens. L'esprit même d'Éliandros ne pourra survivre que lorsque vous aurez ouvert cette porte.

Abralh était trop atterré pour parler. Mais Solena suivait le raisonnement de Mulgane.

— Comment y parvenir ?

Camulos et Frëja entrèrent à cet instant.

— En utilisant une clé, bien sûr ! répondit le maître des Mystères.

Les secousses et les grondements étaient de plus en plus violents. Malgré leurs efforts, trop de peurs, d'angoisse et de désespoir empêchaient les professeurs de maintenir bien longtemps encore l'intégrité de la bulle de protection.

— Une clé? se récria Abralh.

Il sortit la pierre bleue montée en pendentif. Les visages de Mulgane et ceux des deux autres professeurs s'éclairèrent. Camulos prit respectueusement la pierre dans la paume de sa main. Ses yeux brillaient de larmes.

— L'ancienne pierre du destin, murmura-t-il, ému.

— Je savais, dit Mulgane, que d'une manière ou d'une autre, Estimène guiderait Abralh jusqu'à elle!

Le mulâtre songea à Keïra et à cet amour insensé et malsain qu'elle lui avait voué.

De l'esplanade montait la clameur des Goréens lancés à l'assaut.

— Ils ont dû ouvrir une brèche dans le mur principal, fit Camulos.

Frëja se tourna vers Abralh et Solena.

— Vous devez faire vite. S'ils pénètrent dans la seconde enceinte, nous devrons nous replier derrière la troisième.

Solena se sentait à la fois oppressée et exaltée. Son village détruit, la mort de son père, le départ d'Abralh, ses six années d'études pour réveiller ses pouvoirs endormis. Tout avait donc eu un sens!

Camulos ouvrit un ancien manuscrit et en tira une carte jaunie. Avant de la remettre au Baïban, il se campa devant lui.

— Mon jeune ami, voici le détail des souterrains qui sillonnent Éliandros. Ils te mèneront jusqu'à la porte de bromiur.

Mulgane dit à Solena qu'elle garderait tous les loups près d'elle pour qu'ils protègent le sanctuaire le plus longtemps possible.

— Jusqu'à votre retour. Alors seulement nous pourrons espérer sauver Éliandros.

Voir le temple-école saccagé était au-dessus des forces de Solena. Elle prit les mains de la vieille femme dans les siennes.

— Je promets de revenir.

Abralh se sentait de nouveau fiévreux. Mais, dans le tumulte et la précipitation, nul ne s'en rendit compte.

Il eut une pensée pour Solinor, qu'il craignait avoir vexé pour de bon.

— Lui et nos autres combattants se mesurent en ce moment à l'ennemi ! dit Camulos qui lisait dans sa tête.

Solinor en train de se battre pour Éliandros ! songea Abralh, admiratif malgré lui. J'aurai donc tout vu !

Le maître des Mystères approuva.

— Il se battra avec courage.

Mulgane reprit :

— Nous-mêmes devons nous préparer au combat.

Le mulâtre aurait préféré manier le kaïbo plutôt que de s'engouffrer telle une souris dans une enfilade de soutcrrains à la recherche… d'une porte !

Ressentant combien il craignait les ténèbres et les endroits clos, Solena lui toucha l'épaule. Cette fois encore, le geste l'apaisa.

— Allez ! déclara Camulos. Suivez la carte et écoutez la pierre qui vous guidera.

Solena faillit leur révéler qu'elle s'était déjà trouvée devant cette fameuse porte qui, selon une des nombreuses légendes, conduisait vers le salut et un trésor d'une beauté et d'une puissance insoupçonnée. Mais, pressée par Mulgane, elle répéta seulement qu'ils réussiraient à ouvrir la porte.

— Pour que vive Éliandros ! scanda Camulos en s'emparant d'un solide kaïbo.

Le maître des Mystères rappelait à Solena, Brôm le sage. Même détermination, même foi en l'avenir, même charisme. La jeune femme en était profondément émue.

Les autres professeurs et étudiants sortaient de leur cellule respective, étourdis et moroses. Tous avaient une arme entre les mains. Solena croisa les regards anxieux de Noem, d'Euli, d'Helgi et même ceux de Varoumis et de Belgrane.

Tous allaient se battre tandis qu'Abralh et elle étaient destinés à mener un autre combat.

La pierre bleue palpitait dans sa paume.

— Elle est vivante, lui chuchota Abralh en saisissant la torche que lui tendait Camulos.

Solena avait le sentiment d'avoir, autrefois, déjà contemplé cette pierre. Cette sensation était si forte qu'elle lui donnait le vertige.

L'ASSAUT

Mérinock d'Évernia se trouvait dans la Géode sacrée. Il était assis, les yeux clos, sur la dalle de Divination. Un *Shrifu*, ces mystiques muets qui dédiaient leur vie à la sauvegarde du monde, l'assistait avec amour et dévotion. Autour d'eux se reflétaient les énormes blocs de cristal de bromiur. Dans leurs concrétions rosées et violacées se dessinaient les images de l'assaut lancé par l'armée goréenne contre Éliandros.

Fureur, bruit, peur, douleur, espoir…

Le Mage errant n'avait pas besoin, cette fois-ci, de sentir une poignée de terre pour savoir que ces émotions étreignaient les combattants. Certains y puiseraient la force de surmonter cette épreuve. D'autres se laisseraient écraser par leur poids et en mouraient.

Qui a dit qu'un mort n'avait plus de soucis!

Le Mage sourit. Lui-même pouvait être considéré comme un trépassé. Il avait d'abord passé près de treize années dans le corps de Brôm, le Brugond. Ce laps de temps lui avait permis de goûter au plus doux des bonheurs: celui d'être le père de Solena.

Puis il était « mort », comme ont dit. Il n'en demeurait pas moins très actif !

Dans la Géode sacrée se trouvaient les trois niches de bromiur dans lesquels les enveloppes charnelles de Torance, de Shanandra et la sienne propre sommeillaient et se réénergisaient.

Il y a dix-neuf ans, l'entêtement de Shanandra à ne pas vouloir revivre dans son corps avait poussé le Mage à récrire toutes ses prophéties.

Aujourd'hui approchait le moment où se dévoilerait au monde la dernière cristalomancienne. Sa mission serait capitale pour que le Torancisme dit officiel ne puisse pas cacher sous ses dogmes les Préceptes de vie amenés aux peuples cinq cents ans plus tôt par les deux messagers.

Le propre de l'homme est, hélas, de posséder les choses et les êtres qui les entourent au-delà de toute mesure raisonnable. Leur goût du pouvoir les pousse à travestir ce qui est bon pour les masses afin de tromper leurs semblables.

Depuis sa « mort », Mérinock avait continué à œuvrer aux côtés d'Estimène. Retardant le plus possible le moment où Farouk Durbeen, l'empereur Dravor II et Angus Siponne, tous d'anciennes connaissances, seraient en mesure d'envahir les Terres de Vorénor. Protégeant de son mieux le temple-école d'Éliandros pour permettre aux professeurs de bien préparer Solena, mais aussi d'autres élèves, à l'accomplissement de leurs devoirs respectifs. Guidant finalement Abralh jusqu'à la pierre du destin que le mulâtre n'avait pris, jusqu'à dernièrement, que pour un moyen de conquérir richesse et liberté : deux illusions qui se trouvent souvent, pourtant, au cœur des plus grands avancements spirituels de l'âme incarnée.

Oui, ils avaient tous deux œuvré. Mais, aujourd'hui, Abralh et Solena étaient prêts. Ils l'ignoraient sans doute eux-mêmes, mais l'Homme et la Femme sont toujours plus forts qu'ils ne le pensent.

Mérinock assistait en esprit à la grande bataille. Chacune des faces des grands cristaux positionnés autour de la dalle de divination mettait en scène un de ses messagers.

Ici, le jeune Euli maniait le kaïbo dos à dos avec son père, le Romancher Amis Néroun. Ils défendaient tous deux l'accès du chemin de ronde à une dizaine de soldats goréens. D'autres Romanchers se battaient également avec ferveur; pour sauver le temple-école, mais surtout pour se sauver eux-mêmes.

Sur une autre face des grands cristaux se démenaient Varoumis et Belgrane. Les deux jeunes étaient exaltés, mais aussi – Mérinock le lisait dans leurs esprits – farouchement décidés à échapper à l'emprise d'Éliandros.

Le Mage errant les contemplait, l'un et l'autre très à l'aise avec leurs kaïbos face aux soldats médusés. Les deux faisaient la paire. La passion, mais aussi un début d'amour sincère basé sur autre chose que le simple plaisir des sens commençait à poindre dans leur cœur. De cela aussi Mérinock était satisfait, car ces deux-là avaient jadis été de farouches ennemis. Ensuite, ils avaient été fiancés. Mais leur vie, hélas, s'était achevée trop tôt. Tenaient-ils enfin dans cette existence toutes les chances de voir s'épanouir entre eux une belle relation?

Belgrane utilisait à la fois son kaïbo et son cristal rouge de pouvoir. L'usage lemnique du grenat était de transférer à des malades un influx d'énergie salvateur. Mais alors qu'elle risquait un malencontreux coup de glaive, Belgrane faisait fi des règlements et prenait plaisir à projeter sur ses adversaires une flamme aveuglante qui leur brûlait les yeux.

Autour des combattants s'écrasaient les roches enflammées. Le chuintement des catapultes, leurs craquements sinistres se mêlaient aux hurlements de douleurs, aux grondements sourds lorsque s'effondrait un pan de mur.

Des officiers encourageaient leurs troupes.

« Sus aux hérétiques ! » clamaient les légides en se faufilant entre les soldats ; les uns pour raffermir la foi de leurs ouailles en armure en promettant à un soldat le paradis de Torance s'il n'hésitait pas à achever un agonisant ; les autres pour donner les derniers sacrements à un soldat mourant ; d'autres, encore, tentaient de retrouver quelque document dangereux pour la foi officielle.

Mérinock était simultanément dans le cœur et dans la tête de tous ses « messagers ». Il savait que Helgi demeurait avec d'autres filles dans le sanctuaire afin de renforcer la bulle de protection énergétique et qu'elle craignait pour la vie d'Euli. Cela nuisait à sa tâche, mais le Mage errant ne lui en tenait pas rigueur, car cette enfant aimait son fiancé depuis tant de siècles que cet amour excusait son manque de concentration.

Noem croisait le fer avec rage, mais était lui aussi très préoccupé. Il suivait Solena en esprit et ne comprenait pas pourquoi Camulos et Mulgane complotaient pour livrer sa petite amie à Abralh.

Mérinock souriait une fois de plus avec indulgence : Noem, s'il aimait sincèrement Solena, n'avait pas la priorité sur elle. Mais comment expliquer cela à un cœur qui désespère ? Alors, Noem prenait des risques et se ruait violemment à l'assaut.

Dans la fureur des combats, Mérinock voyait aussi le jeune Natrel, timide et maladroit, ainsi que le fantôme d'Estimène. Tous deux cherchaient la même femme qu'ils avaient également et à tour de rôle aimée dans des vies passées.

Mulgane supervisait le groupe de méditation. Elle sentait combien la bulle de protection chancelait sous les coups des catapultes.

Camulos envoyait ordre sur ordre à son capitaine bloqué sur une portion du chemin de ronde. L'officier sentait venir sa fin. Camulos perçut son regret de devoir laisser derrière lui une femme et trois ravissantes petites filles. Cet afflux d'adrénaline lui permit de repousser trois autres adversaires. Mais le nombre des assaillants ne cessait de croître. Une lance lui transperça soudain le thorax.

De l'endroit où il se trouvait, Camulos se pencha pour avertir son capitaine. Au même instant, ce fut à Mérinock d'envoyer un message télépathique au maître des Mystères.

Mais, là encore, l'avertissement lui parvint trop tard. Une flèche atteignit Camulos à la gorge. Une autre lui transperça le cœur.

« N'aie crainte, lui chuchota alors Mérinock, car tu vas te réveiller au pied des murailles dans ton corps de lumière. Ta vie n'a pas été vaine, ami, mais au contraire riche d'aventures, d'apprentissages et d'enseignements. Il est un temps, seulement, où il faut passer la main. »

Dans les cristaux de bromiur apparut le visage en larmes de Frëja qui se précipitait pour recueillir un dernier mot de l'homme qu'elle chérissait depuis des siècles.

En vain.

Pour ne plus entendre le cri de douleur poussé par l'enseignante, Mérinock chercha un autre de ses messagers.

Solinor luttait, lui aussi. Et le Mage d'Évernia, s'il se doutait des tourments intérieurs dans lesquels le rouquin se débattait, était curieux de les cerner avec plus de précision.

Solinor jetait dans cet assaut tout ce qu'il comptait de force, d'agilité, de ruse et d'expérience. Son kaïbo voltigeait entre ses mains avec force et rapidité. Il frappait à gauche et à droite avec la vitesse du fauve.

Pourtant, miné par sa dernière conversation avec Abralh, il ressassait chaque parole, disséquait chaque émotion.

Ses conflits lui revenaient au galop. Rejet, humiliation, non-reconnaissance de sa valeur. Dépit, culpabilité secrète.

Là encore, les assaillants étaient trop nombreux et Solinor trop intelligent pour se sacrifier à l'aube de sa vie.

Mérinock le vit glisser sur une flaque de sang. Un Goréen leva son glaive au-dessus de sa tête…

Solinor l'esquiva et frappa. Puis il ôta sa tunique et revêtit la cotte de mailles, le plastron et le casque du soldat mort.

Il a décidé de survivre, se dit Mérinock. Il vivra, devina-t-il, et il sera instructif de voir quels enseignements son âme en tirera…

Un appel venu de très haut l'atteignit.

— Non…

Mais même le grand Mage d'Évernia ne pouvait tout savoir et tout contrôler.

Une douzaine de soldats goréens venaient de s'introduire dans le sanctuaire.

Arme au poing, ils allaient découvrir les cellules dans lesquelles méditaient toujours quelques étudiants. Mulgane, soudain, se dressa devant eux.

Elle lâcha un cri guttural : quatre loups impressionnants bondirent. Le combat fut bref.

Helgi trouva Mulgane allongée sur le dos, gisant au milieu des soldats égorgés. Sa tunique était souillée de sang. Ses loups bien-aimés couinaient de chagrin et léchaient son visage.

Les Goréens restés en arrière-garde se regroupaient sur l'esplanade. Tout à coup, un terrifiant grondement de tonnerre déchira le ciel.

Le sol se fissura et une énorme crevasse s'ouvrit au centre de l'esplanade. Éliandros tressaillit sous l'effet d'une force inconnue venue des profondeurs de la Terre…

LE CADEAU DE LA DÉESSE

Les endroits obscurs et étroits avaient toujours donné la chair de poule à Abralh. Au mieux, il pensait ne jamais revoir la lumière du jour. Au pire, il haletait et frissonnait sans raison apparente. La chose s'était produite dans la cellule où les jumeaux l'avaient enfermé durant des mois.

Tandis qu'il s'enfonçait dans les entrailles d'Éliandros, Solena remarquait-elle ses hésitations et ses grimaces !

Il lui jeta un coup d'œil à la dérobée et constata, presque soulagé, que la jeune femme clignait souvent des paupières et que sa respiration, loin d'être aussi précipitée que la sienne, était quand même rapide pour une personne censée connaître ces souterrains.

Parvenu sur un palier dominant un précipice, Solena montra du doigt un entrelacs de racines noueuses. Puis elle serra les dents sous l'effet d'une bouffée de colère.

— Les Sentinelles souffrent, expliqua-t-elle.

Ils reprirent leur descente – Abralh essayait de se repérer grâce à la carte – et elle poursuivit :

— Ces arbres vénérables sont victimes des bûcherons goréens. Je les entends…

Abralh crut qu'elle parlait des bûcherons. Elle sourit malgré son angoisse.

— Les arbres, corrigea-t-elle. Ils n'aiment pas ces étrangers qui croient tout savoir et ne respectent rien de la nature qui les entoure.

« Les arbres sont liés les uns aux autres par leurs feuillages, mais aussi, et surtout, par leurs racines, ajouta-t-elle. Arrachez-en quelques-uns et ne vous étonnez pas que les autres dépérissent et tombent d'eux-mêmes. »

Abralh se trompait-il ou bien, parlant du sort des arbres, Solena avait les larmes aux yeux ?

Elle remarqua enfin son malaise et dit :

— Nous arrivons bientôt à la caverne mère. Vous vous y sentirez mieux qu'ici.

— Sais-tu si…, commença-t-il.

Des grondements venus de la surface l'interrompirent. Solena déclara que les hostilités avaient sans doute débuté.

— Hâtons-nous.

Abralh songea pour sa part qu'il avait bien fait de se taire, car il n'était plus sûr, depuis son retour, de pouvoir la tutoyer comme autrefois.

Sur ce, ils débouchèrent dans une vaste grotte aux voûtes si haut perchées que la lueur de leurs torches se perdait avant de les atteindre.

— Qu'est-ce que l'on entend ? s'enquit Abralh en réprimant une folle envie de rebrousser chemin.

— Les eaux thérapeutiques.

Solena repensait aux nombreuses occasions où elle était venue en ces lieux ; soit pour guérir des malades, soit pour passer des examens. Soit, encore, en galante compagnie avec Noem et d'autres de ses amis, dont Euli et Helgi.

Un flot de souvenirs lui mit le rouge aux joues. En se retournant pour indiquer le chemin à suivre, elle se trouva nez à nez avec Abralh.

Combien de fois avait-elle eu l'idée un peu saugrenue de faire visiter ces grottes au Baïban?

Ils se sourirent, gênés.

Il faut croire, se dit Solena, que la vie joue avec nous à un drôle de jeu. Elle amène ce que l'on souhaite, mais dans des circonstances très différentes de celles que l'on s'était imaginées!

Plusieurs embranchements dominés par d'énormes entablements de stalagmites blanches se détachèrent des ténèbres. La jeune femme s'arrêta et Abralh la bouscula par mégarde. Ce contact aussi bref qu'inattendu leur fit l'effet d'une décharge électrique.

— Est-ce que ça va? s'inquiéta Solena.

Abralh était pâle pour un Baïban, et ses yeux striés de fibrilles sanguinolentes.

— Votre blessure au cou vous fait-elle encore souffrir?

Elle tendit sa main, suspendit son geste, ajouta dans un souffle que tous ces corridors se ressemblaient.

— Il y a plusieurs années, en suivant l'un d'eux, nous avons trouvé…

Elle rougit encore en réalisant que ses paroles insinuaient qu'elle s'était déjà aventurée en ces lieux isolés en bonne compagnie.

— Il ne faut pas croire, balbutia-t-elle, mais…

Elle expliqua que ces voûtes n'étaient pas si désertes que ça. Plusieurs fois par an, les élèves s'y regroupaient avec leurs professeurs pour recevoir des leçons sur les quatre éléments, sur les esprits de la nature, sur l'existence de Gaïa, l'âme de la Terre, du nom de l'ancienne déesse-mère de tous les hommes que les Toranciens appelaient aujourd'hui Gaïos.

— Ils ont oublié leur Mère et se sont inventé un Père cosmique pour flatter leur vanité.

De plus en plus anxieuse, à cause des bruits épouvantables qui grondaient au-dessus de leurs têtes, elle avoua ensuite ne plus se rappeler quel était le bon chemin.

— Cette carte n'est pas aussi précise que le croit Camulos.

— Il a assuré que la pierre aussi nous aiderait, dit Abralh.

Il sortit la gemme de son enveloppe de toile.

— Respirons profondément et vidons nos esprits, conseilla Solena.

Des lambeaux de vapeur planaient alentour. Le cœur d'Abralh battait sourdement dans sa poitrine. Solena s'en aperçut. Il déglutit et admit que les endroits clos l'angoissaient.

— Sans doute parce que je suis à moitié baïban par mon père, s'excusa-t-il. Les hommes de ma race ne peuvent supporter l'idée d'être enfermés.

— Concentrons-nous sur la porte que nous cherchons, répondit-elle avec douceur.

Après quelques inspirations, ils eurent l'impression qu'une crevasse s'ouvrait sous leurs pieds. Solena songea à la fameuse « crevasse du temps et de l'espace » ; expérience que les apprentis vivaient dans leurs transes les plus inspirées.

Abralh hurla : Solena lui insuffla un peu de son courage en prenant son poignet.

La gemme palpitait-elle réellement ou bien cette fluorescence était-elle uniquement due à leur imagination ?

Suspendus au centre d'une immense sphère de glace, ils étaient à présent enveloppés par des formes-pensées ressemblant à de véritables spectres.

« Ce sont des souvenirs », précisa la jeune cristalomancienne sans même remuer les lèvres.

Nous vivons un enchantement, comprit Abralh, et Solena parle dans ma tête.

Ces formes-pensées éclataient et les inondaient d'images et de sensations si réelles qu'elles semblaient issues de leur propre passé.

Tout en gardant la conscience de lui-même et un certain esprit critique, Abralh «se» revoyait debout sur un monticule écrasé de soleil en train de parler à des centaines de gens. Il discourait de philosophie, répondait à des questions existentielles. Autour d'eux se dressaient les vestiges d'une ancienne cité.

Les images s'étiraient, se modifiaient. Abralh se revit prisonnier dans une cellule sans porte ni fenêtre. Il sentit une douleur atroce lui déchirer la gorge et le cou. Puis l'image changea. Il se retrouva les poings liés, marchant dans les rues d'une cité envahie par une foule immense. Autour de lui cheminaient d'autres condamnés. Ils arrivaient sur une place. Abralh se raidit en reconnaissant un échafaud dominé par de grosses roues en grès.

À cette étape de sa transe, Abralh voulut échapper au pouvoir de la pierre. Solena vivait une expérience semblable. Elle le retint *in extremis*.

« Non…, dit-elle encore en usant de télépathie. La gemme nous parle. Nous devons aller jusqu'au bout ! »

Abralh fut ensuite attaché, bras en croix, à la roue de pierre. Il pleuvait et un long ver passé autour de son cou l'étranglait. Ses yeux se révulsaient. Il accusait les hommes et les dieux, et les maudissait pour l'avoir trahi.

Un moment de flottement s'ensuivit durant lequel, tout en restant uni à la pierre brûlante, le jeune homme eut l'impression de planer dans l'immense bulle de verre.

La série d'images suivante lui montra un solide jeune homme blond vêtu d'une armure. Le colosse chevauchait un destrier en compagnie de plusieurs amis. Ils arrivèrent en vue d'un village de montagne. Sans hésiter, la troupe monta sur le perron de l'église et en fracassa les portes. Fauchant quelques fidèles épouvantés du plat de son glaive, le guerrier riait à gorge déployée.

Soudain, un villageois jaillit de l'ombre et le désarçonna. Les deux combattants s'empoignèrent tandis que les autres guerriers renversaient les statues et mettaient le feu aux poutres. Un grondement retentit au milieu des cris de terreur. Le toit de l'édifice s'écroula sur leur tête.

Ivre de douleur et de colère, Abralh s'arracha à l'emprise de la pierre.

Après quelques secondes d'hébétude, il revint à lui. Solena sanglotait tout près, le visage dans ses mains. Il l'aida à se remettre debout.

— Il faut repartir, dit-il.

À cet instant seulement il s'aperçut que l'endroit où ils se réveillaient n'était pas le même que celui où ils étaient tombés en transe. Le mulâtre contempla les impressionnants cristaux luminescents accrochés aux plafonds de cette salle majestueuse plantée de colonnes de grès nacrées et polies au fil des millénaires.

— Je me souviens de cet endroit, balbutia Solena en ramassant la pierre bleue.

La salle palpitait tel un cœur gigantesque.

— Là ! fit Abralh en retenant son souffle.

Un agrégat de granite solitaire semé d'inscriptions taillées dans la pierre s'élevait au centre d'un parterre décoré de roches plus petites.

— C'est un autel dédié aux anciens dieux venus du ciel, murmura Solena en se rappelant à ce sujet une des leçons données par Camulos.

Elle expliqua rapidement que, selon la légende, la déesse Gaïa avait épousé un Seigneur cosmique qui lui avait donné treize enfants – les anciens géants.

L'agrégat rougeoyait. Abralh lui coupa la parole.

— On dirait qu'il prend vie.

Solena leva les yeux vers les voûtes sombres.

— À moins que ce ne soit l'effet de ces secousses qui ébranlent Éliandros.

L'agrégat se craquelait. De minces jets de vapeur s'échappaient de cent interstices en sifflant comme des démons. Abralh comprit le danger et se jeta sur Solena.

Deux secondes plus tard, le monceau de roches éclata.

Lorsque la dernière pierre retomba et que le gaz se fut dispersé, les deux jeunes gens restèrent bouche bée devant la statue qui avait remplacé l'agrégat.

Solena en fit le tour et déclara qu'il s'agissait de la Déesse Gaïa.

Un moment, elle avait craint de reconnaître la Messagère Shanandra et son regard empreint de compassion qui la mettait si mal à l'aise.

— Une statue qui porte un manteau blanc! railla Abralh. Ne devions-nous pas plutôt trouver une porte? Eh! Mais que fais-tu?

Après une brève prière de remerciement, Solena ôtait le manteau des épaules de la déesse et le pliait avec respect sur son avant-bras.

— Tu es folle! l'apostropha Abralh. Et si…

Elle l'interrompit d'un geste.

— Pendant que nous étions en transe, j'ai vu cette statue. J'ai entendu la déesse me dire que ce manteau était un cadeau pour moi. Que j'en aurai besoin à l'avenir pour accomplir ma mission.

Abralh haussa les épaules. Les mots: «mission», «devoir» et «destin» avaient décidément le don de le mettre hors de lui.

Une source de lumière sourdait de derrière une rangée de colonnes.

— La porte de bromiur! s'exclama Solena. Enfin!

Un grondement plus menaçant que les précédents blanchit leurs cheveux de poussière.

— Éliandros va pouvoir être sauvée, déclara la cristalo-mancienne.

— Mais comment? Qu'y a-t-il de si important derrière cette porte?

— Il faut placer la gemme bleue dans cette encoche, répondit Solena.

La jeune femme se rappelait avec exactitude sa dernière visite en compagnie de Noem.

Un déclic métallique retentit. Ils reculèrent prudemment de quelques pas, mais rien ne se produisit.

— Elle ne s'ouvre pas! constata ironiquement Abralh.

Un grondement épouvantable lui coupa la parole.

— Peut-être ne s'agit-il pas d'une porte, mais d'un mécanisme de protection. Éliandros est maintenant prêt à se défendre, répondit Solena. En posant la gemme bleue dans son encoche, nous avons tout déclenché.

Les secousses augmentèrent d'intensité.

— Regagnons la surface avant qu'il ne soit trop tard! recommanda-t-elle.

Des morceaux de roches se détachaient des voûtes.

— Abralh!

Le jeune homme tressaillait. Ses pupilles se révulsaient. Sa respiration était sifflante. Une main posée sur la blessure de son cou, l'autre sur sa poitrine, il paraissait changé en statue de pierre.

— Abralh! répéta Solena.

Il se retourna et la saisit brusquement à la gorge. La jeune fille eut alors un terrible pressentiment…

Le maléfice

La terre trembla. Un craquement sinistre monta du
sol. Les trois pitons et les bâtiments d'Éliandros
semblèrent reculer dans la forêt.

Thorgën vit disparaître dans l'énorme crevasse un batail-
lon entier de ses meilleurs soldats. Chevaux, équipement,
fantassins, Hérauts et fanions : tout fut avalé en quelques
secondes. Terrorisé, son destrier manqua de le désarçonner.

Sous les yeux de l'officier se déroulait une scène de
cauchemar.

— Reculez les mangonneaux ! vociféra-t-il.

Mais sa voix était couverte par les hurlements et ses
précieuses catapultes à cordes basculèrent dans le vide. En
même temps, des arbres voisins s'abattirent sur les troupes
de réserve et semèrent, là aussi, la panique et la mort. Un
rang complet d'archers fut écrasé sous l'un d'eux.

Un fantassin se réfugia près de Thorgën en hurlant que
les arbres étaient devenus fous et que, près de la crevasse,
là où la brume s'installait, leurs racines prenaient vie et
s'enroulaient autour des derniers mangonneaux.

Thorgën plongea sa lame dans la gorge de cet inconscient qui risquait d'effrayer ses capitaines.

Partout où se portait son regard, ce n'était que désordre, cris, flammes et désolation.

Enfin, la poussière retomba et le calme revint peu à peu.

Les hommes frottèrent leur visage et sentirent l'effroi les glacer de la tête aux pieds. Les premières murailles d'Éliandros, si proches d'eux avant le tremblement de terre, avaient reculé d'au moins deux cents pas, et un fossé gigantesque s'était creusé tout autour.

Pour reprendre le contrôle de ses troupes, Thorgën devait faire preuve d'autorité. Il chargea deux de ses capitaines de faire comprendre à leurs hommes qu'ils étaient des soldats et non des paysans superstitieux.

Il donna ensuite l'exemple. À genoux sur sa selle, il apostropha ses troupes. Les démons qui gardaient Éliandros étaient peut-être plus malins que ceux chargés de protéger les autres temples-écoles, dit-il...

— ... mais nous avons vaincu les autres et nous vaincrons ici aussi ! Relevez-vous, fiers guerriers !

Tandis qu'il tentait de limiter les dégâts, les premiers blessés revenaient, portés par des compagnons ou bien étendus dans des charrettes à bras que tiraient des fantassins.

Thorgën songea aussitôt à son jumeau qui était monté à l'assaut d'Éliandros juste avant que le tremblement de terre ne modifie la topographie du paysage.

L'officier passa d'une charrette à l'autre. Son cœur battait à tout rompre. Et si...

Mais Riurgën, son aîné de quelques minutes seulement, ne pouvait avoir péri. Ils étaient si intimement liés l'un à l'autre que Thorgën l'aurait immanquablement ressenti.

À moins, songea-t-il, que la précipitation des événements ne m'ait distrait...

Il n'entendit pas les trois chevaux qui progressaient à petit trot dans sa direction entre les porteurs d'eau, les apothicaires et les chirurgiens.

Au dernier moment, il reconnut son jumeau accompagné par un grand homme maigre affublé d'une toge bleue et d'un manteau à longs poils de loup blanc. Un troisième cavalier, plus petit, se tenait en retrait et portait un capuchon sur le visage.

— Riurgën! s'exclama le barbu.

Il souriait, mais ne savait s'il était vraiment heureux ou pas de revoir son frère vivant. Lorsqu'il identifia également l'homme maigre, il se raidit.

— Grand légide!

Farouk Durbeen hocha gravement la tête. Ses yeux gris détaillaient le camp ainsi que le précipice qui les séparait à présent des murs d'Éliandros.

— Quel gâchis! laissa-t-il tomber.

Thorgën sentit son estomac se contracter. Une fois encore, il supportait le jugement des autres. Une fois encore, il avait l'impression d'avoir failli à sa tâche alors qu'il avait agi au mieux. Riurgën gardait un silence complice. Le barbu avala sa bile et grimaça.

Puis le dépit prit le dessus et il rétorqua en se mordant les lèvres d'amertume:

— Qu'aurais-je pu faire d'autre?

Le vieux pontife ne daigna pas répondre. Quant à Riurgën, il savourait égoïstement ce moment de triomphe.

Revinrent alors à Thorgën plusieurs souvenirs d'enfance. Et, surtout, sa certitude que les gens lui préféraient son jumeau. Cela avait toujours été ainsi. Depuis leur jeunesse et même en ces Terres nordiques où il avait cru, pourtant, se débarrasser de son sentiment d'impuissance et de rejet.

Farouk Durbeen enfonça le clou en déclarant sur un ton méprisant :

— Voici donc tout ce qui reste de nos troupes d'assaut !

Il contemplait les hommes dépenaillés, les destriers qui refusaient d'obéir aux écuyers, le désordre indescriptible.

Le troisième cavalier amena alors son cheval vis-à-vis de celui de Durbeen.

— Je suis heureuse de te revoir, Thorgën, dit Keïra à l'officier en ôtant sa capuche.

Le barbu grogna quelques paroles indistinctes, puis il fit faire volte-face à son cheval : il devait veiller au bien-être de ses troupes et remettre de l'ordre dans le camp.

Keïra effleura la main du grand légide et prit une voix cajoleuse.

— Les fervents se sont servis du pouvoir de la pierre. Ils se croient en sécurité alors que c'est maintenant, au contraire, qu'ils sont les plus vulnérables.

— Crois-tu, répondit Durbeen sur le même ton, que ce tremblement de terre ait vraiment été déclenché par la pierre ?

Cette question, comme chacun des propos du grand légide, était à double sens. Keïra choisit prudemment de reconnaître ses torts.

— Tout est de ma faute et je m'en excuse.

Durbeen ordonna à Riurgën de les laisser seuls.

— Tu as été très téméraire, approuva le grand légide.

Keïra caressa de nouveau l'avant-bras du vieil homme.

— Vous m'avez toujours enseigné que pour se libérer d'une obsession, il fallait la vivre jusqu'au bout.

— Certes. Par contre, dans ton cas tu ne jouais pas seulement avec ton cœur et ta vie, mais aussi avec notre projet d'invasion des Terres de Vorénor. Tu ignores combien j'ai dû parlementer avec l'empereur et avec le Premius pour conserver mon poste et ma tête sur les épaules.

La jeune femme accusa le coup. Ainsi donc, Farouk Durbeen avait risqué sa vie afin qu'elle puisse rencontrer Abralh, passer du temps avec lui et voir si un amour franc et passionné était vraiment possible entre eux !

Le grand légide suivait sa pensée par télépathie.

— Tout ce que je t'avais prédit lorsque tu étais une enfant s'est révélé exact. Ton tort a été de ne pas vouloir me croire quand je te disais de laisser le passé au passé.

La jeune femme baissa les yeux. Le vieil homme poursuivit :

— Des centaines d'hommes sont morts aujourd'hui parce que tu as donné la pierre à Abralh.

Durbeen engloba d'un geste Éliandros et ses murailles léchées par les rubans de brume.

— Combien de temps nous faudra-t-il, maintenant, pour abattre ces murs !

Keïra ne répondit pas tout de suite. Elle savourait l'aveu de faiblesse du grand légide qui, en s'étant exposé de la sorte, lui prouvait hors de tout doute… qu'il était le seul à l'aimer vraiment !

Dans un élan de tendresse sincère, elle l'embrassa sur la joue et reprit sur un ton guilleret :

— Tout ce que vous m'avez prédit s'est réalisé, en effet. Abralh ne m'aimait pas. Et il ne me désirait pas vraiment non plus.

Le ton était si froid, il cachait une haine si féroce que Durbeen en éprouva un regain de joie.

— Son retour précipité à Éliandros te montre qu'il ne méritait pas ton amour, approuva-t-il.

— Je suis heureuse, quand même, d'être allée au bout de cette expérience.

Durbeen lui tapota la main.

— Et moi, je suis heureux que tu nous sois revenue.

Il ne dit rien de plus, mais il savait désormais que Keïra ne mettrait plus jamais sa parole en doute. Que, quoiqu'il arrive désormais, elle serait présente à ses côtés et plus que jamais impliquée dans ses projets de conquête. Malgré les apparences, il n'était pas mécontent de ces années perdues, mais plutôt fier de l'avoir éduquée et formée.

Keïra sortit d'une pochette de cuir un cristal de carbonèse noir.

— N'ayez crainte! prophétisa-t-elle à son tour. Éliandros tombera. Et je vous promets que la dernière cristaloman-cienne, que craignent tant l'empereur et le Premius, mourra aujourd'hui même.

Le regard de Durbeen s'éclaira.

— Ainsi, tu m'as rapporté un petit cadeau.

— L'enchantement est total, répondit Keïra. Je l'ai testé ces derniers jours. Abralh est prêt à obéir à mes ordres.

Durbeen sentit qu'il n'avait pas fait le déplacement pour rien et qu'il allait assister à une grande victoire dont il pourrait rendre compte à l'empereur.

Thorgën et Riurgën revinrent à cet instant. Les troupes et ce qu'il leur restait de matériel étaient de nouveau sur le pied de guerre.

— Parfait! fit Durbeen.

Il se tourna vers Keïra:

— Il est temps de te mettre à l'ouvrage.

La jeune femme ferma les yeux. Puis elle récita à voix haute les paroles de l'enchantement dit «de la folie furieuse et soudaine». Les mots, incompréhensibles pour le profane, étaient hachés, durs, sinistres.

Elle battit des paupières. Durbeen fut satisfait de ne lire ni regret ni remords sur son visage crispé.

— Abralh va assassiner Solena, affirma la jeune sorcière. Il ne pourra pas résister à l'enchantement morphique.

Le grand légide leva sa main chargée de bagues.

— Que tous se préparent à livrer une nouvelle bataille. Nous allons raser le dernier temple des Fervents. Ne faites aucun prisonnier. Je veux une victoire totale.

Keïra prit le bras de Durbeen, et pour lui prouver qu'elle était redevenue la même qu'autrefois, elle murmura à son oreille :

— Je vous aime, père…

Index des personnages et leurs incarnations précédentes

Abralh : Jeune mulâtre à moitié baïban, esclave en fuite, notre jeune héros. *Auparavant Torance.*

Amis Néroun : Chef d'un clan de Romanchers, ancien élève d'Éliandros, initié au Ferventisme, ami de Camulos et des autres professeurs. *Auparavant Gorth.*

Angus Siponne : Premius de Goromée, pontife suprême du Torancisme officiel.

Belgrane : Élève rebelle et talentueuse d'Éliandros. *Auparavant Astarée.*

Brôm d'Urghar : Sage Brugond, père de Solena. (L'esprit de Mérinock a transmigré en Brôm après que l'âme de ce dernier ait abandonné de son plein gré son enveloppe charnelle. Voir tome 4 : *Les brumes de Shandarée.*)

Camulos : Titre donné par la tradition au chef spirituel d'Éliandros. *Auparavant Erminophène.*

Camulos de Grans : Vingt-septième du nom. Maître des Mystères et doyen des professeurs du temple-école d'Éliandros.

Dravor II : Empereur de Gorée. *Auparavant Arménite Lupia, Astagor, Odalic, Miklos.*

Estimène de Vorénor : Grand maître des Fervents du Feu bleu. *Auparavant Orgénus de Nivène et Cristin.*

Euli : Élève d'Éliandros d'origine romanchère. Fils d'Amis Néroun et fiancé d'Helgi. *Auparavant Abriel.*

Farouk Durbeen : Grand légide en poste à Bayût, chargé par le Premius et par l'empereur de superviser l'invasion des Terres de Vorénor et l'éradication du Ferventisme. *Auparavant Rouviff Dogmo, Prégorus, Melek.*

Frëja : Enseignante à Éliandros, compagne de Camulos. *Auparavant Épidorée.*

Gaïa : Ancienne déesse de la Terre, mais aussi, pour les Fervents du Feu bleu, nom donné à l'âme de la Terre.

Gaïos : Masculinisation du terme « Gaïa » par les Toranciens, désignant désormais l'essence du Seigneur du Ciel, le créateur des hommes et le Père Céleste du Messager Torance.

Griseline : Élève timide d'Éliandros, amoureuse de Noem. *Auparavant Ylotte.*

Helgi : Jeune Sélénienne, élève d'Éliandros, amie de Solena. *Auparavant Cornaline.*

Hermanel : Médecin-chirurgien goroméen en campagne en Terre de Vorénor. Il soigne Abralh et devient son ami. *Auparavant Abbin Baâh.*

Igmar D'Urghonen : Duc d'Urghonia. Seigneur du duché d'Urghonen, allié d'Éliandros.

Keïra : Jeune espionne goréenne qui séduit Abralh. *Auparavant Messina.*

Loups gardiens d'Éliandros : Laineuse, Bourru, Trépidor, Charmeur, Vif-Argent, Tempête, Grondeur et Douceuse.

Mérinock : Mage errant, auteur des prophéties et concepteur du Grand Œuvre.

LA DERNIÈRE CRISTALOMANCIENNE

Mulgane d'Éliandros : Enseignante à Éliandros, maîtresse des loups, amie de Solena. *Auparavant Lolène.*

Natrel : Jeune élève d'Éliandros timide et studieux. *Auparavant Alimas.*

Noem : Élève d'Éliandros, petit ami de Solena. *Auparavant Pirius.*

Philamek : Professeur du temple-école d'Éliandros. *Auparavant Vérimus et Cerbio Staphen.*

Riurgën : Officier commandant l'invasion goréenne, ancien élève de Durbeen Farouk, amoureux de Keïra. *Auparavant Cibrimus.*

Sarcolem : Ancien empereur de Gorée.

Solena : Étudiante en cristalomancie, jeune élève d'Éliandros, notre héroïne. *Auparavant Shanandra.*

Solinor : Esclave goroméen en fuite, ami d'Abralh. *Auparavant Sarcolem I à XII.*

Thorgën : Officier et guerrier goréen chargé de détruire les temples-écoles des Ferventistes. Frère jumeau de Riurgën. *Auparavant Marcusar.*

Valène : Jeune prostituée du village de Néférorq, capturée par les Goréens en même temps que Solinor. Rachetée par Solinor qui veut en faire sa femme. Se suicide sous ses yeux. *Auparavant Arounda.*

Varoumis : Jeune élève indiscipliné d'Éliandros, petit ami de Belgrane. *Auparavant Paléas et Crébur.*

Vermaliss Tahard VII : Haut souverain des Terres de Vorénor.

Cheminement des âmes

Personnages Tome 1, 2, 3	1re partie	2e partie	3e partie	4e partie	Personnages Tome 5
Abim Bâah					Hermanel
Abriel					Euli
Alimas					Natrel
Arménite Lupia	Astagor	Odalic	Miklos		Dravor II
	Arounda				Valène
Astarée			Pavis	Avilia	Belgrane
Calliope				Oda	Oda
Cibrimus					Riurgën
Cornaline				Virlène	Helgi
Cristin			Orgénus	Estimène	Estimène
Épidorée					Frëja
Erminophène					Camulos
Gorth		Mélos	Apprenti d'Orgénus		Amis Néroun
Lolène				Mulgane	Mulgane
Marcusar					Thorgën
Mérinock				Brôm*	Mérinock
Messina					Keira
Paléas				Crébur	Varoumis
Pirius			Drapon		Noem
Rouviff Dogmo		Prégorus	Melek		Farouk Durbeen
Sarcolem					Solinor
Sartran			Vahar Molen		Angus Siponne
Shanandra				Solena	Solena
Torance				Guerrier	Abralh
Vérimus		Cerbio Staphen			Philamek
Ylotte					Griseline

* Transmigration

Quelques karmas

Abralh et Keïra

Lorsque Abralh incarnait le jeune et fougueux Prince Torance d'Élorîm, Keïra s'appelait alors Messina. Esclave, elle avait pour tâche de s'occuper de lui; le massant et lui servant d'amante. L'amour secret qu'elle lui vouait était nourri de rêves et d'espoirs chimériques. Lorsque Torance disparaît subitement, nul ne sait, à part Messina elle-même, toutes les souffrances qu'elle a endurées. Mais les obsessions sont si puissantes, parfois, qu'elles enchaînent une âme durant plusieurs vies. Ainsi, Messina devient Keïra. Et elle entend bien retrouver son ancien amant pour le mettre au défi de l'aimer véritablement...

Abralh et Solena

Ayant autrefois incarné Torance et Shanandra, ils sont de retour cinq cents ans plus tard. Après avoir erré durant des siècles dans ses *Brumes de Shandarée* personnelles, Torance se réincarne dans le corps d'un esclave. Confus, encore sous l'emprise de la colère et de la révolte face à l'iniquité humaine et divine, il a de nouveau l'occasion d'accomplir une noble mission. Pour sa part, Solena est plus consciente de l'importance du *Grand Œuvre* que son compagnon. Elle accepte de revivre et de servir, mais n'oublie pas, en se réincarnant, son ancienne promesse de retrouver son bien-aimé et de «sauver son âme». Une difficulté nouvelle vient s'ajouter à celles qu'ils traînent tous deux depuis plusieurs vies: la couleur de peau d'Abralh et les problèmes de racisme qui s'ensuivront fatalement…

Abralh et Solinor

Ces deux âmes, devenues ennemies à cause des rôles qu'elles ont joués dans leur vie antérieure lorsqu'Abralh était Torance et Solinor Sarcolem, sont de nouveau placées côte à côte sur les chemins d'une nouvelle vie. Abralh et Solinor partagent tout depuis leur enfance : vie d'esclave, mauvais traitements, rêves de liberté, de gloire et de richesse. Cependant, un feu sournois couve sous les bûches de cette étrange amitié. Leurs actes à venir vont-ils de nouveau les opposer ?

Helgi et Euli

Fidèles messagers du Mage errant, ces deux âmes poursuivent leur mission. Ayant autrefois, sous les traits d'Abriel et de Cornaline, œuvré pour solidifier les bases de la foi dans les Préceptes de vie, Helgi et Euli sont de retour en ces temps troublés où une fausse religion, inventée de toutes pièces par leurs ennemis, menace de détruire les enseignements originels.

Mulgane et Estimène

Ces deux âmes sont de brillants messagers de Mérinock. Obéissants, studieux, naturellement lumineux. À l'époque où ils incarnaient Lolène et Cristin, deux amis de Torance et de Shanandra, ils avaient éprouvé une forte attirance l'un pour l'autre. Hélas, Cristin, ancien érudit des fidèles du dieu Gorum, avait subi le rite de castration. Dévalué à ses propres yeux, se sentant incapable d'aimer physiquement la jeune fille, il s'était contenté de l'adorer « dans son cœur ». Impuissant dans son corps et dans son âme, il l'avait abandonnée aux bras de Paléas. Mais aujourd'hui, sous de nouvelles identités, Lolène et Cristin ont enfin pu s'aimer véritablement pendant de longues années. Comme quoi l'amour perdure au-delà de nos enveloppes charnelles et peut renaître des siècles plus tard et se vivre encore avec délice et passion.

Noem et Griseline

Vivants à l'époque des deux messagers sous les traits de Pirius et d'Ylotte, Noem et Griseline ont eu une longue vie semée d'embûches – n'ont-ils pas planté en Terre de Vorénor les semences de ce qui allait devenir le Ferventisme ! Mais aussi une vie d'amour et de romance. De leur union sont nés de nombreux enfants qui ont poursuivi leur œuvre. Cinq cents ans plus tard, ils se retrouvent. Cependant, Noem semble moins enclin, cette fois-ci, à poursuivre leur histoire d'amour. Fasciné par Solena, il tente sa chance auprès d'elle, malgré la peine et le désarroi de son ancienne compagne...

Solinor et Valène

Quelle ironie du sort qui amène aujourd'hui ces deux entités l'une en face de l'autre ! Lorsqu'il était presque immortel et qu'il incarnait sans vergogne les empereurs, de Sarcolem I à Sarcolem XII, Solinor abusait de tout : gloire, immortalité, plaisirs, guerre, et, bien sûr, des femmes ! Femmes qu'il épousait et à qui il faisait maints enfants. Enfants qui étaient soit donnés en adoption, soit enfermés dans le corral des princes. Plusieurs de ces impératrices s'étaient d'ailleurs rebellées contre lui et avaient tenté de l'assassiner. Valène, alors incarnée sous les traits d'Arounda, avait agi de la sorte pour se venger de cet homme qui faisait enfermer leurs enfants. Punie sur la place publique, elle avait eu la tête tranchée. De retour des siècles plus tard, ces deux âmes sont une fois de plus confrontées au sentiment d'amour-haine qui les étreint et les obsède. Cette fois, Solinor cherche à s'amender. Mais Arounda refuse sa main tendue et se suicide, tandis que Solinor replonge dans son sentiment de rejet.

Thorgën et Riurgën

Ces deux-là avaient été amis avant d'être séparés par une femme et de devenir des ennemis mortels. Dans la peau de Cibrimus, Riurgën était devenu le chef de la police secrète de Sarcolem. Thorgën incarnait Marcusar, le *Bragde*, le roi souterrain des brigands de Goromée. L'aventure s'était terminée par la défaite de Marcusar et par son exécution publique aux côtés de Torance. Une victoire pour Cibrimus qui remâchait sa vengeance depuis des années! Cinq cents ans plus tard, le sort les fait renaître dans le ventre d'une même femme. Frères, ils sont, de surcroît, jumeaux! Et la même femme, qui les avait autrefois divisés, réapparaît dans leur vie sous les traits de la jeune, sensuelle et impétueuse Keïra…

Varoumis et Belgrane

Autrefois violemment opposés l'un à l'autre à cause de rôles et de désirs contraires, Varoumis et Belgrane se retrouvent. À l'époque où Varoumis incarnait le craintif et frustré Paléas, le jeune homme avait été subjugué par Belgrane, Astarée, qui était à l'époque, déjà, une puissante cristalomancienne. Après avoir vécu plusieurs drames sentimentaux, Paléas s'était retrouvé malgré lui enrôlé dans les rangs des terribles hommes sans âme. Astarée, quant à elle, avait été trahie par Sarcolem. Le lien subtil qui s'était créé entre eux durant cette vie a perduré. Et, par la grâce de cette loi mystérieuse dite de «l'attraction naturelle des âmes», ils se rejoignent dans la peau de deux élèves aussi doués, sensuels et impétueux l'un que l'autre…

Glossaire

Amangoye : Fruit sucré à jus rouge cerise en forme de conque très apprécié des Goroméens.

Apprenti de Torance : Jeune religieux ayant choisi la voie du Torancisme en vue de devenir légide.

Arbre vénérable des Sarcolem : Kénoab planté par Sarcolem 1er pour inaugurer son empire. Il trône sur la plus haute des terrasses du palais impérial de Goromée et est un des symboles de l'Empire de Gorée.

Aum : Vibration sacramentelle reliée au chakra dit « coronal » destinée à éveiller le divin en l'homme.

Baïban : Peuple indigène vivant en bordure de la province impériale goréenne d'Élorîm.

Bayût : Capitale des Bayûléens.

Berghoria : Capitale du haut royaume des Berghoriens.

Bergme : Bourg vorénien.

Bouclier d'Erminophène : Champ de force énergétique protégeant Éliandros, produit et entretenu chaque jour par les méditations des élèves et des professeurs d'Éliandros

Bourmouq : Voile de gaze retenu sur le front par un diadème d'or pur. Accessoire porté par les nobles de Goromée durant l'Empire de Gorée.

Bragde : Titre donné autrefois au chef des brigands de Goromée.

Bromiur : Matière translucide et rarissime tirant naturellement sur le rose, réputée posséder des vertus magiques.

Brugond : Peuplade de Vorénor vivant dans le centre des Terres.

Brumes de Shandarée : Expression populaire décrivant les ténèbres et les épreuves qui attendent les âmes des morts ayant quitté leur corps physique. Espace mal défini séparant le monde des vivants des sphères célestes de la déesse.

Cérémonie de l'ouverture du cœur de feu : Transes dirigées au cours desquelles les élèves d'Éliandros nourrissent de leurs pensées le bouclier d'Erminophène.

Cérémonie du lys d'argent : Ou « nuit des amours ». À la fin du printemps, les garçons d'Éliandros cueillent le lys d'argent et l'offrent à leur promise. Des feux et des jeux célèbrent le retour de l'été.

Chakra : Petite roue d'énergie située sur les corps subtils, particulièrement le long de la colonne vertébrale. Elles captent l'énergie divine pour la faire circuler dans le corps humain, mais aussi en toute chose.

Concept de l'Âme supérieure : Théorie issue du Ferventisme prônant l'existence d'une Entité supérieure vivant dans les sphères célestes de la déesse. Cette Entité envoie des parcelles d'elle-même en mission dans la matière. Ces étincelles d'âmes revêtent un masque, l'ego, et apprennent des leçons de vie à travers maintes épreuves afin de nourrir l'Âme supérieure de ces enseignements.

Cristal de parole : Bâton de kénoab noir serti d'un cristal de bromiur, utilisé par le Camulos d'Éliandros afin de donner à tour de rôle la parole à ses professeurs.

Cristalomancie : Art occulte générique de divination et de guérison basé sur la lecture ou sur l'usage de certains cristaux. Déclinaison et utilisations (non exhaustive) des différents cristaux de base dans le cadre d'une application militaire : Le lapis-lazuli (bleu) – dit cristal de communication télépathique. Le grenat (rouge) – dit cristal de force ou de pouvoir. Il sert, entre autres choses, à projeter son énergie mentale sur un adversaire. La tourmaline (vert) – dit cristal de lecture des morts. L'améthyste (mauve) – dit cristal de poursuite. Le carbonèse (noir) – dit cristal d'empoisonnement. La cornaline (jaune ou mordorée) – dit cristal-espion. Le quartz goromite (blanc) – dit cristal de protection.

Cristalomancien : Mystique qui pratique l'art de la cristalomancie, la guérison, la divination et la magie morphique ou lemnique grâce aux pouvoirs de certains cristaux.

Cryptorum : Phrases à saveur liturgique, prophétique, religieuse ou philosophique énoncée en exergue, au début d'un texte ou d'un chant.

Don de compassion : Faculté que possédait la Messagère Shanandra de permettre aux hommes de découvrir la lumière de leur âme s'ils fixaient la jeune fille dans les yeux.

Dork : Agrégats ou monolithes servant autrefois de portes induites conduisant à d'autres univers.

Dvaronia : Royaume méridional des anciennes Terres de Gaïa, situé à la pointe sud de l'Empire de Gorée.

Égrégore : Nuages accumulés autour de la Terre, constitués de particules éthériques, ou subtiles, émanant des pensées des règnes humain et animal.

Éliandros : Plus célèbre et plus ancien temple-école du Ferventisme établi en Terre de Vorénor. Fondé par Erminophène.

Élorîm : Province de l'Empire de Gorée, patrie d'origine du Prince Messager Torance.

Empire de Gorée : Entité politique créée par l'empereur Sarcolem 1er.

Éveil aux quatre éléments (L') : Exercice permettant aux élèves d'ouvrir leur conscience afin de libérer des réminiscences, des instincts et des ressentis oubliés.

Évernia : Montagnes dites d'Évernia, chaîne montagneuse qui sépare le continent central en deux parties. Mais aussi, traditionnellement, vallée mystique qui constitue l'entrée principale des royaumes célestes de la déesse. La légende prétend que treize mages y vivent et dirigent de manière occulte les destinées humaines au nom de la déesse.

Évrok : Mastodonte de la famille des mammouths, muni de deux trompes et de solides défenses, vivant dans les montagnes d'Évernia. L'évrok sert souvent d'animal de charge, mais aussi de monture guerrière chez les peuples montagnards.

Fervents du Feu bleu : Adeptes fidèles aux Préceptes de vie originels ainsi qu'aux rouleaux d'ogrove écrits par Cristin d'Algarancia. Les Ferventistes sont considérés par l'Église officielle du Torancisme comme des hérétiques.

Fiska : tresse de cheveux nouée de cordons jaunes pour les filles et rouges pour les garçons.

Frigor, Pélomaingue et Zilbia : Vents légendaires soufflant en Terre de Vorénor.

Galva : Sandale à semelle de corde munie de lanières nouées sur les chevilles et les mollets.

Galvassier : Artisan. Fabricant de galvas.

Glape : Outil du galvassier servant à attendrir le cuir.

Goromée: Capitale de l'Empire de Gorée.

Goromite blanc: Composite du cristal blanc de pouvoir utilisé pour soigner les corps et les âmes.

Gorum: Ancien géant oublié, fils aîné de la déesse Gaïa.

Grand légide: Titre hiérarchique désignant un haut responsable du Torancisme dans une région du monde. Tout Grand légide est soumis à l'autorité du Premius de Goromée.

Grand Œuvre: Plan divin mit au point par la déesse sous la supervision des Vénérables d'Évernia et dont l'exécution a été confiée à Mérinock. Ce plan, divisé en plusieurs étapes et exécuté dans la matière par des messagers choisis, vise à amener l'humanité à un plus haut degré de spiritualité.

Gwolan: Cité rupestre, capitale de l'État des Brugonds.

Gwolane: Fille ou femme de la cité rupestre de Gwolan.

Hurelle: Sorcière du peuple brugond.

Istard, Oustard: Tours de guet d'Éliandros. Noms donnés en l'honneur des deux Éphrons d'or du géant Ormédon. Traditionnellement, aussi, oiseaux du levant et du couchant.

Kaftang: Manteau de peau protégeant du froid et des vents lors des grandes transhumances. Parement de cérémonie de certaines ethnies nomades des déserts de l'est.

Kaïbo: Arme séculaire de ceux qui pratiquent l'art martial du srim-naddrah. Long bâton en bois précieux parfois composé de deux morceaux encastrables, aux pointes recouvertes de cuivre ou d'argent, dont le manche est orné de mandalas, de monogrammes et de symboles gravés.

Kénoab: Arbre sacré. Il en existe sept variétés. Chacune d'elle possède des propriétés thérapeutiques et magiques spécifiques.

Koptec: Nom désignant le haut conseil du peuple brugond.

Lamane: Prêtre de la religion gaïenne et du culte des géants.

Lem: Île royaume de Lem, située au centre de l'océan central.

Lemnique: Cristalomancie lemnique, accès sur le côté lumineux et thérapeutique des cristaux. En opposition à la cristalomancie morphique, concentrée sur les effets pervers et sombres du pouvoir des pierres.

Limandros: Oiseau disgracieux originaire de Vorénor dont on mange la viande. Ses os servent à la composition de soupes délicieuses.

Maître des Mystères: Autre titre donné au Camulos d'Éliandros.

Maître du temps: Titre du sonneur de cor du temple-école d'Éliandros.

Mangror: Racine utilisée par les Brugonds pour purifier l'eau et les aliments.

Miür: Cité de Miür, située au nord du duché d'Urghonen.

Morphique: Mot dérivant du Morphoss, le treizième fils de la déesse, géant exclu et maudit par les siens. Morphique désigne tout ce qui est mal et malsain dans, et pour, l'homme.

Néférorq: Village situé à l'est d'Éliandros.

Nobe: Noix cultivée et cueillie dans les murs d'Éliandros servant à la composition de maints plats et desserts.

Ogrove: Sorte de papyrus souple et spongieux tiré de la pulpe végétale de la plante du même nom et utilisé par les scribes.

Oustand: Étoile dite de l'ouest.

Peuples de Vorénor : Camélonites, Cirgonds, Brugonds, Drumides, Mélonets du Sud et du Nord, Sélénites, Berghoriens, Urghoniens, Bayûléens, Certinéens.

Porte de Bromiur : Accès secret et sacramentel conduisant, d'après la légende, à Wellöart, le monde caché des Servants du Mage errant.

Préceptes de vie : Énoncés, basés sur le bon sens, applicables dans la vie quotidienne et qui permettent à chacun de cheminer sereinement sur le sentier conduisant à sa lumière intérieure.

Premius : Titre donné au pontife suprême du Torancisme officiel.

Quiba : Coiffe traditionnelle couvrant la tête et les épaules, souvent brodée ou cousue de pierres précieuses.

Quimo : Céréale goroméenne dont on tire un remède contre les affections pulmonaires, mais aussi une huile aux propriétés thérapeutiques.

Romancher : Peuple de nomades aux mœurs étranges n'appartenant à aucun royaume, bons musiciens et danseurs, mais réputés voleurs, ombrageux et menteurs.

Rosoncée bleue : Fleur brugonde s'épanouissant au printemps que les jeunes filles plantent dans leurs cheveux.

Sanctuaire des Messagers : Chapelle contenant les statues et les reliques attachées aux personnes et au souvenir des deux messagers et de leurs compagnons. Lieu nimbé d'une énergie de fréquence très élevée ; cœur du bouclier énergétique d'Erminophène.

Scalopandre bleue : Plante médicinale utilisée par les élèves d'Éliandros.

Scrivandra : Nom traditionnel donné aux enseignements philosophiques et religieux issus du srim-naddrah.

Sécralum: Cylindre en bois, fermé par un bouchon de liège, souvent peint, artistiquement décoré de savantes enluminures et protégé par un mandala, utilisé pour contenir ou transporter des rouleaux d'ogrove ou des parchemins.

Secret d'Éternité: Appellation donnée à la fiole des sangs mêlés qui permettait à Sarcolem de se régénérer.

Sentinelle: Arbre vénérable du peuple brugond. Selon les légendes, ces arbres sont doués d'intelligence et de sensibilité. Ils sont des gardiens sages et clairvoyants.

Serpiant: Milice constituant le bras armé des légides et de la foi torancienne en général. Leur blason: une pierre ronde et noire sur laquelle est sculpté, en rouge, le corps supplicié du Prince Messager Torance.

Shrifu: Sage ayant tout abandonné pour vivre en solitaire afin de s'adonner au rite ésotérique et sacré du Goulgolarh.

Solimandre: Créature mi-iguane mi-tigre utilisée par les gardes-chiourmes du palais impérial de Goromée pour donner la chasse aux esclaves en fuite.

Srim-naddrah: À l'origine, danses sacrées, saccadées et sensuelles, servant à entrer directement en contact avec l'âme de la déesse. Par la suite, ces mouvements ont servi de base à l'élaboration d'un art martial redoutable qui est lui-même à l'origine d'un système complexe de croyances d'ordres philosophiques et religieuses.

Symboles divers: Celui de l'esclave rebelle: Le serpent à la queue tranchée. Celui de l'Empire de Gorée: Deux serpents entrelacés et menaçants sur une tête de lion. Celui du Torancisme: Une pierre de grès rouge et ronde avec le corps supplicié de Torance grimaçant sculpté en noir. Celui des Fervents du Feu bleu: La même pierre ronde de grès rouge avec le corps supplicié de Torance souriant en albâtre blanc.

Torancisme: Religion créée en des temps d'insécurité sociale par les légides et par les empereurs Sarcolem I à XII pour servir de base à l'Empire de Gorée. Elle est basée sur la vie et l'œuvre supposée du Prince Messager Torance d'Élorîm.

Transmigration: Art ou technique permettant à une âme de prendre possession d'un corps qui n'est pas le sien. Certains Êtres de lumière peuvent, avec le consentement de l'âme-propriétaire, s'incarner provisoirement dans une enveloppe charnelle afin d'accomplir une mission spirituelle.

Tréborêt: Instrument de musique à cordes, ressemblant à une cithare.

Urghonen (Duché de): Un des États fiefs les plus puissants des Terres de Vorénor où est érigé le temple-école d'Éliandros. Administrativement, Éliandros relève de l'autorité du duc d'Urghonen.

Venouil épicé: Herbes aux propriétés hallucinogènes utilisées par les Ferventistes durant le cérémonial quotidien du choix de l'Oracle.

Ver de coriabe de Lem: Lombric dont on utilise la soie pour les cérémonies d'ordre religieux. Dans le supplice dit « du ver de coriabe de Lem », le supplicié est lentement étranglé par le ver qui le tue en s'autocanibalisant.

Vorénien: Habitant des Terres de Vorénor.

Vorénor (Terres de): Ensembles de duchés, de comtés, de principautés et de royaumes composant les Terres situées au nord-ouest de la Gorée, et regroupés dans une fédération d'États plus ou moins stables et soumis à l'autorité d'un haut souverain. Peuplades à demi sauvages dont certaines croient encore aux anciens géants, et plus spécifiquement à Vorénor, le géant qui a laissé son nom à leurs Terres.

Wellöart : Nom donné au village secret des Servants du Mage errant par Cristin d'Algarancia et qui signifie « contrée cachée ».

Wellön : Symbole du Mage errant pour cette seconde partie du Grand Œuvre. Le scorpion brugond au double dard surveillant la plume de la sagesse et de la connaissance, le tout inscrit dans un cristal octogonal.

Welwand : Forêt de Welwand. Bois mystique peuplé de Sentinelles situé au centre des Terres du peuple des Brugonds.

TABLE DES MATIÈRES

LES MESSAGERS DE GAÏA

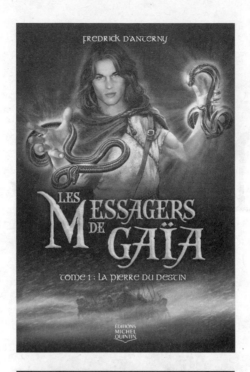

FREDRICK D'ANTERNY

LES MESSAGERS DE GAÏA

TOME 1 : LA PIERRE DU DESTIN

EDITIONS
MICHEL
QUINTIN

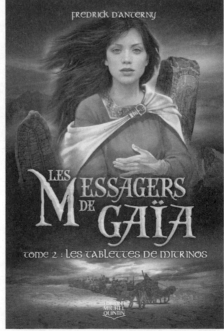

FREDRICK D'ANTERNY

LES MESSAGERS DE GAÏA

TOME 2 : LES TABLETTES DE MITRINOS

EDITIONS
MICHEL
QUINTIN

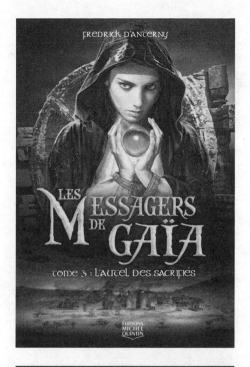

FREDRICK D'ANTERNY

LES MESSAGERS DE GAÏA

TOME 3 : L'AUTEL DES SACRIFIÉS

ÉDITIONS
MICHEL
QUINTIN

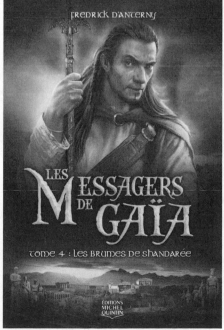

FREDRICK D'ANTERNY

LES MESSAGERS DE GAÏA

TOME 4 : LES BRUMES DE SHANDARÉE

ÉDITIONS
MICHEL
QUINTIN